ちくま文庫

# 「最後の」お言葉ですが…

高島俊男



筑摩書房

目次

## 遣唐使がやってきた 163

「最後の」お言葉ですが…

# 白石晩年

# 聖人の道

江戸時代の日本人は「聖人の道《せいじんのみち》」なるものが大好きであった。『鳩翁道話《きゅうおうどうわ》』――これは柴田鳩翁の語りをそのまま書きとった、江戸時代後期の話し言葉の材料としてたいへんおもしろいものなんですが、その初めのところにこうある。

〈聖人《せいじん》の道《みち》もチンプンカンでは女中《ぢよちう》や子《こ》ども衆《しゅ》の耳に通《つう》せぬ。心学《しんがく》道話は識者のためにまうけました事ではござりませぬ。たゞ家業におはれて隙《ひま》のない御百姓や町人衆へ聖人の道ある事をおしらせ申たいと、先師の志でござりまするゆゑ、随分詞《ことば》をひらたうして譬《たとへ》をとり、あるひはおとし話をいたして理《り》に近い事は神道でも仏道でも、何でもかでも取《とり》こんで、おはなし申ます。かならず軽口ばなしのやうなと、御笑ひ下されな。〉

「学者先生が聖人の道を教えてくれるぞ」というと百姓町人がドッとあつまったようなのである。――なお右の「女中」は「御婦人がた」の意であること先に申しました。

しからばその「聖人の道」とは何かというと、「人の世の正しいありかた」というようなことらしいのであるが、とにかくそれは、漢字ばっかりの本を読むか、読んだ人からじっくり話を聞くかせぬとわからない、ありがたい教えなのであった。

日本の歴史上小生の最も敬意をいだく学者新井《あらい》白石《はくせき》も、その『折焚く柴の記』にこう書いている。

〈十七歳の時に至て（…）初て聖人の道といふものあることをばしりけれ。これより此道にこゝろざし切なりけれど……〉

十七の時に「聖人の道」というものがこの世にあることを知って、これはどうしても学ばねばならぬ、と思いさだめたわけだ。

上の鳩翁は十九世紀、白石の少年期はずっとさかのぼって十七世紀であるから、「聖人の道」信仰はおおむね江戸時代をおおっているのである。

白石は三十七歳の時に甲府藩主徳川綱豊（時に三十二歳、のち六代将軍家宣）の家庭教師になった。これが出世のきっかけである。

この綱豊というのがマジメを絵にかいたような殿様で、最初の時に白石に自己の深刻な悩みを打ちあけた。

「ぼくはこれまでに四《し》書《しょ》の講義を三べん通り受けたのだが、まだ聖人の道がどういうものかわからないんだ」（されどいまだ聖人の道いかにといふ事を明かにせず）と。四書は論語《ろんご》・孟子《もうし》・大学《だいがく》・中庸《ちゅうよう》である。それを三べん通り、とはよくしんぼうしたものだ。それでもわからないんだから聖人の道というのはなかなか容易ならんのである。

白石「ではいっしょに勉強いたしましょう」

とこれから殿様は、十九年間、千二百九十九日にわたって白石の講義を聞くことになるのである。勉強がすぎたのか、せっかく将軍になったのにたった三年で死ぬことになるんですが――。

「聖人」とは神さまではない。人間である。ただし並の人間ではない。いってみれば「完璧人」である。日本にはいない。全員「中華」にいる。もっとも中華にも、最近二千年あまりはいない。孔子で打ちどめである。

ふつうには、堯《ぎょう》、舜《しゅん》、禹《う》、湯《とう》、文王《ぶんのう》、武王《ぶおう》、周公旦《しゅうこうたん》、孔子の八人を指す。黄帝だの顓《せん》頊《ぎょく》だのを入れることもあるが、通常はこの八人である。

うち七人までは、架空の人物ないしは伝説上の人物ですね。孔子は多分実在でしょう。昔の中国人も日本人も、八人全部実在、と思っていたらしいけど。

なお周公旦は「周の公爵、名は旦」つまり「周公-旦」である。だれだったか「姓は周、名は公旦」と早トチリしたらしく、しきりに「周は」「周は」と書いている人がいたっけが、言うなら「周公は」でなければならん。

　この周公の父親が文王、兄貴が武王である。聖人八人のうち三人までを親子で占領している太い一家だ。姓は姫《き》と言う。父姫昌《きしよう》、兄姫発《きはつ》、弟姫旦《きたん》である。

　孔子は周公が好きで、年とってから「近ごろ周公の夢を見ないなあ」と嘆いたそうだ。若いころは毎晩夢で会ってたものと見える。

　聖人の道を志す者も夢で周公に会うようになれば一人前である。江戸時代の寺子屋で生徒が居眠りしているので先生がおこったら、目をさまして「周公に会ってました」と答えた。先生ビックリして「どんな人だった？」ときいたそうだ。先生はまだ一ぺんも会ってないのである。

　多くのばあい、「聖人」と言えば事実上単に孔子だけを指す。太宰春臺《だざいしゆんだい》の『倭讀要領《わどくようりよう》』下に左のごとくあるのなどはその例である。

〈論語ハ聖人ノ秘奥《ヒアウ》、六経ノ要領ナリ。聖人ノ道ヲ學ブ者ハ、孔子ヲ信奉セズハアルベカラズ。論語ヲ讀テ、孔子ノ尊キコトヲ知ガ故ナリ。〉

　太宰春臺などは漢学者のなかでは物わかりのいいほうなのだが、それでも聖人の道信仰はかくも甚しい。

以前本欄に「むめの大罪」というのを書いた（『お言葉ですが…⑥』収録）。六代将軍家宣の正徳年間のこと、武州川越の女むめは、行方知れずになった夫を案じていた。人が、川に男の溺死体があがった、というので見に行ったが、うつぶせなのでわからない。父と兄に死体の顔を見たいと訴えたが、取りあってくれない。思いあまって、人を頼んで死体をひきあげた。はたして夫であった。

役人が調べ、夫は、むめの父と兄に殺されたのであることがわかった、むめは結果的に父の罪を明らかにしたことになった。

論語に孔子のことばとして「子は父の為《ため》に隠《かく》す」とある。むめの罪は聖人の道にかかわる重大案件だというので川越から中央にあがり、幕議は死刑を支持した。新井白石は将軍に働きかけてむめを助命し、鎌倉の東慶寺に逃してやった。

中国はたしかに聖人の本家だが、「聖人之道」なんぞをかつぎまわって人をおどかすのを、小生見たおぼえがない。

かりに昔の中国でむめのばあいと同じ事件があったとして、裁判官が、この女は聖人の道にそむいた極悪の罪人、などとばかばかしいことを言い出すことは考えられぬ。妻が夫の身を案ずるのは人の情である。

魯迅が「暴君治下の民は暴君よりも暴なり」と言っている。

かつての日本人は、聖人を生んだ国の人よりもずっと、聖人崇拝（あるいはその呪縛）が愚劣かつ硬直化していたのであった。

（'05・7・21）

あとからひとこと――

子は父のために隠す――論語子路（論語の子路《しろ》篇。ふつうちぢめてこう言う。以下もこの方式で申します）にある話。葉公が孔子に、「わたしの村には、父が羊をぬすみ、その子がそれを証明した、という感心な正直者がおります」と自慢した。孔子は答えて言った。「わたしの村の正直者はちょっとちがいます。父は子の悪事をかくし、子は父の悪事をかくします。」

だから、父の悪事を暴露したむめは聖人の教えにそむいた罪人だ、というリクツである。こんなちょっとした寓話が、日本では硬直的に信じられ、法として機能し、人の命を奪うこともあったらしい。

# 白石晩年

少々生きすぎた。敬愛する先人たちの歿年はたいてい追い越してしまった。いま、日本の歴史上わが最も尊重する学者新井《あらい》白石《はくせき》の歿年を通りすぎつつある。

白石の晩年は悲惨であった。

無類に気が合った六代将軍家宣は、正徳二年（一七一二）、在位わずか三年で死んだ。その子七代将軍家継はこれも在位三年、八歳で死んだ（正徳六年、享保元年）。「先王の世」を実現せんとする学者の理想はついえた。この年白石は六十歳である。

乗りこんできた八代将軍吉宗に江戸城から追い出された。一橋門外の役宅も召しあげられ、内藤宿千駄《せんだ》萱《がや》に替屋敷をあたえられた。いまの新宿御苑のあたりらしいが当時は農地である。替屋敷と言っても家屋が建っているわけではない。ただの地面である。

とりあえず深川に家を借りたら、三日目に大火、類焼、小石川にかりずまい。ここでまた火事にあった。まったくこのころの江戸は毎年のように大きな火事がある。

享保六年やっと内藤宿に家ができて移った。まわりは畑ばかりの一軒家である。畑のむこうに富士山が見える。

この家へはだれも来ない。娘に縁談があっても「父はあの鬼の新井」と聞くとたちまち破談になる、と当人が書いている。

白石はこの家で、享保十年五月、六十九歳で死んだ。

失脚後の九年間に白石は、発表の見こみもない数多くの著述をした。古史通《こしつう》、東雅《とうが》（日本言語研究の意）、南島志《なんとうし》（琉球国研究）、蝦夷志《えぞし》、史疑《しぎ》、采覧異言《さいらんいげん》（修訂）等々。

白石は学者――後の世の言いかたを用いるなら「漢学者」である。仰ぎ見る聖人の国「中国」の学問をやった人である。にもかかわらず経典の注釈などを書こうとはせず、もっぱら日本のことを研究対象とした。しかも、失脚前の『讀史餘論』や『西洋紀聞』なども含めて、その多くを日本語で書いた。白石の業績はどれも、日本文を学問の記述にもちいる実験であり、またそれが可能であることの証明であった。

〈異朝の事などはあなたに代々の先達打ちつゞき発明せられ候事多く候へば、たゞ其の書を博く見候はむ迄にもこれあるべく候〉（小瀬復庵あて書翰）

卓見である。

〈本朝のことは昔の実事をも考校し今に政事の用の心得にもなり候やうのものとては一部もなく口惜しき本朝の学文と存じ候。〉（佐久間洞巌あて書翰）

こんにち、日本の学者が日本の言語や歴史を研究対象とし、その研究を日本文で書くのはあたりまえのことである。だから、白石のやったことがどんなに画期的であったかが、なかなか理解しにくい。しかし、白石と同時代の日本学問史の金字塔、荻生徂徠の『論語徴』や伊藤仁斎の『論語古義』からもわかるように、当時は、「中国」の典籍を研究し、その成果を中国の言語（漢文）で発表するのが、学問であったのだ。だから白石の研究は画期的なのである。

白石は、ケタはずれに優秀な人であった。そのことを一番よく知っていたのは、当人自身であった。彼はそれを語りつづけた、だれにでも、どこででも――。頼まれもせぬのに自分のことを語るものでない。――それが日本人のたしなみであり、つまり美学である。ふしぎに白石はこの美学に鈍感であった。だから人に嫌われた。そこで彼は、後世にむかってそれを語った。

白石の著述のうち最も感動的な、そして彼の頭脳の鋭敏と強靭とを最もよく示すものは『西洋紀聞』である。彼は、イタリア人シドッチの言うところを理解し、そのうえ心をかよわせることができた。いったいどのような言語手段をもって！

しかしたしかにできたのであることは、『西洋紀聞』を見ればわかる。シドッチは「世界には五百年に一人くらいこういう人が出る」と嘆息した。それをわれわれが知り得るのは、白石がそのことを、後世にむかって語ったからである。

白石の家にはだれも来なかったが、手紙は来た。彼もよく手紙を書いた。彼が最も心を傾けて語った相手は、仙台の学者佐久間洞巌であった。失脚後手紙で知りあった、一度も会ったことのない人である。洞巌あての手紙に言う。

〈私号白石のこと、若き時よりの事に候。（…）終にかくの如くになり候て、北京、南京、琉球、朝鮮までもきこえ候うて当時衆中の筆にも乗り来り候事おかしき事に候。〉

同じ手紙にまた言う。

〈老朽は夢程の学文と名誉の、清朝、朝鮮、琉球、阿蘭陀などへ聞え候うて、渡り来り候もののいかが無事に候かなど……〉

「わたしの名前はね、北京、南京、琉球、朝鮮にまで知られているんです。ねえ、聞いてください。それほどの学問でも名声でもありませんが、でもそれが、清朝、朝鮮、琉球、オランダにまできこえているんですよ。……」

対座している人にむかっても白石は、それを延々と語ったに相違ない。

白石はその晩年、自分の伝記『折焚く柴の記』を書いた。

伝記というのは、人の死後他人が、その人の生前の閲歴や業績をほめたたえて書くものである。それを自分で書いた者は、白石以前、支那にも日本にもいない。

明治以後の日本人は、西洋人のまねをして、続々と「自分の伝記《オートバイオグラフィ》」を書くようになった。ために今では、『折焚く柴の記』の突飛さがわかりにくくなっている。

――自分は、子供のころから抜群に頭がよく、たぐいまれな努力家であった。将軍に信頼されて幕政にあづかり、国の財政を建て直した。日本と朝鮮との国家関係に直接かかわって、日本の威信を高めた。長崎から日本の金銀が海外に流出するのを防いだ。むづかしい裁判をひきうけてあざやかに裁いた。……

心をひそめて『折焚く柴の記』を読めば、初めからしまいまで、通奏低音のように老白石のつぶやきがきこえる。――おれはえらいのだよ、おれはえらいのだよ、おれはえらいのだよ、おれはえらいのだよ、おれは……

わたしはちかごろ、白石のことを考えると涙がこぼれるようになった。

――先生きこえますか？　三百年後の日本人です。先生が日本の生んだ最も偉大な学者であったことを、みんなよく知っていますよ。先生、語ってください。御自分がどんなにえらかったかを——。どんどん語ってください。喜んで、いくらでも聞きます。先生……

（'05・7・28）

あとからひとこと——

先王《せんのう》の世《よ》——「先王」とは、「昔の聖天子たち」の意。具体的には、堯、舜、禹、湯、文王、武王を指す。つまり八人の聖人のうち、周公旦と孔子を除く六人である。周公旦と孔子とは王位についていない。さてこの聖天子たちが世を治めていた時代には、正しい政治が行われ、理想の世が実現していた——と信じられていた。したがって儒者たちはいつの時代にも、「先王の世」を再現することをめざしていたのである。

東雅《とうが》——日本は「中国」（世界の中央）の東にあるので、日本の学者はしばしば日本を「東」と表現する。「雅」は『爾雅《じが》』（支那最古の言語研究書）の略。したがって『東雅』は「日本語研究」の意になるわけである。

# 番茶に笑んで世を軽う視る

幸田露伴は、大正後期から昭和にかけて、いわゆる「史伝」を数多く書いた。例の稀世の博識を縦横に発揮して、日支の歴史上人物を座談風に、あるいは落語風に語ったものである。この時期の露伴はすこぶる御機嫌がよかったようだ。

「支那もの」では大正十五年に書いた「活死人王害風」が断然おもしろい。これは全真教の教祖で、言ってみればイエス・キリストか麻原彰晃みたいな半キチ仙人である。「日本もの」では大正十四年の「蒲生氏郷」が一番おもしろい。ごぞんじ戦国時代の武将である。

この時期の日本ものの最初が大正九年の「平将門」だが、この作に七七の句がひんぱんに出てくる。さあこれは何なのだろう、と実は小生三十年も前から気になっているのである。たとえばこんな調子だ。

〈そんなものを書いて貰はなくてもよいから、そんなものを讀んでやらなくてもよ

い理屈で、「一枚ぬげば肩がはら無い」世をあつさりと春風の中で遊んで暮らせるものを……〉

〈「親の位牌で頭こつつり」といふ演劇には、大概な暴れ者も恐れ入る格で……〉

〈「とゞの詰りは眞白な灰」になつて何も浮世の埒が明くのである。〉

これら七七句を必ずしも露伴が、すべてうまく効果的に使っているとは言えないが、しかし一つ一つの句はたしかにおもしろい。

蛇足だがちょっと説明を加えるなら、一枚ぬげば肩が張らない、というのは、八方に礼をつくし義理を立てていれば人受けもよく出世もできようが、当人はくたびれる。一枚ぬいで少しのんびりとかまえたら、多少は損もあるだろうが気が楽だよ、ということ。つぎのは、遊蕩息子のたぐいを、親戚の叔父さんあたりが死んだ親父の仏前にすわらせて諭しているさま。ほんとに位牌でコツンとやることがあったのかどうか知らないけど。

つぎのに説明は要るまい。人はだれも死ぬ。死ねば皆同じである。だから、

〈四角な蟹、円い蟹、「生きて居る間のおの〳〵の形《なり》」を果敢《はか》なく浪の来ぬ間の沙に痕つけたまでだ。〉

どんな人生の軌跡も、波とつぎの波との間のほんの何秒か、砂の上に這ったあとを印したにすぎない。

もう二つ三つ。

「下戸やすらかに睡る春の夜」

「負け碁は兎角あとをひく也」

「もう一番！」「もう一番‼」である。人生も同じ。敗者ほどしつこい。

「番茶に笑んで世を軽う視る」

いいねえ。身分ある者ではない。しかしなまじいの禪坊主なんぞよりよほど透徹している。

これら七七の句は何か？

ことわざではない。ことわざは世俗に密着した人の世の智慧だが、これらはむしろ超俗的であり、かつ知的である。

ならば俳諧か。しかし俳諧にしては洒落すぎている。すくなくとも芭蕉七部集あたりにはこういう調子のはない。

「平将門」にのみ見えるこれらの七七句について、塩谷賛（土橋利彦）の『幸田露伴』にこうある。この人は俳諧と見ている。

〈……そして七七という附句の形式の俳諧をいくつも入れて私の計算では全部で十一句ある。そのほか「荒壁に蔦のはじめや飾り縄」とあるのは乙由《おつゆう》の句である。す

ぐあとで記すようにこれを書いた時期は芭蕉七部集のうち冬の日の評釈にかかって
いて、これらが先人の作なのか自作なのかは知らないが、こういう調子のものが口
をついて出たのではあるまいか。本文にぴったりとついていて文章のりっぱな飾り
となっているから、自分で作った新作だろうと思うがどうか。〉
十一句というのは「だんまり虫が壁を透す」を勘定に入れなかったのである。たしか
にこれはことわざだし、それに七六だから入れなくてよいと思うが、露伴自身は、
〈奥州藤原家が何時の間にか、「だんまり虫が壁を透す」格で大きなものになつてゐ
たのも、……〉
と、同性格のものとしてこれを使っている。
「荒壁に」の句は、新築祝いの飾り縄に、いずれはこの壁をツタが這いのぼって風格あ
るお屋敷になりましょう、と賀したものかと思われるが、こんな句を作るやつの人品の
程度がおしはかられるようなイヤな作だ。露伴という人は、こういうのを買う人でもあ
った。
乙由は蕉門だが、七部集には作が入ってない。土橋さんはどこでどうやってこの句を
見つけたのかしら。しかしこのことから、七七の句も相当出処を探索したであろうこと
がわかる。そしてだんまり虫がことわざ集にあったほかは一つも見つからなかった。そ
こで「自分で作った新作だろう」と推測したのである。

しかし小生には、これらが露伴の自作とは思えないのだ。それはだんまり虫と乙由の句が七七句と同様に用いられていることからも言える。露伴は、何かで読んでおぼえていたのを「平将門」で一挙に使ったのであろう。評釈を書いていたから口をついて出たのなら、七部集の評釈はこのあと二十年以上もやっているのだからあとがありそうなものだが、これ以後はないのである。

さて、のこりの四句を御紹介しておこう。

「上戸も死ねば下戸も死ぬ風邪」——タバコを吸っても吸わなくても肺ガンになるやつはなる。

「都のうつけ郭公《ほとゝぎす》待つ」——平家物語を思わせる句だ。

「君が行《ゆく》へを寝《い》ぬ夢に見る」

そして一篇のしめくくりが、

「春は紺より水浅黄よし」——これはまた、この上なくきれいな句である。

（'05・12・8）

# 巡礼死ぬる道の陽炎

芭蕉七部集のうち、膳所《ぜぜ》の医師珍碩《ちんせき》が編んだ『ひさご』は何かと心ひかれる句の多い集だ。

七部集全体のなかでも最も美しいひとつづきは、集中の三吟「花見の巻」にある。

曲水の「秋風の舟をこはがる波の音」。これはさしたる取柄もない句だが、圧巻はこの先だ。

芭蕉がこれに、

　　雁行くかたや白子《しろこ》若松

とつけた。舟中の女たちが空を指して「あ、雁が」と言うのである。

白子と若松は伊勢国の地名。伊勢湾に面している。

芭蕉は錬金術師だ。ありふれた地名の列挙が、「雁行くかたや白子若松」とすえられると俄然輝きを放つ。「たしかにここは『白子若松』しかない！」と万人を首肯せしめる語になっている。凡兆の「雪つむ上の夜の雨」に「下京や」とのせてやって、「これにまさる冠があったらおれは俳諧をやめるよ」（去来抄）と言った芭蕉の自信が、この「白子若松」にも充溢している。

さあ珍碩も負けていない。

千部讀む花の盛《さかり》の一《い》身田《しんでん》

一身田は白子のちょっと南、真宗高田派本山専修《せんじゅ》寺の寺内町である。「千部とは經千部を讀誦することにて、こゝには淨土三部經を一部として、毎年三月、僧百人にて十日の間轉讀するなり」と露伴の評釈にある。「花の盛の一身田」とはまたいい地名を思いついたものだ。これは白子若松に十分比肩している。上を行っているかもしれない。芭蕉も「珍碩でかしたぞ！」と肩を叩いたであろう。

曲水も黙ってるわけにはゆかない。と言って、「しからばそれがしも伊勢の地名を一つ」ではバカ丸出しだが、そこは手練《てだれ》の曲水、

巡礼死ぬる道の陽炎《かげろふ》

千部讀誦の声も聞ゆる桜花満開の一身田、陽炎立つ道のかたわらに、行き倒れの巡礼一人《いちにん》を点出して見せた。これは——ゆらめく陽炎に映じたまぼろしか？

芭蕉ただちに引きとって、

何よりも蝶のうつゝぞ哀れなる

倒れ伏す巡礼の幻影なるや否やは知らず、むくろの上をひらひらと飛ぶ蝶は、いかさままことの蝶らしく見ゆる、と。

「雁行くかたより此句まで、句ゝ玉を聯ね珠を貫きたり」と露伴もこの四句の流れを絶讃した。

この数句先に、打ってかわってこんどは滑稽の一段がある。

珍碩の「手束弓《たつかゆみ》紀の関守がかたくなに」に曲水が、

酒で禿げたる頭なるらむ

とつけた。これが傑作だ。

待ってましたと芭蕉が、

双六《すごろく》の目をのぞくまで暮かゝり

酒呑童子みたいな横ぶとりの老博突《ばくち》打ちが、盤に振った骰子《さい》の目をのぞきこむ。真赤な禿頭がテラテラと正面に光るさま、人をして哄笑せしむるではないか。

曲水は膳所藩士。芭蕉幻住庵記に「是は勇士菅沼氏曲水の、何がしの伯父の僧の世をいとひし跡とかや」と見える。ごつい武士だったらしい。芭蕉が死んでずっと後、藩の重役となって奸臣を斬り殺し、自らも腹かっさばいて死んだ。

同集「鉄砲の巻」。これは、芭蕉は一座せず珍碩ら六人で巻いたものだが（ただし執《しゅ》筆《ひっ》が一句くわわっている）、里東の「来る春につけても都わすられず」に珍碩が、

半気違の坊主泣出す

とつけた。

この、漂泊の途次この地に迷いこんできてしばらくとどまっているらしい半きちがいの乞食坊主、どこから来たのか、いかなる履歴の男なのか誰も知らない。人の語る都の噂が耳に入って、突如激しく卓を打ちながら、ウォーッと獣が吼えるように泣き出した。都の噂と突然泣き出したこととにいかなる関連があるのかも、これまた誰にもわからない。「都が忘れられないのだろう」は無責任な他人の臆測にすぎぬ。とにかく、この垢衣無残の坊主の心中で何かが泡立ち、爆発したのである。

『ひさご』鉄砲の巻を読んでこの句に逢着した時の、電気に打たれたような衝撃を忘れない。それを強いて言葉にすれば、「ここにおれがいる！」とでもなろうか。芭蕉七部集のなかから最も心にのこる句を一つ、と言われたら、これをあげる。

『ひさご』にはまた、「春の草の巻」の越人の佳句、

また泣出《なきいだ》す酒のさめぎは

もあった。

この、酒のさめぎわにはきまって泣き出す意気地なしの男を露伴は、「おとがひ痩せて、眼に力無く、宜しくもあらぬ帷子を二十八年も着る人なり。他人は評して曰く、死んだら宜からうに」と酷評しているが、平時は何ごとも歯を食いしばって耐え、酒を飲んだ時にだけ「アハハ」と声立てて笑える、人生ことごとく不如意であった男にとって、その酒のさめぎわはことのほかつらいものであったのだろう。

大の男がなぜ泣くのか。

柳田國男はこう解釈する。

〈言葉さへあれば、人生のすべての用は足るといふ過信は行き渡り、人は一般に口達者になつた。もとは百語と続けた話を、一生涯せずに終つた人間が、総国民の九割以上も居て、今日謂ふ所の無口とは丸で程度を異にして居た。それに比べると当世は全部がおしやべりと謂つてもよいのである。〉

〈今日の有識人に省みられて居らぬ事実は色々有る中に、特に大切だと思はれる一つは、泣くといふことが一種の表現手段であつたのを、忘れかゝつて居るといふことである。言葉を使ふよりももつと簡明且つ適切に、自己を表示する方法として、是が用ゐられて居たのだといふことは、学者が却つて気づかずに居るのではないかと思はれる。〉

〈曾て私は俳諧の中から、男が泣くとある場合を捜して見たことがある。「来る春につけても都忘られず」「半きちがひの坊主泣き出す」とか、「かはらざる世を退屈もせずに過ぎ」「又泣き出す酒の醒めぎは」とかいふ類の附合が幾らでもあり、まだ元禄の頃までは、少なくとも斯ういふ種類の老人は泣いて居た。〉（『不幸なる藝術』）泣くことが、彼らの唯一の自己表現であったのだ、と柳田は言うのである。

（'05・12・15）

あとからひとこと――

前条「番茶に笑んで世を軽う視る」に「半キチ仙人」と書いたら、これが週刊誌では許されなかった。「差別用語」ということらしい（本書ではもどしておいた）。ようし芭蕉ならどうだ、とこの条を書いて「半気違の坊主泣出す」を引いたら、これはなんでもなくパスした。そのかわりこんどは「乞食坊主」が許されなかった（これももどしておいた）。週刊誌はこの種の語にまことに神経質なのである。

# 運《めぐ》るもの星とは呼びて

以前、戦争中の一高寮歌「運《めぐ》るもの星とは呼びて」についてちょっと書いた（『お言葉ですが…⑧』〈「玉杯」補遺〉）。

ほんの数行書いただけだったのだが、それがきっかけになってその後わかったことがいろいろあるので、あらためて、こんどはややくわしく申しあげます。

一高（第一高等学校）では例年、卒業式の直前に「紀念祭」がもよおされた。これにあわせて、生徒自身の手で新しい寮歌が作られる。複数作られることもあり、「寄贈歌」と言って卒業生から贈られることもある。それらのうち出来のよいものが長く歌いつがれるのである。

昭和十七年は、卒業式が二度あるという異例の年であった。高等学校の修業年限が三年から二年半に短縮されたゆえである。前年十二月にアメリカとの戦争がはじまっている。

昭和十四年の入学生は通常通りこの年の三月に卒業した。その直前、二月に紀念祭がおこなわれた。

十五年入学生は、年限半年短縮で同じ十七年の九月に卒業した。紀念祭は六月におこなわれた。「運《めぐ》るもの」はこの六月紀念祭の寮歌である。

なお、生徒たちの歌を「寮歌」と呼ぶのは、一高は全寮制だったからである。寮の各部屋は運動部や文化部の部室でもあった。この項の主人公清水健二郎は文科端艇部（ボート部）の部屋にいた。

「運るもの」の歌詞と曲が作られたのはこの年の三月、——前年暮からの真珠湾奇襲成功、マレー沖で英戦艦プリンスオブウエールズ撃沈、シンガポール陥落……、とあいつぐ捷報に日本中が「勝った勝った」とわき返っていた時期であった。

ところが、この歌は歌詞も曲もまことに暗い。まるで三年後の日本の滅亡を予知していたかのようである。作詞は清水健二郎、作曲は大山哲雄。

歌詞は尻取りのようにつながって十二番まであるのだが、長いから、うち四番までを左に御紹介しよう。

一、運《めぐ》るもの星とは呼びて
　罌粟《けし》のごと砂子《すなご》の如く

人の住む星は轉《まろ》びつ
（右第三句を、歌ではくりかえす。以下も同じ）

二、運命《さだめ》ある星の轉《まろ》べば
青き月赤き大星《おぼし》も
人の子の血潮浴びけん

三、紫に血潮流れて
ふたすじの劔と劔
運命《さだめ》とはかくもいたまし

四、いたましき運命《さだめ》はあれど
この星の正義《まこと》呼ばはん
陽《ひ》の民ら命《みこと》かしこみ

暗に、「星」は日本、「青き月」はアメリカ、「赤き大星」はソ連、「人の子」は日本人、「命《みこと》」は天皇の開戦の詔勅を指すであろう。

これより十三年前、昭和四年の紀念祭東大寄贈歌「彼《か》は誰《た》れの」（作詞　安永不二男、作曲　今井博人）も長く歌いつがれた名作である。

その前年、共産党員ら千六百人以上を検挙した三・一五事件がおきている。この歌の二番にこうある。

白き風丘《をか》の上《へ》に荒《あ》る
消たんとてかゞりのあかり
深まさる夜《よ》や何孕《はら》む
くろきものわが眼おほへど
北の方《かた》星ひとつあり
赤ひかる星見ずやわが友

新人会の会員か共鳴者が作って後輩に贈ったものであろう。「白き風」は白色テロル、「赤ひかる星」はソ連（あるいはソ連共産党、コミンテルン）を指すこと明らかである。なお新人会は大正から昭和初年にかけての東大の思想団体。三・一五事件で解散させられた。

「運《めぐ》るもの」はこの「彼《か》は誰《た》れの」を受けついだものである。ただし思想的にというよりむしろ気分的に——。昭和十七年の一高には、左翼の組織も運動ももうない。左翼的姿勢は、戦争の時代の若い良心の表現形態であった。「運るもの」の暗い情調は、戦勝に浮かれる世相に対する一高生の嫌厭気分をあらわしていた。

この時代、特に日米開戦以後、一高生と東大生とのあいだには（一高生がおおむねそのまま東大生となるのであるにもかかわらず）、一高生は軍と戦争とを傍観者として白眼視し、東大生は概して、進んで国難を双肩に荷おうとする、というかなりはっきりした相違があった。

三年前「運《めぐ》るもの」について書いた時、わたしはその作詞・作曲者名を寮歌集からひきうつしただけで、その人たちについては何ら知るところなかった。

ところが拙文をお読みくださった阿川弘之先生が、作詞者清水健二郎のことは『軍艦長門の生涯』に書きましたと、清水の名が出るところすべてに附箋をつけた本をお送りくださった。「運るもの」の作詞者は、昭和二十年七月、すなわち終戦直前に、横須賀小海岸壁に繋留中の戦艦長門の艦橋で、米軍機の爆撃を受けて戦死していたのだった。

その前年暮に、高島碩夫少尉と清水健二郎少尉が長門艦上で再会したあたりからとびに引く（引用は六興出版版による）。

〈「貴様もこのフネに来たのか。これは奇遇だ」

「何だ、高島か。びつくりしたなあ」

清水少尉は驚いたやうな安心したやうな顔をした。二人とも一高出身で、高島は東大法学部に、清水は東大文学部仏文学科に在籍中海軍に入つたのだが、術科学校が航海学校と電測学校に別れ、数ヶ月ぶりの再会で、清水少尉の配置は長門電測士であつた。〉

高島少尉は、もはや航海しない長門のただ一人の航海士であった。電測はレーダーである。

〈フランス文学の研究を志した清水は、もともと高校生風のロマンチックな男で、一高に、「運《めぐ》るもの星とは呼びて」に始まり、「天地《あめつち》は朱《あけ》に映ゆると」で終る、清水健二郎作詞の長い寮歌が残つてゐる。〉

七月十八日午後、長門は米軍機に襲われた。二百五十キロ爆弾二発が前檣楼に命中し、艦橋にいた清水健二郎電測士は、艦長、副長らとともに死んだ。

〈海図台より前にゐた艦長大塚少将、副長樋口大佐、電測士清水少尉ら十二名は、どれが誰か分らないほど四肢四散して死んでをり、海図台のうしろで気を失つた高島航海士、同じく戦闘記録を取つてゐて気を失つた福田主計少尉、下士官一名、兵三名だけが助かつてゐた。

大塚艦長の遺骸は、首が無かつた。清水健二郎少尉も、顔が半分そぎ取られ、腕時計はガラスが破れて三時五十二分でとまつてゐた。

七月二十日、横須賀の寺で、大塚艦長以下三十五人の合同慰霊祭が営まれた。清水少尉の遺骨は、白布に包んで、級友の高島少尉が胸に抱いた。きのふ焼いたばかりで、未だあたたかいやうな感じがした。高島は、清水の上着のポケットから出てきた血染めのノートや、軍刀や、遺品類を一つの梱包にし、横須賀人事部気付で郷里の遺族あてに発送したが、のちに聞いた話では、血のついた物はみな抜かれて届

かなかつたといふ。〉

清水少尉のことはすべて高島少尉の視点から書かれている。阿川先生は多分、昭和四十年代の後半ごろに、直接高島氏に会って話を聞き、この本の、清水健二郎との再会、またその戦死の模様などを書かれたのであろう。――この話つづく。（'05・6・30）

あとからひとこと――

戦艦長門は、昭和十九年十月レイテ沖海戦に参加したあと、十一月に横須賀に帰って、小海岸壁に横づけ繋留されていた。もう油がないので（それに、かりに海へ出て行ったとしても敵の飛行機や潜水艦の餌食になるだけなので）、上に網をかけ樹木をのせて米機に見つからないようにしてあるだけの無用の長物であった。ただし形の上ではまだ生きている戦艦なのであるから、兵員は通常通りに乗っていた。

かように、もう戦う力も意志もなく、ひたすら敵に見つからぬことだけを念とする軍艦であったのだが、敵はちゃんとその存在を知っていて、容赦なく攻撃を加えたのであった。

# 天地《あめつち》は朱《あけ》に映ゆると

一高は戦後の学制改革で廃校になり、その跡地は東京大学教養学部になった。わたしが入学したのはその数年後だが、一高の遺習はまだいろいろ存していた。金《かね》をゲル、飯《めし》をエッセン、女の子をメッチェンと言う、といったふうな——。歴代の寮歌も依然歌われていた。

いっぽう当時は学生間における共産党の威信が強く、そこで寮のコンパは両者折衷で、「若者よ」ではじまり「玉杯」でしめくくる、というケッタイな取合せになっていた。寮歌自体もわだつみ寮歌版みたいなのができて、昼休みに共産党系の合唱団が学生たちに歌わせていた。

同じく左翼と言っても、戦後の左翼は時流である。対して戦前のそれは、前回言ったように若い知識人の良心のあかしであった。戦後のわれわれは、その良心の灯を守った先輩たちの歌として「彼《か》は誰《た》れの」と「運《めぐ》るもの」とを歌っていた。特に昭和十七年の

「運るもの」に対しては、子供ながらその時代を経てきた者として、よくあのころにこんな歌を作ったものと、ほとんど奇蹟の歌のような、畏敬の念をいだいていたのだった。

阿川先生に『軍艦長門の生涯』をお送りいただいたあと、一高が廃校になったころの生徒であった先輩の家へあそびに行ったら、「こんなものがあるんだよ」と近年の一高同窓会誌『向陵』を数冊見せてくれた。おもしろそうなので借りて帰って見ると、平成十三年十月に出た号に、岡田裕之というかたの「一高の戦死者たち」と題する文があった。

なかにこういうところがある。とびとびに引く。

〈五三回紀念祭寮歌「運るもの星とは呼びて」の作詞者、清水健二郎（四二年卒）については稲垣眞美『旧制一高の非戦の歌・反戦譜』（九四年）がある。四五年灯火管制下の真っ暗な寮でこの歌はいつもどこからか響いていたが、私は作詞者が七月長門艦上に戦死したことは戦後ずっと知らなかった。（…）

本誌『向陵』にも貴重な戦死者の追悼、回想が寄せられている。上記の戦死者佐々木、中村、清水については、高島（四二年卒）七五年四月（…）稲垣九五年一〇月の寄稿がある。〉

この高島氏が、阿川先生の作に出てくる長門の航海士高島碩夫少尉であろう。

岡田氏があげている稲垣氏の著書は版元が廃業したらしいとのことだったが、友人の尽力で入手することができた。この本によって、「運るもの」の作詞・作曲者のこと、およびこの歌ができた時のようすがわかった。

清水健二郎は大正十年八月生れ、香川県三豊《みとよ》郡観音寺《かんおんじ》の人。三豊中学を出て、昭和十五年四月一高文科丙類（フランス語）に入学した。寮の部屋は文科端艇部（文端）。背が高く体格のよいスポーツ青年である。ボート部は一高の華であった。

昭和十七年六月紀念祭寮歌の歌詞公募はこの年三月にあり、多数の応募作のなかから清水の「運《めぐ》るもの星とは呼びて」が第一位に選ばれた。

歌詞は清水の作のままではなく、軍当局の検閲をおもんぱかって、漢文の阿藤伯海教授や国文の五味智英教授が表現を微妙にさしかえたらしい、とのこと。原作者が敗戦前に死んだので仔細はわからない。なお、寮歌の選出や制作には教官も多少かかわっていたらしい。反軍的気分の濃い生徒たちと軍（特に憲兵）との調停に教授たちが苦労したことは稲垣氏の著書にくわしい。

つぎに曲が公募され、十曲あまりの応募があった。四月下旬のある日の午後、弥生道ぞいの地下ホールで銓衡会がおこなわれた。作詞者の清水も、寮の庶務委員らとともに審査員席にすわった。

以下は稲垣氏の描写を引かせていただこう。なるほど寮歌の曲は、こんなふうに一つ一つ歌われ、演奏されて選ばれたのだ、ということがよくわかる。

〈応募曲は、一曲ごとに楽友会（音楽班）の生徒たちが手拍子をとりながら実際に歌って聞かせる。伊藤隆太（のち東大医学部、東邦大教授）という、後年音楽コンクールの作曲部門一位に入賞もした理科乙類三年の生徒が、ピアノで寮歌らしい表情をつけて弾いてみせる。それを聞きながら審査員たちは原詩にもっともふさわしいと思える曲を選ぶのだった。

　さて、応募曲の演奏があと二、三曲になったとき、作詞者の清水が、自分の詩想が導入は暗く始まるが途中で明るく変っているので、同じ曲でしまいまで通して歌えるだろうか、という疑問を呈した。実際、途中から変調させた応募曲もあった。しかし、音楽班の一人として応募曲を歌っている仲間にいた理科乙類三年の大山哲雄の曲が演奏されたとき、一節から十二節の終りまで聞き終った清水は、「不思議だなあ、この曲だと同じ節《ふし》で始めから終いまで通してもおかしくないなあ」とうなづいた。全応募曲の演奏が終り、清水を含めた審査員の投票の結果、清水自身が共感を示した大山哲雄の曲が一位入選に決まった。〉

事実上、作詞者の一言が当選作を決めたもようである。

作曲者大山哲雄は、大阪の堺中学から四年修了で一高入学、この年東大物理学科に進み、のち電気通信大学教授。ピアノをひいた伊藤隆太によれば、大山の曲想にはシューベルトの「冬の旅」や「美しき水車小屋の乙女」の影響が感じられる、とのことである。清水は、自分の歌詞は初め暗く途中から明るい、と考えていたらしい。後半の最初と最終節は左の通りである。

七、みんなみの空十字星
　　眸《まみ》あげて民ら仰げば
　　島めぐる椰子《やし》の葉青し

十二、矜《ほこら》かに運命《さだめ》を秘めて
　　星轉《まろ》び民等謳はん
　　天地《あめつち》は朱《あけ》に映ゆると

清水健二郎はこの年十月東大仏文科に進み、翌年海軍に入った。海軍の電測学校が通信学校から独立したのは十九年十一月だから、清水は半年の教育訓練のあと通信学校に入って電測（レーダー）練習生になったのであろう。十二月電測学校卒業、任官、戦艦長門の電測士を命ぜられた。

このころの長門は事実上もう廃艦で、出動する油も意図もなく、迷彩擬装をほどこして岸壁につながれていた。それが米機の爆撃を受け、清水は終戦を目前にして不運な死をとげたのだった。

（'05・7・7）

あとからひとこと――

①前二条の、戦中の一高の情況、校内の雰囲気に関することは、稲垣眞美著『旧制一高の非戦の歌・反戦譜――めぐるもの星とは呼びて抄』（一九九四　昭和出版。以下稲垣著と略す）によって書いた。戦前戦中の寮歌については、わたし自身が昭和三十年に上級生たちから受けた寮歌教育の記憶によって書いた。

雑誌に発表後、東京大田区の金子知太郎さん（昭和十八年一高卒、清水健二郎の一年下で、在学中は親しくしてもらっていたとのこと）から、お手紙と、御自分がお書きになった〈逆に「お言葉ですが…」〉（ニューファイナンス'05・8。以下金子文と略す）をちょうだいした。わたしが書いた前二条に対する異論、批判である。

異論、批判は大きく言って二項ある。

一つは「彼《かれ》は誰《た》れの」という寮歌は知らない。聞いたこともない。「戦時中の寮生はこの歌を知らないだろう」ということである。

もう一つは、戦中の一高生の情況、雰囲気についてである。一高生は軍と戦争とを白眼視していたという記述は「絶対に承服しがたい」「まことに心外である」ということである。

わたしは戦争中には小さな子供であったから、無論一高内の雰囲気について直接には知らない。

同じく前二条を読んでお手紙をくださったかたに河田裕之さんがあった。河田さんは、一高で清水健二郎と同学年だったかたである。

わたしは金子文のコピーを同封して河田さんにお尋ねした。河田さんは御病気中であるにもかかわらず、懇切な御返事をくださった。戦後の若僧の思いこみをさとしてくださった、という文面で、わたしは心から承服した。長いお手紙なのでところどころ引く。

まず「彼《か》は誰《た》れの」について。これは金子さんのおっしゃるところと同じである。

〈金子氏同様私も聴いたことがありません。寮歌集の抜萃版というのがあります。同窓会全盛の昭和四十年代に版を重ねましたが、私の手元の二冊（40曲と70曲）とも同歌は掲載されていません。私たちの先輩諸兄も全く唱わなかった証拠といえましょう。〉

「彼は誰れの」は、戦後になってにわかに脚光をあびた昭和初年の寮歌であったようだ。同じ時期に、戦前戦中を知る元一高生たちは同窓会をやっても唱わず、その歌の存在を知りもせず、その時代を知らない戦後の東大生たちが、戦前を代表する歌と信じて唱っていた、というのもおかしなことであった。

そうとわかると清水健二郎も「彼は誰れの」を知らなかった可能性が強い。「彼は誰れの」の「赤ひかる星」と、「運《めぐ》るもの」の「赤き大星」とは偶然の類似だったのかもしれない。

戦中の一高の雰囲気については河田さんのお手紙にこうある。

〈昭和十七年初頭は、「まさか」「あわよくば」といった世をあげての高揚状態にあり、一高生がその埒外にいたとは思えません。只これからどうなるんだという国と我が身に対する不安感が大きくのしかかっていました。「運るもの」の暗い情調は清水君自体の暗い情調に伴うものでしょう。あの戦争が始ってからは「栄華の巷を低く見」るような「嫌厭気分」などというものはなかったと思います。〉

金子さん、河田さんという当時を知るお二人が口をそろえてそうおっしゃることにまちがいはあるまい。稲垣著にあらわれている戦中の一高生の白眼視的態度はごく一部のものだったのであろう。

したがってわたしの前二条には、訂正、修正を要する個所がかなりあるが、直接手を入れてはウソになってしまうのでそれはそのままとしておきます。金子さん、河田さんには深く御礼を申しあげます。

②「若者よ」は、昭和三十年前後のころ、全国の大学や工場でひろくうたわれていた共産党系の歌である。よくうたわされたから五十年以上たった今でもスラスラうたえる。歌詞は「若者よ、体をきたえておけ、美しい心がたくましい体にからくもささえられる日がいつかはくる。その日のために体をきたえておけ、若者よ」。遠からぬ将来、正義の若者が、

米帝および日本反動を相手の革命戦争に加わり、あるいは不運にして敵手におちて拷問される日がくる。その時たよりになるのは強靭な身体であるから、今のうちに体をきたえておけ、というような意味なのだろう。日本中の、何十万という青年男女がこんな歌を大まじめに歌っていたのだから、あれも奇怪な時代であった。作詞作曲がだれであったか幸いにして忘れたが、何でもひらかな名前だったような気がする。「ともしび」とか「カチューシャ」とかいったたぐいの歌集がどこかに残っていたら、出ているかもしれない。

# 『断腸亭日乗』

目のぐあいがよくないので本を読むかわりに、ここしばらく新潮社のカセットブックとCDとをずいぶん聞いた。

どれを聞いても「うまいなあ」とよみ手の技倆に感心する。

なぜこんなにうまいのか。思うに、よむ前にその作を通覧して「これをどういう声音・調子でよもうか」と方略を立てる、その方略が的確だからであろう。

なかでも、「この人でキマリ！」と思ったのが高橋昌也さんの『断腸亭日乗』であった。

これは永井荷風の、大正六年三十九歳の年から、昭和三十四年八十一歳四月二十九日(死の前日）にいたるまでの日記である。これを高橋さんは、ちょっと喉《のど》に痰がからまりかけたようなゴロゴロした老人声でよむ。これがぴったりなのだ。

このゴロゴロ声がもっとも精彩をはなつのは、死の年昭和三十四年である。この年になるともう記事はごくすくない。四月にはいるとほとんど日づけと天気だけになる。

この部分のよみが絶妙なのだ。内容は何もないにひとしい単なる日づけと天気の羅列を高橋さんは、だんだん緩慢に、だんだん弱々しく、狷介で剛情な老人がとぼとぼとあの世へむかってあゆむ孤独な姿が目に見えるように、ていねいによんでゆく。まさしく声の藝術である。

そして最後の「四月二十九日、祭日、くもり」。これを高橋さんは、もうこのあとには「死」しかないことがだれにも明白なように、みごとによみおさめる。そして静寂。聞き手は深い感慨に沈む。……とゆきたいのだが、ここで新潮CDは、やおら唱歌「夏は来ぬ」のメロディ演奏を始めてわが感慨をブチコワシてくれるのでありますね。

そう言ったら新潮社さんは「どの作品も前後に音楽を流すことにいたしております」とおっしゃるであろうが、どうもこの際はあまりありがたくなかったなあ。

このCDは二枚一組で計二時間二十分ほど。『断腸亭日乗』を全部よんだら百時間くらいはかかるだろうから、これはそのいたっての抜萃である。抜萃はしかたないにしても、四十三年分を二時間ちょっとはあんまりすくなすぎるなあ、と最初買った時には思った。しかし高橋さんのゴロゴロ声に魅了されてくりかえし聞くうち、まあこれくらいが適当なのかなあ、と思えてきた。ほれた弱みですかね。まあ、全体の構造や性格はよくわかります。

最も感銘したのは荷風の強靭な精神力であった。

荷風が、この日記は作品になる、と気づいたのは、書きはじめて十七年めの昭和八年のことらしい。

――『あめりか物語』も『腕くらべ』も、あるいはほろびるであろう。しかしこの日記は、永遠の生命を保つわが最高の作にすることができる。そのかわり、死ぬまでかかる息の長いしごとだ。完結の姿を自分が見ることはかなわない。

以後荷風は、一人の作家であると同時に、『断腸亭日乗』と題する作品の主人公になる。あるいは、生きる自分と、それをかたわらより見て描写する自分との二人になる。傲岸孤高にして淫蕩遊惰、日本の社会をも文化をもことごとく白眼視する高等無頼として、おのれと日記とを統御する。

すなわち一種のイッヒロマン（一人称作品）であるが、一般のそれとちがい、主人公の身の上におこることを作者が左右することはできない。おこることは否応なくおこりつつ、それが作品でなければならない。

その最たるものが昭和二十年の転変であり、これが作品のクライマックスである。

三月九日夜半の空襲で寓居麻布偏奇館焼亡、荷風は日記と書きかけ原稿がはいったカバン一つを手にのがれた。この日記こそ命よりだいじな書きかけ原稿なのである。これを世に残すために生きているのだ。

ひとまず代々木の知人宅に身を寄せ、やっと中野のアパートにおちついたと思ったら、ここがまた五月二十五日夜の空襲で焼けた。

代々木の知人宅へ行ったらここもうない。駒場の知人宅を経て、六月初め罹災者専用列車で東京脱出、明石の寺で筆硯を借り得て五月二十五日以来の日記を書いた。

――五月二十五日（すなわち東京大空襲の日である。荷風にとっては中野の最後の日）朝、アパートの窓をあければ快晴、初夏の気満ちて新緑のなか巣立ちした雀の子の声もうれしげなり。昼、当番でアパート住人の配給物を取りに行くに、江東で焼け出されてきた可憐の少女が車を引いてくれた。そして夜、紅蓮の炎の下を日記のカバン一つを手に逃げ惑う荷風――主人公荷風は悲惨だが、それを叙する『断腸亭日乗』作者荷風の筆は喜びに躍っている。

このあと岡山へ逃げ、谷崎潤一郎をたよりに美作勝山へ行ってみたが食料入手困難であきらめ、また岡山へもどったのが八月十五日。正午の放送は車中にあって知らず。三《み》門《かど》の借り家にたどりついて初めて「突如戦争停止」を知り祝盃をあげる。

『断腸亭日乗』の荷風の身の上に生じた最も俗な事件は、昭和二十七年の文化勲章受章である。

ただしこれは空襲とはちがう。避けることはできた。主人公がもっと若ければ、「そんなものは要らぬ」とひややかに拒絶して見せるほうが似合ったでもあろう。しかしもともと老人趣味濃厚の荷風が、事実すでに七十四の頽齢である。年甲斐もなく尻をまくって大向う受けを狙う振舞いに出るより、寄る年波で気力落ち心ならずも角がとれた衰老の人が、苦笑しつつ世俗の栄誉を温順に受け入れる形をとるほうが似つかわしい、と見たのであろう。

かかる作品の一番むづかしいのはその結末であろう。それを荷風は計ったようにみごとにやっている。

昭和三十四年。はじめのうちは「正午浅草」がつづく。千葉県市川から最愛の浅草まで毎日、昼飯を食いに出かけるのである。あとは時折訪問者の名があるのみ。

三月に入るとそれが「正午大黒屋」に変る。市川の駅前の飯屋である。もう浅草へ行く体力はないのだ。

そして四月には、上述の通り日づけと天気だけになる。ひとり陋屋に病臥して死を待つ形作りである。実際にいつ、どう終るのかは当人にもわからぬことであったが――。

日記にはないけれども、手伝いのおばさんが来ていた。この人が四月三十日朝、死んでいる荷風を発見した。心臓麻痺であったらしい。

（'05・8・25）

あとからひとこと――

三門《みかど》は岡山西郊で吉備線の駅がある。「荷風の八月十五日」の後半を御紹介しておきましょう。

〈……午後二時過岡山の駅に安着す、焼跡の町の水道にて顔を洗ひ汗を拭ひ、休みく三門の寓舎にかへる、S君夫婦、今日正午ラヂオの放送、日米戦争突然停止せし由を公表したりと言ふ、恰も好し、日暮染物屋の婆、雞肉葡萄酒を持來る、休戰の祝宴を張り皆〻酔うて寝に就きぬ、〉

「玉音」と言わずにラジオの公表と言ってあるところがいかにもつむじまがりである。

# 自称の問題

本をよんでもらったテープを聞いていると、日本語の文章には「どうよむのかむづかしい字」が数多くあることがよくわかる。と言ってもいわゆる難字僻字の類ではない。どれもごくありふれた漢字である。それがむづかしいのだ。

その最たるものが「私」である。人によんでいただくのはたいてい、種々の方面の研究者が書いた一般むけの本で、著者の自称（一人称）は多くが「私」である。「私が学校を出たころには……」といったふうに——。これをどうよむか。

目で読む際には、これは問題にならない。「著者の自称」としてその字を見てすぎるだけであるから。

ところがこれを声に出してよむとなると、どうしても「わたくし」「わたし」のいずれかを発声しなければならない。

実は著者自身もおおかたは、習慣的に「私」の字を書いているだけなのであろう。かならず「わたくし」（もしくは「わたし」）なのであれば、ひらかなでそう書くはずだ。つまり正解はないのである。

一人称、という最も簡単な語についてこんなめんどうな問題が発生するのは、世界中で日本語だけじゃないかしらん。

本をよんでくださるかたは、まず例外なく「わたくし」とよむ。それがふつうだからもとより何も苦情はないのだが、「わたくしは…」「わたくしの…」「わたくしが…」とひんぱんに「わたくし」が出てくると、どうにも耳障りでほとんど耳をふさぎたい心持ちになるのである。

文章中の一人称は、字数がすくなく音も短いのがよい。その点英語のI《アイ》や中国語の我《ウオ》は理想的である。日本語も、明治の「余《よ》」は理想的であった。口語文が一般になってから問題が生じた。

漱石は、口語文でも自称は「余」で通した（小説の登場者の「吾輩」や「おれ」は無論別である）。そういう人はほかにも多かろう。

鷗外は「わたくし」と書いた。「私」ではどっちかわからないのをきらったのだろう。

これに対して、自称が出てくるたびに四字四音もついやすのは感心せぬ、と言った人がある。小生もそう思う。当人も気にしていたと見え、主人公はほぼ鷗外自身だがそれを小説の形で書く際には「己《おれ》」「自分」などを用いている。

まったく日本語の文章の一人称は頭の痛い問題なのである。

この困惑をていねいに書いてくれた人に津田左右吉がある(『おもひだすま丶』あとがき)。小生大いに共感した。すこし長いが読んでみてください。鷗外を念頭においているようである。

〈いまのことばで文章を書くときに、どういふことばを用ゐてよいのか困ることがいろ〳〵あるが、その一つに一人称の代名詞がある。ヨウロッパのことばとはちがつて、日本のことばでは、それを使はないですむばあひ、または使はないはうがよいばあひがあるが、どうしても使はねばならぬこともある。そこで、そのばあひにどう書くかが問題である。

一般には「わたくし」が多く使はれてゐるようであるが、あひてがあつていふときにはともかくもとして、さうでないばあひには、これはふさはしからぬ感じがする。〉

ちょっと切ります。これは会話と文章とのちがいを言っている。特定の相手がある会話のばあいには、その相手によって「おれ」「ぼく」「わたし」「わたくし」などと使いわける。当然「わたくし」が適当なばあいもあるのだが、不特定の人を相手とする文章で「わたくし」はふさわしからぬ、というのである。

〈このことばの語源や、それがどうして、またいつから、一人称の代名詞となつたかといふことは、別の問題として、口でいふばあひには、いまでも、あひてに対するることばとなつてゐるし、何となくみづからを卑下するきぶんがそれに伴つてゐるようでもあり、またことばのひゞきも耳にこゝろよくない。(代名詞、特に一人称のに、四綴音もある長いことばを用ゐるためしは、ほかの民族には無いのではなからうか。国語でも、むかしは「あ」「わ」「あれ」「われ」などの一綴音か二綴音かのであつた。)〉

実際「わたくし」という音の響きは、特にそれが一音一音はっきりと発音されかつ反復されると、はなはだ耳にこころよくないのである。

〈「わたくし」の「く」が省かれた「わたし」といふことばもあるが、これはやゝなれ〳〵しげにきこえ、あひてに対して口でいふときにはともかくも、たれにも読ませることになる文字に書くには、軽すぎる感じがする。また「おれ」といふのは「おのれ」の「の」が省かれたものであらうから、意義からいふと、よいことばではあるが、いまの一般のつかひかたからいふと、傲慢にきこえる。〉

鷗外が使ったのはこの「おのれ」の意の「おれ」である。

以下津田左右吉は「じぶん」と「ぼく」を検討して、文章中の自称としては、前者は「ことぐ〜しい」、後者は「なれ〳〵しいきぶんが伴なふ」と言い、さりとていまさら「やつがれ」や「みども」でもあるまい、としりぞけて、こう結論している。

〈かう考へて来ると、文章に書くばあひの一人称の代名詞には、一つもよいものが無い、といふことになる。〉

小生は本欄で「小生」と自称している。十数年前新聞の書評欄を書くことになった時この「自称問題」に困って、最初は「愚僧」にしてみた。そうしたら読者から「お坊さんでいらっしゃいましたか」とまじめなお手紙が来たので、こりゃまずいと気がついてつぎは「拙者」にした。しかしこれもなんだかいばっているみたいなので数回で放棄し、つぎに「小生」にしたのが今につづいているのである。決して、「小生」にかぎる、と思っているわけではありません。

一番困るのは「小生」にはどうしても諧謔的な気分がともなってしまうことで、だから時には「わたし」を併用する。鷗外とおなじく、あいまいな「私」は書かない。

いずれにせよまことに津田左右吉が言う通り、日本語の文章にはこれぞという一人称がない。それは、会話で誰相手に使ってもさしつかえない（またおかしくない）一人称がないのと同じ理由によるのであろう。

（'05・9・1）

# 反切のはなし

# 「便」は「スラスラ」

あるかた（かりにT氏）が、さきごろの朝日新聞（'05・5・10）「天声人語」中の記述について、疑問のお手紙をくださった。

まず天声人語中の左の部分を引用してある。

〈「便」とは「人を鞭《むち》うって柔順ならしめ、使役に便すること」と、白川静さんの『字統』にある。そこから、「便利」「便宜」などの意となる。「便々」とは、唯々としてことに従うことという〉

ついでこれに対するT氏の御意見。

〈これはおかしいのではないでしょうか？　意味が通じない様に思います。「便」と「鞭」では、その意味が全く違うと思うのですが、如何なものでしょうか。〉

当日の天声人語を見ると、先月おきたＪＲ福知山線事故の善後策の件である。「主要路線で便数を減らす」とか「便利さを求め続けてきた社会」とか「便」の字が何度も出てきたので、その「便」についてちょっと閑談をはさむ気になったものらしい。

もし天声人語子が（あるいは白川氏が）「便と鞭とは元来同義」と言おうとしたのであるなら、それはその通りである。「意味が全く違う」どころか、便と鞭とはひとつことばである。

ただしそれは、二千年も三千年も昔の、漢語（シナ語、中国語）の話である。

もともとことばとは、人が口から発する音なのだから、音が同じなら意味も同じと、とりあえず假定してかかってさしつかえない。ちがっていればあとで取消せばよい。そして便《べん》と鞭《べん》とは明らかに同音であり、このばあいたしかに同義でもある。

二千年以上も昔の中国人の口からどんな音が出ていたか正確にはわからないが、「便」はまあだいたい「ピアン」というような音であったと考えて大過なかろう。意味は「順調、好都合、快適」。つまりいまの日本語の「スラスラ」にあたる。

なにごとであれ、物事が順調にはこぶのが「ピアン」である。論語郷党に、孔子は、自宅周辺ではいたって訥弁だが、勤務先ではピアンピアンと（つまりスラスラと）よどみなく発言した、とある（其在宗廟朝廷便便言）。

その他、しごとがスラスラはかどるのも、馬車がスラスラ進むのもピアン。そして、馬をスラスラ進ませるために馭者が使う皮革製の細長い用具も「ピアン」、日本語に訳せば「スラスラ」と呼んだわけだ。

そのスラスラ棒を字に書く際には「あの革製のピアンね」と念を押す意味で横に革の字をくっつけて「鞭」と書くが、ことばとしては「便」と同じなのである。

しかし天声人語の引用部分だけでは、これが古代漢語の話なのだということが、一般のかたにはわかりにくいのではなかろうか。その上、どの段階でつけたのか「鞭《むち》」と人を誤解させかねないふりがながついているものだから、T氏は、「便」と「むち」とでは意味がちがうじゃないか、と思ったのかもしれない。

なおそのあとに、「便々」とは唯々としてことに従うこと、とあるのは何のことか。事故後のJR職員の行為に結びつけようとしたのかもしれないが（あとにそんなことが書いてある）、しかし「便便」にそういう用例があるのか。それとも、日本でそういう意味に使われた、というのだろうか。この部分は、天声人語の言っていることよくわからぬ。

日本語「むち」の由来はわからない。諸説あるようだがみなアテズッポウである。無論小生も知りません。語源のわからぬ言葉はいくらもある。

千何百年か前、漢語「鞭」（またその文字）が日本に入ってきて、その指す物が日本語「むち」に相当するようなので、この字をあてた。「鞭」の音《おん》（漢語の発音）がベン、その訓《くん》（意味）が「むち」である。

これはあたかも、十九世紀に英語 whip が入ってきて、その指す物が日本語「むち」に相当するようなので「むち」と訳したのと同じである。whip の音《おん》（発音）がウィップ、訓《くん》（意味）が「むち」である。

むちと鞭《べん》とのあいだにも、むちと whip とのあいだにも、また鞭《べん》と whip とのあいだにも、なんら本来的な関係はない。言語が別なのだから当然である。ただ、指す物が同じだ、というだけのことである。

上述のごとく日本語の「便」は漢語からの外来語である。いろいろな方面に使われて来、また現に使われているが、基本的に、原義「順調、好都合、スラスラ」の範囲を出るものはない。すなおに使われてきたことばである。

元来の音《おん》はベン。これは、日本に入ってきた当時の漢語（中古漢語）の音がそういう音だったので、そう音訳したのである。

日本に来てからちょっとなまってビンとも発音されるようになった。

本来のベンは、便利、便益、簡便、不便など。

ビンは、好都合の意から、好都合な交通・通信・連絡手段の意に用いられることが多い。郵便、航空便、宅急便、便箋など。

しかしそればかりでもない。「ことを穏便にすます」の穏便《おんびん》、また音便《おんびん》などの語もある。音便とは、言いやすいように（つまり口に好都合なように）言うことである。「開《ひら》きて」を「開《ひら》いて」、「取《と》りて」を「取《と》って」のごとく。

ベン・ビンとも、単用されることがある。「交通の便《べん》がよい」「便《びん》があったらとどけてちょうだい」のごとく。これも意味に大差があるわけではなく、どちらも好都合の意からの拡張である。ベンと言うかビンと言うかは習慣のちがいにすぎない。鉄道関係の用語はすべて「○○便《びん》」と言うようだ。

日本で「べんべんと日をすごす」等の言いかたがあり「便々」の字をあてることがあるが、これは漢語「便」とは関係ない。あるいはのんべんだらりとかかわりあるか？

ウンコのことを「便」と言うのは二千年前のシナ語の段階からすでにそうである。「スラスラ出るもの」という婉曲表現から出たものと思われる。あるいは、腹にウンコがたまっていることは苦しく、それが出ることは快適であることから「便」と婉曲表現したのかもしれない。

当初はもっぱらウンコを「便」と言い、オシッコは「小」をつけて言ったのが、のちにその小便に対して「大便」という言いかたができたようである。

（'05・6・23）

あとからひとこと――

「べんべんと日をすごす」の「べんべん」について小学館の『古語大辞典』は「綿綿」の字をあて「漢音。原意は単に長いさま」としている。このほうがよさそうだが、漢音というのはどうなのでしょうね。たしかに「綿」の漢音はベンだが、それが日本で使われた例を知らない。はじめは「めんめんと日をすごす」のごとく言っていた、それが濁って（m音とb音とはどちらも唇音でごく近い）「べんべん」になった、その「べん」が理論上の漢音に一致した、というくらいのところなのかもしれない。

# 法返しがつかねえ

先日新聞で、よい記事を見た。

——あるおばあさんが、夫の遺産何千万円かをだましとられた。しかしおばあさんには被害者意識はない。「話相手になってくれる」とむしろ喜んでいる、というのである。

それはそうだろう、と思う。金を握って死ぬより、親切な話相手が来てくれるほうがうれしいにきまっている。

むかしこんな話を聞いた。

イギリスで、一人暮しのおばあさんが死んだ。おばあさんは毎日かかさず日記をつけていた。最後の十年間の文言は、日づけと曜日以外、すべて同じだった。

〈今日も、だれも来なかった。〉

おばあさんのバッグにどれだけのお金がのこっていたか知らないが、もしだれかが「こんにちはメリー」と明るい笑顔でたずねてきてくれたら、おばあさんはきっと、その人にバッグごと渡しても惜しいとは思わなかったろう。

この三月から毎週一回、近くの町の図書館で話をさせてもらっている。こちらからたのんだのである。

はじめは、一度来て話をしてくれませんか、ということであった。

「一回きりなら行かない。たびたびだったら行きます」と小生。

「では毎月一回」

「すくなすぎる。もっとひんぱんに」――ということで、週一回で折りあった。まるで押しかけ女房だ。

話を聞いてくださるのは図書館へおいでのかたである。さいわい毎回十人から二十人くらいがお聞きくださる。このお客さまが、本欄をお読みくださる皆さまと同じく、わが命の綱である。

気まぐれな年寄りの話だから、題目は毎回いろいろである。本居宣長の学問、穂積陳《のぶ》重《しげ》博士と明治初年の大学、可能動詞の出現、北清事変と柴五郎中佐と東方文化学院、茂吉の歌、ハ行音の変遷と『草枕』の江戸っ子床屋、等々。まるでとりとめがない。本欄と同様、たいがいは知ったかぶりである。いや証拠がのこらないぶんいっそう無責任である。

おしまいの、変なとりあわせのはこういう話だ。

――大昔の日本人はほっぺたのことを何と言っていたろう?

多分ポッポ（popo）と言っていたのでしょうね。録音テープがのこってないから保証はしないけど。

それが、平安時代ごろにはフォッフォ（fofo）になった。pの唇《くちびる》の弾きが弱くなったのである。つまり口が、ちゃんと力を入れてpの音を出すのを横着し出したのだ。

音韻の変化を駆動するのは「横着の原理」ですね。これは地球上のどの言語も同じでしょう。

なお日本語のfは、上下の唇が接近して離れる時に出るファとかフォとかの子音で、英語のf音とはちょっとちがう。厳密にはΦであらわすのだが、めんどうだからfでまにあわせておきましょう。

そういうわけでほっぺたのことをfofoと言っていたのだが、平安末か鎌倉ごろから、また口が横着をして二つめのfをちゃんと出さなくなった。ほっぺたはフォウォ（fo-uo）になった。

室町ごろにはさらに口が横着して、ほっぺたはただのフォー（fō）になった。

江戸時代になると、口はまたまた横着して、このfの音の両唇が律義に近づかなくなり、現在のハ行音（フをのぞく）と同じ、口をあけたなりのhの音になった。したがってほっぺたはホー（hō）になった。

かくてほっぺたの日本語は、横着な口のおかげで、大昔の「ポッポ」からとうとう「ホー」にまでなってしまったのだが、これは無論ほっぺただけではなく、ハ行音全体についておこったことである。

たとえば、よく「母はむかしパパだった」と言われるように、上古の幼児が母を呼ぶ語は「パッパ」だったのが、ファファ、ファウァ…と変化したのであるし、あるいはまた『平家物語』は、それを盲目の琵琶法師が語っていたころには『フェイケ物語』であったわけだ。

なお現在母を「ハハ」と言い頰をしばしば「ホホ」と言うのは、文字表記にひかれた発音である。江戸時代には、母は「ハワ」ないし「ハー」、頰は「ホー」であったのだ。

漱石の『草枕』に、神田の生れで九州那古井《なこい》温泉に流れてきた江戸っ子床屋が出てくる。この床屋のセリフにこういうところがある。

「隠居さんがあゝして居るうちはいゝが、もしもの事があつた日にや、法返しがつかねえ訳になりまさあ」

ホーガエシ（頰返し）は、口のなかで食物を転ずることである。転ずるから、食物をかみ、のみこむことができる。

この語は多く「ホーガエシがつかない」の形で使われる。子供などが食物を頰張りすぎて口のなかで動かせないことから、動きがとれない、にっちもさっちもゆかぬ、手だてに困《こう》ずる、の意にもちいる。

それを漱石が「法返しがつかねえ」と書いたところがおもしろい。

江戸っ子は「ホー」という語を愛用したようだ。手だて、やりよう、わけあい、等々の意である。右床屋はまた、「何が結構だい。いくら坊主だつて、夜逃をして結構な法はあるめえ」と言っている。

この「ホー」、字は「法」を書き、また「方」とも書く。ただし無論、江戸っ子が威勢よくしゃべる際に、字のことなぞ意識していたわけではない。ただ、「べらぼうめ、そんなホーがあるものか」とか「何とかホーをつけて助けてやりてえもんだ」とか言っていたのみだ。漱石、露伴、一葉などの江戸っ子作家が文字に書く際、「法」とか「方」とかを書いた、ということである。

漱石は、ホーガエシのホーをこのホーと解した。漱石にかぎらず、すくなからぬ江戸っ子が、「ホーガエシがつかねえ」のホーは「ホーがつかねえ」のホーと同じ、と漠然とながら思っていたであろう。これも一種のフォルクス－エティモロギー（民衆語源、語源俗解）だ。

しかし「ホーガエシがつかねえ」のホーが、「ホーがつかねえ」のホーと同じだとしたら、その下の「ガエシ」はいったい何なんだ？

なに、江戸っ子はそんなめんどうなことは考えない。「ホーガエシ」のほうが調子がよければそれでたくさんである。

漱石が「法返し」と書いてくれたおかげで、江戸の「頰」がまさしくホーであったことがわかる。その上、江戸っ子の言語解釈の一端を垣間見ることもできた。

……とまあそんな話をして、おヒマをちょうだいしているわけであります。

（'05・7・14）

## 反切《はんせつ》のはなし

英語はスペリングで発音のわからぬ語が多いから、辞書には発音記号がついている。chalk はチャルクではなく［tʃɔ́:k］、といったふうに。

発音記号ができる前はどうしたんだろうなあ。

いまの日本語はその点便利だ。「chalk－白墨」、この「墨」の字の発音を示したければ、「ボク」「ぼく」「boku」と三つも表示法がある。

いまの中国語は「ピンインローマ字」で示す。「墨」なら mò。いたってかんたんである（もう一つ「注音字母」というのがあるのだが、印刷屋さん泣かせだから省略）。

とにかくいまは、発音表示は容易だ、ということです。

ところがむかしの中国で字の発音を示すのは、これは容易でなかった。なにしろ漢字しかないんだから、なんとか漢字を使って漢字の発音を示すほかありません。

問題の字と同音のやさしい字があれば、それを使えばよい。「仁の音は人と同じ」といったふうに。
でも、そういつもおあつらえに同音のやさしい字があるとはかぎらない。そこで開発されたのが、二字を使って一字の音をあらわす「反切《はんせつ》」という方法だ。この方法、千八百年くらいも前にもうできてました。
このたび出した『お言葉ですが…⑥イチレッツランパン破裂して』で小生何度かこの反切をもちいております。たとえば「杏仁豆腐」の項に、
〈「杏」は何梗切だから、カウが正しいはず（何梗切は杏の字の反切《はんせつ》。「何」が声母《せいぼ》を、「梗」が韻母《いんぼ》を示す）。〉
かように「何」と「梗」の二字を使って「杏」の音をあらわすのだが、その際「杏は何梗反」または「杏は何梗切」と示すのでこのやりかたを反切《はんせつ》と言うのである（「反」でも「切」でも意味は同じことです）。
また「木くずと木屑」の項の「あとからひとこと」に、
〈「木」は中古音《ちゆうこおん》莫卜切、（…）「屑」は中古音千結切、〉
また「女はあおむけ男はうつぶせ？」の項に、
〈あらいすすぐ意の「洗」をセンとよむのは日本人の百姓よみである。正しくは先礼切、セイである。〉

かように反切で音を示したところはあちこちあるのだが、それについて説明したところが見あたらない。

その前の『お言葉ですが…⑤キライなことば勢揃い』を見ると「人生テレコテレコ」の項に、

〈この「渠羈切」とか「居宜切」とかいうのは反切《はんせつ》と言って、一種の発音記号です。中古音の音韻をあらわす。（…）これについて説明するのはだいぶ手間がかかるからまたの機会にしますが、……〉

とある。それきり説明をサボっていたらしい。怠慢の段幾重にもおわび申しあげます。

「中古音《ちゅうこおん》」というのは、中古漢語（六朝隋唐のころの中国語）の音《おん》、ということです。日本の漢字音の大部分（九十九パーセント以上）はこの中古漢語の音である（もちろん日本流になまっていますが）。

また、いまの中国語の音も、この中古漢語の嫡系の子孫である。

そして反切というのは、この中古漢語の音を示したものなのです。だから日本漢字音を考える際に有効である、というわけですね。

問題の字の音を、二字を使って示す、というのはどういうことかというと、たとえば日本語の「ケ」の音がわからない人にカタカナのみを使って教えるとして、ケの音を子音と母音とに分解して「カメの反《はん》（または切《せつ》）」と教える、そういうやりかたです。反則だがローマ字を使って説明するなら、「カ（ka）のkをとってaを捨てよ、メ（me）のmを捨ててeをとれ」と教えるわけだ。すると「カメ」から「ケ」が出てくる（もちろんカメにかぎるわけではない。コメでもクセでもよい）。

右の「子音」「母音」というのはいまの日本の言いかたです。むかしの中国ではそれを「声母《せいぼ》」「韻母《いんぼ》」と呼ぶ。

漢語（中国語）の音は日本語よりずっと複雑であるが、とにかくその一つの音の、頭の子音を「声母」、そのあとの全部（声調もふくめて）を「韻母」と言う。

そこである字Aの音を示すのにBとCの二字を動員して「AはBC切（あるいは反）」と書く。Bは声母のみをとる。Cは韻母のみをとる。そしてくっつけるとAの音が出てくる、というわけだ。

とりあえず日本漢字音を使って説明すると、たとえば「洗は先礼切」なら、先（sen）の声母と礼（rei）の韻母とをとってくっつければ、セイが出てくる。あるいは、「屑は千結切」なら千（sen）と結（ketsu）とからセツが出てくる。

そんなら初めからあっさり「洗はセイ」「屑はセツ」とカタカナで示せばいいじゃないか、とおおせのかたがあるかもしれぬ。日本漢字音を示すだけならその通りです。しかし日本語の音は単純だから、そうはゆかないこともある。

たとえば要綱の「綱」と高低の「高」とは、中古漢語では別の音です（無論現代漢語でも別の音）。ごく概念的に示せば「綱」はkang「高」はkauである。ところが日本語には「-ng」の音がなく、あらわしようがないので、ウかイを書く。千年以上も前からそういう約束になっている。すると綱もカウ、高もカウ、と同じ音みたいになってしまう。これを、綱は古郎切、高は古労切、とすると、ちがいがわかります。

一つの音を二つの部分（音素）に分解してみたり、二つの音をくっつけて一つの音にしてみたりと、ローマ字もない大昔の人にそんな器用なことができるものだろうか、とけげんにお思いかもしれぬが、中国人は昔からそういうことが好きなのである。

論語によく出てくる「諸《シヨ》」は「之於《シオ》」もしくは「之乎《シコ》」を一字にしたもの、という話をどこかで聞いたことがおありと思うが、その原理は反切と同じである。

森鷗外の次男の名前不律《ふりつ》はドイツ名フリッツに漢字をあてたものだが、なぜ「不律」二字なのかというと、この二つを反切の原理であわせて一つにするとヒツ、つまり「筆」になるからである。筆は文人の象徴、知性のあかしである。

これは無論鷗外の発明ではなく、二千年以上も前から中国人は筆のことを「不律」と呼んで喜んでいた。気のきいたシャレ、というわけですね。鷗外はそれをむすこの名前に使った、というわけです。

（'05・8・4）

# 敬語敬語と言いなさんな

「ヤバイ」ってのは「あぶない」の意の俗言だと思っていたら、このごろの若い者はこれを「よい」「すばらしい」の意味に使うんだそうだ。新聞にそう出てたよ、と人が教えてくれた。

見るとなるほど出てますね（'05・7・13各紙）。思いもよらぬ使いかたをするものだ。ちっとも知らなかった。

いやこういうことは何も、日本国民たるものぜひとも知っておかねばならぬ、というほどの知識ではありませんよ。ほっといたらそのうちに消えてなくなる。何かのまちがいでこの語が二十年三十年後の日本語のなかに確たる位置を占める事態になったら、その時になってからおぼえたっておそくない。

それにしてもなんでそんなつまらんことが麗々しく新聞に出るのかと思ったら、「文化庁国語課」なる役所が「平成十六年度国語に関する世論調査」なるものをやって結果を公表したのだそうだ。この「ヤバイ」などの若者言葉のほか、敬語を適切に用いているかとか、慣用句を本義通りに使っているかとかの調査をしたらしい。

国語課と称しながら、「世論調査」という国語の使いかたからしておかしいね。だいたいこの「世論」というのが、どうよませるつもりなのかさえ判然としないウロンな言葉だが（セイロン？ セロン？ ヨロン？）、そのことはしばらくおくとしても、「世論調査」というのは、政治問題・国際問題等について国民一般の意見を問うことだろう？

だから、日本語にかかわる何らかの問題に関して国民多数の見解を調査したのなら「国語に関する世論調査」でもよかろうが、これは言語の使用情況を調べたのだからちっとも「論」の調査ではない。言うなら「実情調査」か「実態調査」か何かではないか。

つぎに、政府がおこなう大がかりな調査は、何であれ、たいがい政策の立案、実施に資するためのものだろう。

言葉について調査して、それでどうしようというのか。国民の言葉づかいを善導するつもりかね。やめてくれよ。

日本語の現状調査なら国立国語研究所という政府直営の立派な機関があって、多数のスタッフが日夜調査活動に従事しているはずだ。

はやり言葉や若者言葉についての噂話なら新聞や雑誌が喜んでやるだろう。今回の

「世論調査」を大きく取りあげているのでもわかる。

敬語や慣用句のおもしろおかしい使いちがいの評判なら、新聞や雑誌にものるし、売れ筋と見えて本もつぎつぎに出る。敬語についてはまじめな研究書も出る。

それで十分ではないか。

そもそもなぜ、政府の中央官庁に「国語課」というものがあるのか。

日本政府が「日本語は低級な言語である。これを西洋語なみの進歩し能率的な言語に改造しなければならぬ。そのために漢字を全廃し、かな文字かローマ字だけにする」という、いまから見ればバカバカしい基本方針を立て、文部省に国語部局（ないし委員会）を設けたのは百年前の明治三十年代である。国語課はまさしく、政策立案・実施部局であったのだ。以後おおむねずっとあるが、ロクなことはしなかった。

その大方針が破綻し、国語課は「改革」を中途半端のままほうり出して、消えうせたのかと思ったら文化庁にもぐりこんで生きのび、ちかごろはこんなつまらぬ「世論調査」なんぞをやってお茶を濁しているらしい。

日本語に政府の「政策」はもうまっぴらである。

このたびの政府の調査のうち、敬語関係の「問題表現」で「先生がお見えになります」というのがあった。たとえば「大石先生もそろそろお見えになるはずです」と言うのは不適当、ということらしい。「そろそろおいでになるはずです」あるいは「そろそろ見えるはずです」がきれいだ、というのであろう。

それはそうだろうがしかし、敬語のことを世間がやいのやいのと言うから、人が固くなっちゃって混乱する、ということが、大いにあるんじゃなかろうか。政府までが、形は「調査」ながら事実上「敬語を正しく使いましょう」と圧力をかけるようなことはしないほうがいい。

だいたい敬語というのはむづかしいんだよね。小生も以前、専門の研究者が書いた理論書を二三のぞいてみたことがあるが、ややこしくてよくわからなかった。

小生思うに、敬語というのはリクツで理解するものでもなければ、「こうです」と教えられてできるものでもないね。純然たる、感性と環境の問題だ。「ヘンだなあ」と感じたらヘンなのであり、「きれいだなあ」と思ったらきれいなのである。それで全部だ。

もし、「むかしの人は敬語を正しく使った。いまの人は使えなくなった」と言う人があったとしたら、それはまちがいである。むかしだって感性のニブいやつや育ちのわるいやつはいた。むしろいまより多かったろう。

ただ、むかしは敬語についての圧力があまりなかったから、それぞれの者がその感性と育った環境に応じて自然にしゃべっていただけだ。この「自然」が一番だと小生は思う。多少「こいつの物言いはぞんざいだな」と思うことはあっても、それはそれで淳朴で好ましかったりして、目くじら立てる者は多くなかった。

やかましくなったのは、大きなスーパーだのチェーン店だのができて、経営者があらずもがなの画一的な敬語教育なんぞをやり始めてからではなかろうか。

小生はつねづね、敬語の不足にではなく、過剰に不快をおぼえる。

たとえばかさばる物を買って、「送ってください」と言うと、「おところをちょうだいしてもよろしいでしょうか」とぬかす。「オレの居どころを知らないで物を送れるのか」とたずねると、わけもわからず「申しわけございません」とあやまる。ああいやだ。

小生の言い分は「敬語敬語と言うな」である。「おところをちょうだいする」なんてキモチがわるいじゃないか。

「ここに住所書いてください」のほうがよっぽどすなおでいい。

（'05・8・11／18）

# ハモニカ軍楽隊

山の家の生活は今年は無理かと思っていたが、読者の皆さまのおかげで何度も来ることができた。

すべて東京からで、最初は七月初め、車二台、総勢七人。若者一人を除いてオッサンばかりである。

最初の夜は一同そろって権現《ごんげん》の湯。このあたりいたる所にある大きな公営温泉の一つだ。

建物に入って廊下を進むと男湯と女湯が並んでいて、廊下に面してコインロッカーがある。ここにカバンなどを入れ、なかにはいると脱衣場、という段取りである。

ところがわれわれが先にはいったあと国立《くにたち》のTさんは、このコインロッカーの所で身につけたものを全部ぬいでロッカーに押しこみ、まっぱだかになってしまった。脱衣場にはいってわれわれがそこで服をぬいでいるのを発見、「アッ」と叫んでとび出した。

それで急ぎロッカーをあけ衣類をかかえて馳せもどればいいものを、気が動顚しているものだからその場でまたパンツからはき始め、元通りのなりになって脱衣場にもどってきたものだ。

あとで考えれば、最初裸になった時心のすみで「なんでこんな所を女が通るのだろう」といぶかしく思ってはいたよしである。

湯から帰りテーブルをかこんで歓談。

話のなかで埼玉のKさんが、ゼネコン設計部長のSさんに「東京中にあんな高いビルをいっぱい建てちゃって、地震があったらみんな倒れるだろ」と言ったものだからゼネコン氏が赫怒《かくど》した。立ちあがって「何を根拠にそう言うのだ!」と語気鋭くせまったが、埼玉氏は「まあこける時はこけるわな」とヘラヘラ笑うのみ。ゼネコン氏は憤怒のやり場なく、一人一人に指をつきつけて「安全とは何か。言ってみろ」とどなる。そのすきに、ゼネコン氏の前の大きなコップに埼玉氏が、ウィスキーをどぼどぼと注ぐ。

ゼネコン氏は興奮のあまり水とウィスキーの区別もつかず、ガブガブ飲んではまた一人一人に「耐震と制震と免震とは違うぞ!　どう違う?」と素人には無理な質問をしかける。そっちをむいている間にまた埼玉氏がどぼどぼとつぐ。ゼネコン氏気づかずガブガブ飲んで意気高く「知らんだろう。免震はゴムを敷くんだ!」と叫ぶ。……

埼玉氏の奸計にはめられてゼネコン氏は、ウィスキー二リットル以上を飲まされたらしい。翌日は宿酔で頭痛と吐気がひどいと、昼にみなでそばを食いに行った際も、「ぼくはうどんにする」と弱々しい。そのうどんも一本か二本すするだけでやめてしまったのを、「もったいない」と青梅のSさんがきれいにたいらげた。

午後は二階で寝ているゼネコン氏を残して山中散歩。青梅のSさんがハモニカで「太平洋行進曲」や「お山の杉の子」を吹きながら先頭に立ち、一同曲にあわせて元気よく歩いた。

ところが青梅氏のハモニカはおりおり音程がくるってあともどりする。われわれの歩調はそのたびにずっこける。それでも約四十分後には、美ヶ原を見はらす尾根に出た。

ここには小学生のために作ったターザンロープがある。小学生は久しく遊びに来ないらしく放置されたままだが、頑丈に作ってあって使うに支障はない。これは意外にも国《くに》立《たち》氏が一番うまく乗って滑った。もっとも目方が重すぎて時々尻が地面につくのが難点であった。

八月には、今年もロベルトさんが遊びに来てくれた。

その時山小屋にいたのは国立氏と駒込のHさんと小生、それにお隣の女子大K教授も加わって四人、ロベルトさんの話に笑いころげた。

ロベルトさんがアルゼンチンから日本へ来たのは昭和三十七年。最初は東京外大の日本語科にはいって西ケ原に住んだ。

見るもの聞くもの物珍しい。銭湯で、全身に入墨《いれずみ》をしたニイさんがいたので指さして「これは花キャベツですか?」と質問したら、「バカヤロ、こりゃ牡丹《ぼたん》だいっ」と叱られた。

また別の日、両の二の腕に細長いものを彫った爺さんがいたので「これヘビですか?」ときいたら憤然として「昇《のぼ》り龍と降《くだ》り龍だ」と教えてくれた。皮膚が皺くちゃで龍が細くなっていたのである。

しかしこの爺さんは親切な人だった。異国での緊張と勉強でひどくやせていたロベルト青年に、よくドクダミを煎じて飲ませてくれた。概して日本の男は骨なしが多いがヤクザには芯がある、と当時ロベルトさんは感じたそうである。

外大を修了して東京教育大の国文科にはいり、小西甚一、中田祝夫、和歌森太郎、尾形仂、西山松之助等錚々たる先生がたに教わった。

金田一春彦先生が講義のなかで、「西洋のお菓子にはレディフィンガー（貴婦人の指）などというのがありますが、日本人は食べるものにそんな生々しい名はつけません。鶯餅《うぐいすもち》、といった優美な名をつけます」と言ったのでロベルト青年すかさず手をあげ、「西ケ原のパン屋にはヘソ饅頭がありますよ」と言ったら教室中が爆笑、さすがの金田一教授も応答に窮したそうだ。

ロベルトさんは高校生のころ、日本企業ブエノスアイレス支社の老社員に日本語を習った。

一通りの基礎を教えたあとこの先生はロベルト少年に、日本のSPレコード、広沢虎造の浪曲「森の石松」と、俗謡（演歌？）「鴨緑江節」と、都連中《みやこれんぢゆう》の一中節「石橋《しやくきよう》」とをあたえ、「これを暗誦しておいで」と命じた。少年は言われた通りそっくり全部おぼえこんだ。

「いまでもおぼえてる？」と小生。

「うーん。五十年以上も前だからたいてい忘れちゃったよ」

「まあおぼえているだけでもやってごらんよ」と半ば強要したら、何度か歌っているうちにだんだん思い出した。それを小生録音した。

虎造の「森の石松」は「名代なり東海道しかも駿河の駅路《うまやぢ》に……」とはじまるもので、例の「旅ゆけば駿河の国に茶の香り……」より古いんだそうである。「ねえ親分、何のお役で行くんです？」以下のやりとりの部分が特別うまい。

ロベルト少年が最も感銘を受けたのが「石橋」であった。

一人の求道僧が石橋《しやくきよう》（石の橋）を求めて渡唐する。そのむこうには悟りの境地「獅子の座」があるのだ。山中で念願の石橋を見つけたが、表面はなめらかな苔におおわれて幅はわずかに一尺足らず、下は深い谷でこれまでに渡った者はない。僧はついにその橋を渡る。――という話なのだそうである。

ロベルト少年にとって、石の橋のむこうにあるのは森の石松や竹藪の美女（なぜかそういうイメージを抱いていたよし）のいる国「日本」であった。「そうだ。石橋を渡って日本へ行こう」と少年は決心した。そして、「ついうかうかと四十何年も住んでしまうたよ」とのことでありました。

（'05・9・8）

# 改革を止めるな？

にわかに総選挙ということになって、上に大きく「改革を止めるな。郵政民営化に再挑戦！」の文字、下に小泉首相のきびしい顔の、大きな写真が新聞に出た。

この「止めるな」を見て「どうよむんだろう？」と首をかしげていると、山中介添人のT氏が「そりゃトメルナでしょう」と言う。

「それともヤメルナかなあ」

するともう一人のH氏が、「うーん。それでは小泉さんが他人に『やめるな』と命じているみたいだ。さりとて『とめるな』も『おれのやることをお前らとめるな』と言ってるみたいでちょっと変だね」

どっちも「ちょっと変」ということで結論は出なかったのだが、これはそもそも、「とめる」も「やめる」も「止める」になる、というのが不都合なのである。漢字で書くからまぎらわしくなる。かなで書けば何でもないことだ。和語は極力かながきすべし、とかねてより小生主張するゆえんである。

さきに「本の音訳テープを聞いていると、日本語の文章にはどうよむかむづかしい字が多いことがよくわかる」という意味のことを書いた。この「止」の字のことも、その時念頭にあった。もっともトメルとヤメルの問題ではないけれども——。

戦後の文章を読みなれたかたは、「止まる」とあるとほぼ例外なく「とまる」とよむようだ。そこでたとえば「一行は名古屋に数日止まったのち、金沢に向った」というようなばあいも、躊躇なく「数日とまったのち」とよむ。しかしこれは「とどまったのち」である。

無論こういうのもかながきしておいてくれたら助かるのだが、昔の人に文句をつけてもはじまらない（小生が音訳をお願いするのはひとむかし前の人の書いた本が多いのだ）。

昔の人——と言ってもそんなに大昔ではなくだいたい昭和三十年代ぐらいまでの日本人は、「とまる」は通常「止る」と書いた。

それは当然で、日本語の動詞を漢字で書く際は活用語尾を送るのがふつうである。たとえば「うごく」は「動く」と書くのがふつうで、「動ごく」と書く人はめったにいない。「うご」が語幹なのだから。

「とまる」も同じで、「とま」が語幹であるから、「止ります」「止って」などと書くのがふつうであった。

それでは「とどまる」はどうかというと、「とどま」が語幹だから、これも「止る」「止って」になってしまう。しかしそれではあんまりまぎらわしいから、臨機応変の措置として、「とどまる」のほうは「止まる」「止まって」と書くことが多かった、というわけだ。——なお「とどまる」は「留る」あるいは「留まる」と書く人もあったが、やはり「止まる」のほうが多かったのである。

なにしろややこしいのだ。

世のなかには、日本語と漢字とは先天的にピッタリ呼吸があっているみたいに言う人があるが、そういう人はよほどの早トチリ屋であって、漢字と日本語とはどうしてもピッタリゆかぬのである。

だから「とまる」「とどまる」とかながきするのがよく、さりとて昔の人に指図するわけにはゆかないから、それはやはりそのままで、正しくよまねばならぬのである。

なおちかごろはむりやり漢字を使って「止どまる」などと書く人もあるようだが、これはもうマヌケと言うほかありませんね。

一般にいまの学校の先生がた（およびその指導者）は、「この字はこうよむ」と「字のよみ」を教えるのではないかと思う。

だからたとえば、「終」の字を、「終える」の時はオとよむのに「終る」の時はオワとよむのは不統一だからと、こちらも「終わる」として「終の字のよみはオ」と統一したがる。しかし「終わる」なんてのは「動ごく」や「走しる」と同然のケッタイな書きようなのである。それなら「おわる」のほうがずっとすなおで美しいではないか。

日本語の文章のなかに出てくる漢字のよみ（このばあいには訓《くん》）を、その字だけについて定めるのは無理である。英単語の訳語を一つに定めるのが無理なのと同じだ。訓というのは、その字の意味なのである。個別にどうよむかは文脈で判断するほかない。

昔の人の文に出てくる「中」も、やさしいようでむづかしい。

漱石に「硝子戸の中」という作がある。漱石は「硝子戸《ガラスど》の中《うち》」のつもりだが、いまは「ガラス戸の中《なか》」とよむ人が多いようだ。無論意味はそれでも通ずるからさしつかえなかろうが、「ガラス戸の中《うち》」と「ガラス戸の中《なか》」とでは微妙なニュアンスの差がある。

昔の人はかように、「うち」も「中」と書き「なか」も「中」と書いたのである。

いまの人は、「中」は「なか」にきまっている、とお思いのようだ。だからたとえば、数人の者がいっしょに歩き出して「その中に一人また一人とおくれ……」というような文でも委細かまわず「そのなかに」とよむが、これは「そのうちに」である。つまり「その中」が「そのなか」か「そのうち」かは「中」という字できまるのではなく文脈できまるのである。

もちろん小生はかながきいたします。上にも「世のなか」と書いた。「世の中」くらいならまだいいが、「世界の中でお前ほど……」となるともうむづかしい。やはりかながよろしいようで――。

もうちょっとむづかしい字の話をしましょうか。昭和二十年八月十五日、玉音放送。これにかかわって出てくる「頭」をどうよむか。

たとえばこの「頭」を「たれる」とあったばあい、これは「あたま」か「かしら」かそれとも「こうべ」か。

これはやはり「こうべをたれる」でしょうね。しかし現在六十歳くらい以下の人には、「こうべをたれる」という言葉、あるいはその感覚がもうないようだ。そこで「あたまをたれる」か、せいぜい「かしらをたれる」になる。

そう言えば、これにかかわって「ジンミン」という言葉が出てきた時にはびっくりしました。

なるほど、戦後の人にとって「臣《じん》」の字を使った言葉は「大臣」くらいしかないのですねえ。だから臣なのだ。日本人がすべて「臣民《しんみん》」であったのは遠い遠い昔のことなのでありました。

（'05・9・15）

# 尊敬する動物

N君は滋賀県のさる高校の先生である。年は四十代なかばくらい。手書きの学級通信をせっせと作って生徒にくばり、小生にも送ってくれる。感性ゆたかで達文だからどれもおもしろい。ここ数回は同君が広島の中学生だったころの先生たちの話で、ことによかった。

その先生がたは授業課目も性格もさまざまだが、中学生N君の心に深い印象をとどめた人には一つの共通点がある、と小生は思った。それは、いさぎよい、という点である。

たとえば技術科の某先生は、ある時授業中の過度の怒りを、それとなく生徒にたしなめられた。

卒業前の最後の授業の日に先生は「みんな、ちょっと聞いてほしい」と生徒を席につかせ、あらたまった口調でこう話した。

「正直言うて、私は自分でも、つまらん教師だと思っております。それで、みなさんのなかから将来すばらしい先生になる人が出てきて、あなたには先生の資格がないけえやめんさい、と言われることを願い、期待もしとります。そう言われたら、やめようと思うとります。どうか立派な大人になって、私に教師をやめるように言いに来てください」

往生際のきれいな日本人が、まだ生きていた時代であったのだ。

小生も、印象にのこる先生が多いのは中学生の時である。と言ってもN君よりはずっとむかし、新制発足時のことであるが――。

その一人大ケ瀬先生のことは前にも書いたことがある。先生を尊敬する生徒はすこぶる多かった。

ある日曜日、小生は親友立花と二人先生のへやへ遊びに行った。

いったい当時、まともな自前の校舎を持つ新中（新制中学）は日本中に一つもなかったろう。われわれの学校は、川っぷちに十幾棟もならんだ戦争中の徴用工宿舎（細長いので「ウナギの寝床《ねどこ》」と言っていた）の中央三棟ほどに入っていた。他の棟はたいがい荒れはてていたが、ところどころに人が住んでおり、先生もそこにいたのである。

先生はまだ寝ていたが、呼ぶと起きて、棟端の水道蛇口の所へ行ってバサバサと顔を洗った。

「歯ァみがかんのん」と立花がきいた。「歯なんかみがくもんか」と先生は黄色い歯を見せて笑った。立花は目を丸くした。

これ以後、立花は決して歯をみがかなくなった。そして時々「だいぶ黄色うなったやろ」と歯をむき出して見せるのだが、先生の歯は煙草のヤニで黄色いのだからなかなか立花が追いつけるものではなかった。

ところがそれから十年たち二十年たつと、中学生が尊敬する先生のまわりにむらがる、ということがなくなったらしい。大ケ瀬《おおがせ》先生のばあいも例外ではなかったそうだ。それを小生は友人森谷から聞いた。

十数年前先生がなくなった時、小生はむかしの同級生たちとかたらって一年がかりで追悼文集『巷に雨の降るごとく』を作った。先生の思い出なら無限にあるし、当時小生はもう学校をやめてヒマ人であったから、一人で全体の三分の一くらいを書いたものだ。

この文集のまえがきで小生は、先生の教員生活終りごろがさびしかったことにふれて、こう書いた。

〈日本が変ったのだ、とわたしは思う。「先生」というものが、少年たちの、尊敬、崇拝と、親愛との入りまじった熱い感情の対象であった時代が去ってしまったのだ。

「少年とは、尊敬する動物である」と言ったのはニイチェである。かつての少年たちにとっては、尊敬する先生のまわりにむらがってワイワイ言っているのが至福の時であった。その点では、吉田松陰のまわりに集まった長州の若侍たちも、夏目漱石のまわりに集まった東京の秀才たちも、大ケ瀬先生のまわりに集まった那波中のガキたちも、ちがいはしない。

そしてそれは、昭和三十年代あたりを境にして、急速に日本の社会から消え失せてしまったらしい。男女共学のゆえか、受験戦争のゆえか、高度成長のゆえか、――多分種々の要因が積みかさなってのことだろう。

ともかく、昭和二十年代の日本には、その「尊敬する動物」たちが至る所にいたのであり、大ケ瀬先生のまわりにももちろんいたのであった。〉

那波《なば》中（那波中学校）はわれわれの中学校である。

N君の学級通信に登場する先生がたはみな、敗戦直後よりずっとりっぱである。しかしその先生の周囲に生徒がむらがったようすはない。先生と生徒のあいだにはあきらかに相応の礼と距離があるようだ。

われわれはと言えば休み時間には平気で職員室に入りこみ、時には校長先生に「やかましい」と追い出されたり、卒業後も親しい先生の宿直の晩には誘いあって遊びに行ったりと、むしろ兄貴分みたいな側面があったのだった。

そうした宿直のある晩、大ケ瀬先生はわれわれにオイチョカブを教えてくれた。卒業生、と言ってもまだ子供に賭博を教えたんだから、いまだったら教育委員会あたりが問題にするかもしれない。おかげで小生いまでも、インケツ、ニゾウ、サンタ、シス、ゴケ、ロッポウ、ナキ、オイチョ、カブ、とすらすら符牒を言うことができる。

またある晩は、文庫本末尾の刊行書目に、これとこれを読め、としるしをつけてくれた。なかにメリメの『コロンバ』があって、読んだのをおぼえている。

十年ちかく前に豊橋の学校で知りあったI君が、この夏山小屋へ遊びに来てくれた。当時大学院生、いまは若い中国語教員である。

その話を聞いて驚いた。先生が教壇で中国語の基本のキ、「マー、マー、マー、マー(mā, má, mǎ, mà)」をやっても、いまの学生はついて「マー、マー、マー、マー」と声を出してくれないのだそうだ。

これは未曾有の事態だ。考えもしなかった。それでは授業が一歩も前へ進まない。一体全体、外国語を習いに来て教室で口を動かさないという法があったものじゃない。またグループ対抗で発音訓練をやらせようとしても、そもそもグループを組んでくれないと言う。

小生があきれていると、I君といっしょに来た大学院生E君が説明してくれた。

いまの学生は一人一人がハッキリした自分の枠を持っているのだそうである。つまり将棋盤の枡目に一人づつ学生がおさまっていて、そこから出ず、他人も入れない、といった情景だ。教師は、「あそこで何かしゃべっている人がいる」といった程度の遠い存在だと言う。

E君は薩摩っぽで、I君が車で信州をまわるというのでくっついて来たらしい。十と離れぬこの師弟、いたって仲がよい。互いに相手の悪口ばかり言っている。

両人を見て、往時の先生と生徒が部分的には残存しているようだ、と小生思った。と同時に、E君は将棋盤の外にいるから状況がよく見えるのだろう、とも思った。

（'05・9・22）

# 九里四里うまい十三里

笠取峠《かさとり》頂上から佐久がわへおりると芦田――往時の中山道芦田宿である。ここにスーパー「つるや」がある。小生毎日一度ここへ買物に行く。――今年は人につれて行ってもらうんですけど。

ある日、正確に言えば九月二日、ここでヤキイモを見つけた。そう太くはないがそのかわり十分に長いのが、一本九十九円である。安い！　無論ただちに買った。

帰って食ってみると、これがうまい。約五十五年ぶりでこんなにうまいヤキイモを食った。

感激した小生はH君に――ああこの人が小生を車に積んでつるやへつれて行ってくれるんですがそのH君に、熱情的に語りつづけてやまなかった。――この世で最もうまいものはヤキイモである。一口にヤキイモと申してもいろいろござんす。一番うまいのは何と言っても壺焼である。遺憾ながらこのつるやのは壺焼でないが……。

ところが意外なことにH君は壺焼を知らないんだな。岡山県の人で年は小生より十五下。小生はおとなりの兵庫県だが、岡山でも食ったおぼえがある——ような気がする。なにぶん半世紀以上もむかしのことで甚だおぼろではありますが——。

壺焼は商賣である。大きな土製の壺で焼くのだからしろうとの家ではできない。やっているのは秋から春にかけてである（夏にはだいたいかき氷屋かキャンデー屋になる）。店はたいていごく小さい。壺一つでほぼいっぱいになるような、店と言うより小屋にちかいのもある。

壺のふたをとると、なかに大きなサツマイモがいっぱいつりさげてある。これは、たてに長いコの字型のカギをイモに打ちこみ、他の一端を、内部に張った針金にひっかけてあるのである。

壺の底には炭火が入れてある。つまりカラカラの熱気で焼くわけだ。だから壺焼のイモはかならず一か所穴があいている。

「ひとつちょうだい」と言うと壺焼屋のオジサン（あるいはオバサン）がなかをのぞきこみ、軍手をはめた手を入れて鉄のひっかけ棒でよく焼けたのをとってくれる。

壺のわきか上かには達筆で大きく「九里四里うまい十三里」と書いたカンバンがかけてある。栗《くり》よりうまい、である。そして九里と四里とをたすと十三里である。うまくできている。何より口調がよい。一度見たら生涯忘れない。

妹の記憶によると、相生藪谷商店街の壺焼屋ではフスマくらいもある板に「九里四里うまい十三里半」と書いてあったそうだ。もう半里うまいぞ、ということだろう。

H君は壺焼は知らなかったがこの「九里四里うまい十三里」は知っていた。そして、「関東ではサツマイモの本場は川越である。川越は街道が通っていて江戸からの距離が十三里。話がちゃんとあっているのだ」と教えてくれた。

これには感心した。壺焼の味は知らなくとも文献的知識は博大である。H君説のごとくであればこのスローガン（？）は、武州川越からはるばる播州まで、おそらくは長い年月をかけて渡ってきたのであろう。


考えてみるとH君が壺焼を知らないのは当然なのかもしれない。

小生は昭和二十年代の後半に三年間、姫路へ汽車通学した。毎日姫路駅から繁華街を通りぬけて学校まで歩いたのだが、その途中もしくは周辺で壺焼屋を見たおぼえがない。あれば食ったはずだ。帰りの汽車は一時間半に一本しかなくてしょっちゅう時間をもてあましていたのだから。

してみると、これは相当大胆な推測になるが、当時はもう壺焼イモの衰退期にはいっていたのではなかろうか。

しからば繁栄期はいつか？

戦前にも壺焼はあっただろうが、小生幼児だから知らない。戦中から戦後数年はイモは自分のうちで作って食うものであった。どっさり作って賣る人もあったろうが、それはナマのを一貫目なんぼであったに相違ない。わざわざ九里四里うまい十三里にして他人に供給する親切な人があったとは思われぬ。

そうすると、戦後の壺焼屋全盛期は昭和二十年代なかばごろのほんの数年だった、ということになる。

そして昭和三十年代以降の子どもは、あまりヤキイモなんぞを食わなくなったのではあるまいか。

これはだいぶあとのことになるが、母が、このごろの子どもは店で買う何だか手のこんだものが好きで、庭でできるおいしい柿やイチジクを食べない、と嘆いていたのを思い出す。つまり加工食品優位の時代になったということなのだろう。H君が子どものころにはもう壺焼屋は存在しなかったから知らないのであろう。

壺焼は早くほろびたようだが、ヤキイモがなくなったのではない。

昭和四十年前後小生がいた東京の池ノ端あたりでは、冬の夜、よく石焼イモ屋がまわってきた。オッサンがひくリヤカーにのせたブリキの容器に黒く焼けた石がはいっていて、それにサツマイモがまじっていて、煙突からピーと音が出ていた。一度買ってみたらびっくりするほど高かった。

台湾留学生洪順隆によれば、「台湾でもまわってくるよ。呼び声はいまでも日本語で『イーシヤーキイモー』だ」ということであったから、この石焼イモ屋の勢力圏はずいぶん広かったのである。

石焼は、いまでは軽トラックと「イーシヤーキイモー」のエンドレステープを武器に関西にも進出しているということだ。壺焼は動けないし声も出さないから、つまりはあの機動性と呼び声とに敗れたのですね。うまさでは決して負けなかったのだが。

ところでその軽トラックに、かの「九里四里うまい十三里」の旗はなびいているのだろうか。

なさそうな気がする。日本の距離の単位は開闢以来キロメートル、と思っている人がいまでは人口の半分くらいを占めていそうだし、里《り》を知る人も「キュウリヨンリうまい……何のこと?」と言いそうだ。何しろ昭和十九年が昭和十キュウ年になる世なのだから。——さりとて「クリよりうまい十三里」ではシャレにならない。さしも一世を風靡した名文句も、おそらくいまはもう過去のものでありましょう。

（'05・9・29）

あとからひとこと――

①「江戸から川越までは、ホントは十三里もなかったのだそうですよ」とさいたま市の長島桂子さんが教えてくれた。江戸時代に、江戸日本橋から川越城下札の辻までの距離を厳密に計った記録はいくつかあるが（その一つはかの伊能忠敬が計測したものだ）、いずれも十一里内外なのだそうである。

それでは十三里という数はどこから出てきたのか？　これは焼芋屋のキャッチフレーズで、初めはその味が栗《くり》に近いというので、「八里半」と称していた。そのうちに「栗よりうまい」と、九《く》里と四《よ》里をたして「十三里」と称するようになった、とのことである。廣重の絵を見ると焼芋屋の表に「〇やき十三里」の看板が出ている。〇は芋を輪切りにした形のよしである。

②江戸日本橋から川越城下までの実測距離が十三里もないのはたしかである。しかし、各宿場間の正確な距離がはかられ、またその数値が知られるようになるのは幕末以後である。「十三里」がヤキイモの宣伝文句として出てきた江戸中期には、各宿場間の概算距離を足して「江戸から川越まで十三里」と考えられていたのだろう――というのが東京駒込の原田雅樹さんの説である。

つまり「十三里」という距離が先にあって、それが「九里四里」と分解されたのか、それとも「栗よりうまい」の合算で「十三里」という数が出てきたのか、の問題である。

# なんとよむのか「文科省」

# むかし「かん腸」いま「涵《かん》養」

近刊の円満字二郎『人名用漢字の戦後史』（岩波新書）に、おもしろい話があった。もう半世紀以上も前の話ですが——。

昭和二十三年六月、衆議院厚生委員会で「保健婦助産婦看護婦法案」が審議されていた。この法案に左のような条目がある。

〈助産婦がへそのおを切り、かん腸を施し、その他助産婦の業務に当然附随する行為をなすことは差支ない。〉

これに、本業は産婦人科医の福田昌子議員が怒った。

——小学校の生徒が使うようなへそのおというような言葉を使われることは、私どもにとって心外である。専門学校または大学程度の教育機関を経た人でなければなれない助産婦に対して、厚生省がこのような言葉づかいをすることは、その根柢《こんてい》において助産婦を軽視している。そういう軽蔑の気持をまず払拭してもらいたい、と。

正論ですね。もっとも、小学生でなくても「へそのお」と言うことはあるんじゃないか、とは思いますけど。

これに対する厚生省の役人の返答は冷淡であった。——漢字制限なのだからしかたがない。従来はへそのおは「臍帯《さいたい》」、かん腸は「浣腸」と書いていたのだが、「臍」「浣」が当用漢字にないから使えないのだ、——というのである。

ちょっと注釈。この一年半前に制定された「当用漢字表」は、諸官庁に対しては「内閣訓令」すなわち内閣総理大臣の命令である。法律、命令（政令・省令等）その他公文書は、当用漢字以外の字（表外字）を使ってはならない。使いたい時はⒶかながきにするか、さもなくばⒷ別の語に変えよ、とある。

なお国民一般に対しては、これは「内閣告示」すなわち「これに従ってもらいたい」という要求である。つまり官庁に対しては命令、国民に対しては要求だからちょっとニュアンスの差があるのだが、事実上は似たようなもので、学校教育と新聞はただちに全面的に従ったし、国民一般も「お上の命令」と受けとったのであった（むかしの日本人は従順でした）。

そこで厚生省は、浣腸は上のⒶの方法によって「かん腸」とし、臍帯はⒷによって「へそのお」としたわけだ。役人も本音は不平だからふてくされて、「漢字制限なんだからしょうがねえんだよ。お前さん当用漢字の世のなかになったこともごぞんじないのかね」と福田昌子議員に答えたのであった。

円満字氏はこう書いている。

〈ここに現れているのは、福田が当用漢字をよく知らなかったという事実だけではない。福田にとっては、「臍帯」を単純に「へそのお」に置き換えることはできないのだ。置き換えた瞬間に、まるで軽蔑されているかのような気持ちにさえさせられるのだ。(…)つまり、ある漢字や、ある漢字で書かれたことばは、他の書き表し方では置き換えができないという唯一無二性を持ちうるのだ。この性格は、名付けという局面のみならず漢字一般にみられるものであり、漢字制限は、それに対立するものであったのだ。〉

この「唯一無二(性)」というのが、円満字さんのこの本のキーワードである。くりかえし出てきます。

いや小生も、少々反省いたしました。小生は何かと言えば、「なに、播種《はしゅ》? なんだそりゃたねまきのことじゃないか。たねまきならたねまきでたくさんだ。むやみにむづかしい漢字語を使いたがるのはバカの証明」なんぞと相手かまわず悪罵する習癖がありますからね。なるほど、「臍帯《さいたい》」などという聞いたこともない言葉に誇りをかけている人もあるのでした。

うーんそれから、臍下《せいか》丹田《たんでん》は臍《せい》だが、臍帯だと臍《さい》になるんですねえ。知らなかった。

それにしても、「たねまき」とちがって「へそのお」は感心しないね。「へそのを」であってもらいたかった。臍の緒の「緒」は本来「を」である。これなら独立性、つまり一語性がある。

いったい、漢字の使用を制限したらかなの出番が多くなるのは理の当然だ。ならばかなの表語性を保存すべきであるのに、「かなは表音的でなければならぬ」とこちらはまた表音式に変えたのは愚かなことであった。結果、助詞以外の「を」は全部征伐され、「へそ」はよいとしてそのあとが「のお」とノの長音みたいな奇妙な表記になってしまったわけである。

今年七月に「文字・活字文化振興法」という法律ができた。これを見て小生おどろいた。「涵《かん》養」という語がくりかえし出てくる。たとえば第一条に「豊かな人間性の涵《かん》養並びに健全な民主主義の発達……」、第三条に「言語に関する能力の涵《かん》養に十分配慮されなければならない」といったぐあいだ。涵が出てくるたびに涵《かん》とふりがなをつけてある。

かつて浣腸が「かん腸」になったのは、浣の字が表外字であったからだ。その後も、法律・命令や公文書には、「し尿」だの「り災」だの「う回」だのというけったいな表記が跳梁した。

この規制にしたがえば、涵養は当然「かん養」にならねばならぬはずである。

日本政府はいつのまにかこの約束をチャラにしたらしい。ふりがなをつければ表外字を使ってもいいよ、そのかわりその字が出てくるたんびに何べんでもしつこくふりがなをつけとくようにね、ということにしたらしい。

いつのまにそういうことになってたんだろうなあ？　政府のやることはまったく油断もスキもならない。

それならば、「う回」でなく「迂《う》回」でいいのである。「交差点」なんて意味をなさぬ字にせずとも「交叉《さ》点」とすればよいわけだ。熟語のうちの一字だけにふりがなをつけるというのも相当みっともないけれど。

しかしそれならそれで、何はともあれまず「戦後の『国語改革』はまちがいでござんした。こらえてつかあさい」と男らしく国民にあやまるのがスジというものだろう。その上での「涵《かん》養」であろう。

いやもちろん小生は「たねまき」主義ですからね、どんどんむづかしい漢字を使いましょう、と言っているのではない。しかし、われわれは「浣腸」でありたいのだ、と言う者に対して政府が、いやそれは許さぬ、何が何でも「かん腸」だ、と押しつけるのは乱暴だと言うのである。

数十年来ずっと国民にそう強要しておいて、自分は「涵《かん》養」だとはそりゃずるいじゃないか。いつ、何という法令で「表外字あり」にしたのか教えてくれ。（'05・10・6）

## あとからひとこと――

本文末〈いつ、何という法令で「表外字あり」にしたのか〉の問題について、埼玉県北本市の久保田光さんが調べてくれた。

久保田さんはまず、法律にふりがなつき語句があるかどうかポケット六法を通覧したところ、消費者契約法（平成十二年）に「瑕疵《かし》」という語があった。そこで有斐閣六法編集部に問いあわせたところ、つぎの通りの回答があった（原文横書き）、

〈……昭和56年に内閣訓令にて「常用漢字表の実施について」が定められ、これに基づき、「公用文における漢字使用等について」（昭和56年事務次官等会議申合せ）が決められ、法令用語もこれに依拠しているようです。これによれば、項目の3―(3)にて、「専門用語または特殊用語を書き表す場合など、特別な漢字使用等を必要とする場合には、1、2及び3(2)によらなくてもよい」とされています。ここでいう上記1とは、公用文につき「常用漢字によること、通用字体によること」を定めている項目であり、（以下略）〉

また久保田さんは、参議院法制局の「法令における漢字使用」を送ってくださった。こ

れによれば上記事務次官等会議申合せ「法令における漢字使用等について」は「昭和56年10月1日付け内閣法制局総発第141号内閣法制次長通知」として諸官庁に通知されている。

以下の説明によれば、たとえば「賄賂」「強姦」は、最初当用漢字が実施された当時は「賄ろ」「強かん」、その後、単語の一部だけをかながきする方法（いわゆるまぜがき）はみっともないとて「わいろ」「ごうかん」になり、それが今は「賄賂」「強姦」になっているよしである。

すなわち、本文末尾の疑問は、昭和五十六年の事務次官等会議申合せにより、「専門用語、特殊用語は、その字にふりがなをつければＯＫ」となっていたことがわかった。

ただし、「瑕疵」や「涵養」が「専門用語、特殊用語」だとはとても思えない。こんなのは普通用語である。瑕疵は「きず」あるいは「不備」、涵養は「養成」とでも言えば意は十分に通ずる。

要するに役所は、国民の手を縛るとともに自分の手も縛ってしまい、不便でたまらぬものだから、自分の手だけはいつのまにか縛りを解いていたわけである。

# もとの正月してみたい

家永三郎『一歴史学者の歩み』という本は、全体としてはともかくも、部分的にはなかなかおもしろいところがある（すくなくも小生にとっては）。

たとえば自身の体格と食事量について——

〈体重は、青年時代の最高記録で四五キロ、戦後には四一キロ内外にまで低下している。ここ二十年ばかりの私の一日平均主食糧は、食パン二切れ、または三切れと、米飯七勺を越えることがない。〉

世間にはオレより下のやつもあるわい、とうれしくなったね。はい、小生は生涯最高四十八キロ（ただし瞬間風速）、通常四十五キロ内外。「死ぬまでに一度五十キロの線に達したい」が年来の悲願であったが、この分では到底おぼつかない。

昭和十一年二・二六事件がおこった時、家永氏は東大国史科の学生であった。その翌日——

〈たまたま研究室で本を読んでいた私は、今は故人となった松本捨己君という学友から、今宮中に軍の首脳部が集まって善後策を協議している、テンチャンが激怒して、真崎大将をなぐった、という話をしてくれた。〉

右甚だ悪文なれど原文この通り。このあとちょっととんで——

〈私はテンチャンという言葉の意味がわからなかったので、テンチャンとは何かという質問をしたので、今でもその問答をはっきり記憶しているのである。戦後の若い歴史家の書いた戦後史に、テンチャンという言葉は戦後の発明であると書かれているが、それはたいへんなまちがいで、少くとも私の体験する限り、昭和十一年二月二十七日までさかのぼり得るということを確言し得る。〉

この「テンチャン」ということば、国語辞典には出ていない（そりゃそうだろうけど）。昭和十一年初めに家永氏が知らなかったというのだから、そのころまでそう一般的ではなかったと見てよかろう。さりとて、この日この時松本君が突如発明したものでもなさそうだ。

山本夏彦『男女の仲』に左のようなところがある。

〈戦前から僕たちは天皇を天ちゃんと呼んでいました。別に悪意はありませんが、一天万乗《ばんじょう》の君だとも思っていませんでした〉

悪意はないが特別尊崇してもいなかった、というところに注意。

阿川弘之『国を思うて何が悪い』にも出てくる。これも言うところは山本氏におなじである。

〈だけど天皇陛下を神様だなんて思ったこと、戦中戦後を通じて一度もありません。海軍へ入ってからも、平気で天ちゃんって言ってましたよ。〉

「海軍へ入ってからも」だから、その前からその語を知っていた、言うこともあった、ということだろう。そしてそれは阿川氏が大学生であった昭和十年代なかばのことであるにちがいない。

つづいて――

〈事実また、海軍には、それを許す空気があったのです。まさか奨励はしませんでしたけどね。

海軍中将のくせに天ちゃんと言った人の逸話があるんです。昭和の何年か、陛下が連合艦隊へ行幸された時のこと、副官がコチコチになって、「この度、大元帥陛下の連合艦隊行幸に際しまして」とか言うもんだから、「誰が？」「何？」判っているのに何度も聞き返して、「ああ、天ちゃんか」と言ったというんです。（…）まあ君、そうコチンコチンになるなよということでしょうね。〉

対して陸軍は「何が何でも天皇絶対」であった、とのこと。

海軍中将の件はいつのことかわからないが、そう古いことではなさそうだ。昭和十年前後、あるいは十年代前半ごろ、と考えてよかろう。

以上、材料はいたってすくないが、この語について小生左のごとく推測した。

一、発生は昭和十年前後である。

二、言い出したのは、ふつうの（つまり右でも左でもない）知識青年である。

右寄りの者は「至尊」など最高の敬辞をもって称する。左寄りの者はつめたく「天皇」と言う。どちらも気軽に「天ちゃん」などと言うはずがない。

昭和十年前後、京大滝川事件があり、天皇機関説問題がおこり、政府が「国体明徴」声明を発する、といった怪しい雲行きのなかで、だれか知識青年が、「ちかごろ天皇天皇とむやみにあがめたてまつるけど、天皇と言ったってわれわれと同じ人間なんだよな」という気持で、半分はケンちゃんサッちゃんに類する愛称まがい、半分は世の風潮に対するあらがいをこめて、そう言った。それが、右でも左でもないふつうの青年たち、山本青年、阿川青年や松本青年などにひろがった。また、天皇絶対の陸軍への対抗意識から、海軍士官にも受け入れられた――ということではなかろうか。

ところがそれより六十年も前に、すでにこの語はあったらしいのだ。おなじく阿川先生の『軍艦長門の生涯』上巻にこういうところがある。

〈明治十年ごろ、東京では、

「天ちゃん帰して徳さま呼んでもとの正月してみたい」

といふ歌がはやつた。

「邏卒が来たら歌つちやいけないよ」と、江戸ッ子のあひだだけでひそかに愛唱された。〉

これはどこから出た語だろうか。

江戸時代、「天皇」という呼称はもとより、その存在自体一般江戸町人はほとんど意識することがなかったろう。明治になって、これは多分上のほう、つまり新政府からそう言われたのであろうが、「天朝」と呼んだことが当時の新聞などからわかる。

この、江戸っ子には意味のよくわからぬ呼称「てんちょう」が「てんちゃん」となったのではないか。それには、あわただしい新時代へのとまどい、「以前のほうがのんきでよかった」の反撥の気持もないまぜになっていたろう。

ついでに言えば、「徳さま」という気やすい言いかたも明治になってからのものであろう。

この明治十年ごろの「天ちゃん」が、そのままずっと昭和十年前後までつづいたとは思えない。

では両者は無縁で一致は偶然か、と言えば、そうも思えぬ。

明治十年ごろの少年青年は、昭和十年前後にはまだいくらも生きている。何が何でも天皇絶対の風潮に違和感を持つ昭和東京の青年が、何かのおりに老人の昔話を聞いてそんな語のあったことを知り、仲間うちで気楽に言ったことがパッとひろがった——のではないかというのが小生の推測なのである。

('05・10・13)

## あとからひとこと——

① 「『天ちゃん』、昭和3年ころ実在しました」と東京世田谷区の宮澤正幸さんが、『スポーツ人国記』(昭和五十二年 日刊スポーツ新聞社)のコピーをお送りくださった。「体操日本育ての親・近藤、野坂、松延」の項である。

〈昭和七年のロサンゼルス・オリンピックに日本の体操は初参加。現日本体操協会副会長の近藤天(たかし)も早大から。〉

以下この人の珍しい名前にかかわる子供のころの話になって、

〈不敬罪の適用が厳しかったころ、中学生の悪友と共謀して、しばしば巡査を困らせた。だれかが交番の前で「おーい、天(てん)ちゃん!」と呼んでサッと逃げる。鳥打ち帽子に角袖の私服刑事が飛び出して「お前か、ちょっとこい」……〉

「天」の字を「たかし」とは容易に読めないから、この近藤天さんは小さい時から「てんちゃん」と呼ばれていたのだろう。

それを聞いて交番から刑事が飛び出してきたのなら、天皇を「てんちゃん」と称する言いかたはたしかに昭和三年ころにあったことになる。

これは、何かとうるさかった皇室関係の用語であり、しかも決して公然と許されることのなかった特殊な語だから、戦前の文献にあらわれるはずがない。出てくるのは必ず戦後の文献である。由来、履歴を調査するのが最も困難な語に属する。戦後、まだ戦前を知る人がいくらでも生きていたころに、だれか調べた人がいないものだろうか。

②川崎市の九鬼小夜子さんが、昭和十一年ごろ、女学生だった姉が大正天皇のことを「おてんちゃん」と言っていた、と知らせてくれた。そういうことが実際あったかどうか小生にはわからないが、子供のころ「おてんちゃん」と言うことばがあったのを思い出した。ただしそれは天皇とは関係なく、「おてんば」の意味であった。そういう意味の「てんちゃん」もあったのではなかろうか。

③「天ちゃん帰して徳さま呼んでもとの正月してみたい」は、暦のことだとあるかたが教えてくださった。天皇の新暦を返上し、徳川時代の暦を復活して、旧の正月をしたい、の意である、と。

なるほどそれなら「もとの正月」の意味がよくわかりますね。また実際、昭和の三十年代ごろまでは、特に農村部では、旧正月を祝う習慣が、のこっていました。

④阿川弘之先生からのお手紙によると、先生はこのことばを、文藝春秋にいた薄井恭一という人（徳川の旗本の孫）からお聞きになったよしである。してみるとやはりこれは文字通り、天皇には京都へ御退去いただき、静岡にいる徳様に江戸（東京）へ帰ってきてもらって、昔ながらの正月をしたい、という旧幕臣の声なのかもしれない。

# 声の荷風

日本語の文章には「どうよむかむづかしい漢字」が多い、とさきに言った。

また別に、永井荷風の日記『断腸亭日乗』の高橋昌也さん朗読ＣＤがすぐれている――すくなくとも小生は好きである――ことを言った。

その高橋さんのＣＤでも、聞いていて時々「ん?」とつまづくところがある。いや、まちがいというのではありません。むづかしいのである。

昭和二十年三月九日夜半にはじまった大空襲で、麻布市兵衛町の荷風居宅偏奇館が焼亡した。「日乗」のクライマックスである。――餘談ながら小生数年前、読者のかたがたといっしょにあのあたりを探訪に行ったことがあるが、地形がつぶされてしまってもとの道筋さえわからなくなってましたね。ひどいものです。滄海桑田とはこのことかと思いました。

さてこの夜半、荷風が窓に映ずる火光と隣人のただならぬ叫びに驚いてカバンを手に庭へ出ると、火はすでに近づきつつあった。はじめ我善坊から飯倉方面、もしくは永坂方面へ逃げようとしたが、いま燃えているところだからそちらは無理だと交番の巡査が言う。

そのさきを引きましょう。

小生の耳にきこえたところを新かな方式でしるす。漢字がうかび、多分それでまちがいないと思うところは漢字を書きかなを附す。高橋さんの息つぎのところ、適宜句読点で切る。「ん?」とつまづいたところに傍線を附しておきます。いっしょに考えてみてください。

〈時《とき》に七八歳《しちはちさい》なる女《おんな》の子《こ》老人《ろうじん》の手《て》をひき道《みち》にまよえるを見《み》、余《よ》はそのひとびとをみちびき、住友邸《すみともてい》のかたわらより道源寺坂《どうげんじざか》をくだり、谷町電車通《たにまちでんしゃどおり》に出《い》で溜池《ためいけ》のほうへとのがしやりぬ。余《よ》はさんや町《ちょう》の横町《よこちょう》より霊南坂上《れいなんざかうえ》に出《い》で、スペイン公使館《こうしかん》がわの空地《あきち》にいこう。下弦《かげん》の繊月凄然《せんげつせいぜん》として愛宕山《あたごやま》のほうにのぼるを見《み》る。荷物《にもつ》を背負《せお》いて逃《に》げきたるひとびとのなかに平生顔《へいぜいかお》を見知《みし》りたる近隣《きんりん》の人《ひと》も多《おお》くうちまじりたり〉

「がわ」とよんでいるのは原文多分「側」であろう。

この字はむづかしい。よみ（訓《くん》）が「がわ」「そば」「かたわら」と三つもある。

霊南坂上の道の両がわに空地があり、そのうちスペイン公使館がわの空地に知った顔があったのでそちらにくわわった、というのなら無論「がわ」である。

しかしそうではあるまい、公使館のわきの空地ということであろう、と小生は思った。

では「そば」か「かたわら」か。

ある人々（かりに甲類）は「そば」も「かたわら」も「側」を書く。

別の人々（乙類）は「そば」も「かたわら」も「傍」を書く。

また別の人々（丙類）は「そば」を「側」、「かたわら」を「傍」と書く。

すぐ前のところに「住友邸のかたわらより」とあった。これは「傍」であろう。なぜなら、もしこれが「側」であって高橋さんがそれを「かたわら」とよんだのなら、「公使館側」も「公使館かたわら」とよむであろうから。

したがって荷風は丙類に属する人と考えてよさそうだ。よって「スペイン公使館側」は「スペイン公使館そば」である可能性が最も高い、と小生は思った。

「愛宕山のほう」は原文「方」であろう。その前の「溜池のほうへと」もおなじであろう。

この溜池のばあいは「ほう」だろうと小生も思う。では愛宕山のばあいはどうか？

文語文で、月が「○○の方にのぼる」とあったばあい、「西《にし》の方」であれ「戸隠《とがくし》の方」であれ何であれ、「○○の方《かた》にのぼる」が穏当ではないか、と小生は思った。

漢字がむづかしいのではない。日本人のつかいかたがむづかしいのである。

二百年前、本居宣長が、よみちがえのおこりそうな語はみなかなで書くようにしよう、と言った（玉勝間七「物かくに心すべき事」）。

百年前、福澤諭吉は、「のぼる」をいろんな漢字で書きわけるなんてバカな話さ、日本人は人が坂をのぼるのも猿が木にのぼるのも「のぼる」と言うのだ、かなで書くべし、と言った（福澤全集緒言）。

小生は宣長・諭吉派である。自分はそうする。このことはたびたび言った。

しかし、昔の日本人は九割九分まで非宣長・諭吉派である。しかたがない。昔の人に文句をつけてもはじまらない。やはり、極力書き手の意図を察してよむほかない。それが先人に対する態度である。

荷風は、わが偏奇館の焼けおちるさまを見とどけようと、また家のほうへもどった。すぐ近くに宮様の邸があるので警戒がきびしい。

〈巡査《じゅんさ》兵卒《へいそつ》宮家《みやけ》の門《もん》をいましめ道《みち》ゆく者《もの》をさえぎりとむるゆえ、余《よ》は電信柱《でんしんばしら》または立木《たちき》の幹《みき》に身《み》をかくし、こみちのはずれに立《た》ちわがやのほうをながむる時《とき》、隣家《りんか》のフロイドルスペルゲル氏《し》どてらにスリッパをはき帽子《ぼうし》もかぶらず逃《に》げきたるにあう。

崖下《がけした》より飛《と》びきたりし火《ひ》にあおられ、その家《いえ》いままさに焼《や》けつつあり。きみの家《いえ》も類焼《るいしょう》をまぬかれまじと言《い》うなか、わが門前《もんぜん》の田島《たじま》氏、そのとなりの植木屋《うえきや》もつづいてきたり、先生《せんせい》のところへ火《ひ》がうつりしゆえもうだめだと思《おも》いおのおのそのすみかを捨《す》てて逃《に》げきたりしよしを告《つ》ぐ〉

「とむる」は原文多分「止むる」。荷風は「とどむる」のつもりではなかろうか。「わがや」の「や」は原文多分「家」。「わがや」はあたたかい。家族のにおいがする。すなわちホームである。「わがいえ」は家屋である。単なるハウスである。

荷風にとって偏奇館は「わがいえ」であっただろう、と小生には思える。

そこでひとまず「わがいえ」だとして、いまや炎上せんとする「わがいえのほうをながむる時」と「わがいえのかたをながむる時」と、荷風はいずれのつもりで「方」と書いたか。小生は「かた」をとりたい。

「中」については前にも言った。ここは「隣家の洋人と話をしているうち、田島氏や植木屋も来た」がまさるのではないだろうか。

('05・10・27)

あとからひとこと——

『断腸亭日乗』の「中」は「うち」が多いようです、と久保田光さんが左の例をあげてくださった。

大正十五年一月七日「朝夕は寒気凛冽なれど、昼の中は思ひの外に暖なり。」

昭和十八年五月十二日「いつもの諸氏と雑談に時間を空費する中警戒警報の笛なりわたり……」

なお、「思いの外」の「外」は無論ほか。この字も、そとかほかかは文脈によって判断しなければならぬむづかしい漢字の一つですね。

# 刺客のはなし

　ここしばらく、何人ものかたから「刺客」についてお話を聞いたり、たずねられたりした。読者からもお手紙をちょうだいした。

　言うまでもなく、さきごろの衆議院選挙の件である。郵政法案に反対した人の選挙区に「小泉首相が刺客を送った」とマスコミがはやしたてたらしい。

　小生はちかごろ目がわるくて、新聞は見出しをチラッと見るくらい、テレビはまったく見ないので「刺客」の件にもついうとかった。

　お話というのは、そのよみのことである。「シカクと言う人とシキャクと言う人とがあるけど、どっちがいいの？」とか、「ほんとうはセッカクが正しいらしいね」とか。

　結論をさきに言ってしまうと、みなＯＫです。どれでもお気に召したのをどうぞ。

「そんなのダメ！　どれか一つオレに推薦しろ」としいておおせなら、まあシカクが無難ですかな。この語は史記の「刺客列伝」から出たもので、いま日本ではこれを「シカクレッデン」と言うのがふつうだから。

結論だけ聞けばよろしい、というかたは、以上でおしまいです。以下はすべて雑談。

まず「客」から参りましょう。

これはもと「よそから来た人」の意で、それからひろがって「もっぱら〜する人」、さらには単に「〜する人」の意にもちいられるようになった。食客、墨客、棋客、俠客、政客等々いろいろある。

刺客は殺し屋である。重要人物を殺しといて自分は助かろうというのはたいてい無理だから、まあ自爆テロみたいなものだ。小泉さんの刺客はちょっとちがうようだけど。

この「客」に音《おん》が二つある。呉音《ごおん》キャクと漢音《かんおん》カクである。

呉音、漢音は日本だけの問題でたいへんややこしい。だから平安初期の朝廷は「漢音（正音）だけにせよ」とやかましく言ったのだが、呉音はしぶとく生きのこった。

呉音、漢音の用法は、ハッキリしているのもある。「会社」の会はカイ（漢音）で「会釈」の会はエ（呉音）である。これを逆に言ったら話がつうじない。

ゴチャゴチャしているのもある。家（呉音ケ、漢音カ）などそうだ。御家人がケで小説家がカなのはだれでもわかるが、良家、名家、隣家などとなるともうゴチャゴチャしてどっちを言う人もある。意味にちがいはないのだから迷うのも無理はない。

「客」もそのゴチャゴチャ組の一つである。

いやもちろん、かたっぽうにきまっているのもありますよ。デパートの店員がお客さまにむかって「オカクサマ」と呼びかけたらお客さまはビックリする。しかし、どっちでも通用する語が多い（多くなった）ことはたしかである。

全体の趨勢として、カクからキャクへと移りつつある。だからカクはややかたい、古めかしい、ものものしい感じをあたえる。キャクのほうが「フツー」という感じがする。

小生などが子供のころ、「客観」を、おとなや爺さんは「カッカン」と言い、若い者は多く「キャッカン」と言った。その若い者が爺さんになって、いまはもうカッカンと言う人はほとんどないだろう。

「剣客はケンカクでなくちゃね。ケンキャクでは腰がくだける」と言ったかたがあり、小生も「なるほどそうですね」と同意した。しかし若い人は、ケンキャクでも腰くだけの感はないにちがいない。刺客もシカクからシキャクへが趨勢だろう。いま、「カク」でなければならぬ、という語はほぼないだろうと思う。

「刺」は「刺《さ》す」の意から「刺し殺す」「狙った人物を暗殺する」の意にもちいられる。

この刺の音《おん》がシとセキとある。

刺客列伝本文で最初にこの語が出てくるのは「以匕首刺王僚、王僚立死」（匕首で王僚を刺した。王僚はすぐ死んだ）というところで、索隠《さくいん》が「刺音七賜反」（刺の音は七賜の反）と注をつけている。シである（索隠は唐の司馬貞の注釈。「反」は反切《はんせつ》です）。字書はどれも、この七賜反のほかにもう一つ七迹反（セキ）をあげる。意味にちがいはない。たとえば康熙《こうき》字典に（字書名傍線で示す）、

〈唐韻 集韻 韻會七賜切正韻七四切竝此去聲説文刺直傷也（…）又唐韻 集韻 韻會正韻竝七迹切音磧穿也傷也〉

漢字ばっかりでオソロシゲだけど連中は漢字しかないんだからしょうがない。漢字、カタカナ、ひらかなを自在に使いわける日本人のほうがカシコイのだと思ってください。で、竝は並、「どれも」の意。「此去聲」は、現代漢語で言えば「cìの第四声だからcì」、ということ。「音磧」は「音はセキ」。以上は発音説明。「直傷也」「穿也、傷也」は意味説明です。要するに「どの字書でも音はシとセキ。意味はズブリとつきさす」ということですね。

なお日本語で「セキ」というと「シ」とはよほどちがうようだが、中古漢語音の入声韻尾kは英語のsickやstickのkとおなじく呑みこむ音だから、まあだいたい「セッ」というような音だと思ってください。シとそんなにはちがわない。殺す、というばあいには力強く「セッ」と言うことが多かったろう。日本人は子音が苦手だから母音をくっつけて言ったこと、『漢字と日本人』でくわしく申しました。

日本国語大辞典の「せっかく【刺客】」の項によれば、『史記抄《しきしょう》』に「刺（し）客とも刺（セキ）客ともよむものぞ」とあるよし。史記抄は室町時代十五世紀後半にできた五山の学僧の講義の筆録（いわゆる抄物《しょうもの》）だが、その前にもそのあとも日本の先生は「シカクともセッカクとも言うぞ」と教えていたのだろう。それが江戸時代をへてこんにちにまでつたわっているわけだ。

それはよいとして、日本国語大辞典がこの項に「（「せき」は「刺」の漢音）」と注しているのは、これはいけない。知らない者は「セキは漢音。するとシは呉音なのだな」と思ってしまう。

シもセキも漢音である。こまかく言えば、七賜反は呉音漢音ともシ、七迹反は漢音セキ、呉音は理論上シャクということになるが実際そうもちいられた例はなかろう。

というしだいで、刺客の「刺」はシもセキも根拠がある。シが常識的。「客」はカクでもキャクでもよい。カクのほうが格調高い感じ。キャクは庶民的でしたしみやすい感じ。――というところですね。

（'05・11・3）

## あとからひとこと――

①北本市の久保田光さんからのお手紙に、

〈「客」の語例ではほかに「論客」がございますね。「前原氏は、民主党では安全保障問題の論客《ろんきやく》として知られている」などと使っているようです。池波正太郎の「剣客商売」を新潮社（文庫本）とフジテレビ（ドラマ）のホームページで検索したところ、両社ともケンカクでケンキャクではエラーでした。〉

とあった。

②練馬区の浅野明彦さんのお手紙に、

〈鉄道用語では、「旅客」はリョカク、「客車」はキャクシャ、そして、「貨車」「機関車」に対する言葉として「旅客車」なる呼称がありますが、これはリョカクシャと発音いたします。〉

なるほど、上にひっぱられるわけですね。

# イルカは魚類に属さない

友人某（さる大学の長老教授）が遊びに来た折の話。

勤務先で彼が、何かの規程の文案を起草して会議にかけた。なかに「〜の権利を有しない」というところがあった。この「有しない」という文言について若い教員たちから、「これは『有さない』のほうがよいのではありませんか」と修正を求められた——のだそうだ。

「びっくりしたよ」と友人。「『有さない』なんて聞いたことある？」

小生「ないなあ。へーえ。いまの若い人はそう言うのか」

「うん。あとで人に聞いてみるとどうもね、この種の語の否定形が『しない』から『さない』に変りつつあるらしいんだ」

この種の語とは、漢字一字の音《おん》に「する」がついた口語動詞である。文語で「○す」

であったのが、口語で「〇する」になったものだ。

こういう語は、数百、あるいは多分千以上もあろう。「一堂に会する」「凱歌を奏する」「哺乳類に属する」「相手の意を察する」「同一結果に帰する」等々。

なお、連濁によって文語「ず」口語「ずる」になる語も「論ずる」「投ずる」「禁ずる」「通ずる」「案ずる」等多数ある。性格はおなじだが、これらの否定形はみな「じない」であって「ざない」にはならない。

もっとも、どういうばあいに濁るのか、小生よくわからぬ。

たとえばおなじセンでも、「文章を撰《せん》する」「戦いを宣《せん》する」は清音で、「薬を煎《せん》ずる」「詮《せん》ずるところ」は濁る。またおなじオ列長音でも、「称する」や「供する」は濁らず「興ずる」や「投ずる」は濁る。これはなぜなのだろう。単なる慣用だろうか？

なお、この「ずる」は、現在どんどん「じる」に変りつつある。信じる、感じる、演じる、応じる、映じる、乗じる、禁じる、などと。

なぜ「する」は「しる」にならないのに「ずる」は「じる」になるのだろう。これもよくわからぬ。

さて「〇する」とその否定形の話にもどって——。

もともと文語では、「〇す」の否定形は「有せず」「要せず」などと「せず」である。

明治になって口語文が書かれるようになった時、森鷗外のように単に「ず」を「ない」に変えて「有せない」「要せない」などとした人もあったがそれは少数である。多くは「せず」を口語「しない」に変えて「有しない」「要しない」等とした。

この「〇する」の形は外来語に日本語の動詞「する」がついたものであるから、「スタートする」「キャッチする」等と基本的に同性格のものである。この否定形は無論「スタートしない」「キャッチしない」である。「有しない」などの「〇しない」はそれとおなじで、ごく自然である。もし「スタートさない」などと言ったらおかしい。

つまり「さない」は本来はまちがいであったはずだ。それが通行するにはわけがあるに相違ない。

図書館へおいでになるかたがたにかんたんな例文を作って「あなたはどっちですか？」と挙手アンケートをしてみた。

答えは、語によりまた人によってさまざまである。「イルカは魚類に属〇ない」は大部分の人が「属さない」だが、二人三人は「属しない」の人もいる、といったぐあいに。

ところが全員一致の語が出た。

「この母親は自分の子を、愛しない、ですか？　愛さない、ですか？」とたずねたら、一人のこらず「愛さない」のほうに手をあげた。

これは意外だった。「どうして『愛する』だけ全員『さない』なんだろう?」と小生がふしぎがっていたら、だれかが「だってふつうの日本語だと思っていたもの」と言った。つまり「あいする」はもう和語感覚なのであるらしい。

夏に山で、雑談のおりにこの話をした。高地さん(小生と同い年)がそこいらにある新聞をかたはしからめくって、左の例を見つけてくれた。

〈…反米国家への接近など、米国の神経を逆なでることも辞さなかった〉(毎日新聞'05・8・7「余録」)

これはよい例だ。この語は、「辞せず」からほとんど一足飛びに「辞さない」に移ったのではないか。つまり「辞せざりき」のあとの「辞しなかった」の段階がごくみじかく、すぐに「辞さなかった」になったのではないか、という気がする。

これをきっかけに、「しない」から「さない」への動きをリードした語は何だろう、という話になった。

高地さんが、それは「課す」「科す」(以下「課す」で代表する)ではなかろうか、と提案した。

なるほど。この語は口語「課する」のはずだが、その形でもちいられることはすくなく、あたかも「課す」がそのまま口語であるように使われる。強制的意味あいの語だから、まのびした「課する」より簡潔な「課す」がピッタリするのかもしれない。

これは、和語の「かす」——傘をかす、本をかす、金《かね》をかすなどの「かす」と、意味はちがうが形はおなじである。そしてこの「かす」は四段（五段）の動詞だから、否定形つまり未然形は「かさない」である。「あいつには本をかさない」などと。

この「かす—かさない」にひっぱられて「課す」の否定形が「課さない」になったのではないか、というのが高地さんの案である。

多分そうなのだろう。そしてこれにひっぱられて同音の「嫁す（責任を他に）」や「化す」の否定形も「嫁さない」「化さない」になり、さらに上が一音の、期する、資する、辞する、賭する、堕する等々も、期さない、資さない、辞さない等々になり、さらには、属さない、愛さない、要さない、有さない、などにまで波及したのではなかろうか。

どうやらこれは勢いであるようだ。この分でゆくといずれは上が促音の語にまでおよんで、「軍備を撤さない」「勝負を決さない」「時機を失さない」「目標に達さない」などということになるのではないか、と言いあったことであった。

以上はまったく、山中のしろうと談義である。こういう現在進行中の日本語の変化については、専門家が追跡調査しているだろうし統計資料もあるだろうと思う。お教えいただければ幸いであります。

（'05・11・10）

あとからひとこと――

①週刊誌の駄文に注意してくれる専門家はないらしく、「しない」から「さない」への変化についての調査ないし見解を知らせてくれた人はなかった。

②小平市の渋沢和行さんが、上が同音で下が「する」「ずる」・両様ある言葉は十三組あることをつきとめて知らせてくださった。左の通りである（例は一つづつにとどめる）。

①冠する――感ずる
②供する――興ずる
③抗する――薨ずる
④算する――散ずる
⑤称する――生ずる
⑥宣する――詮ずる
⑦存する――損ずる
⑧徴する――長ずる
⑨諷する――封ずる
⑩偏する――変ずる

⑪便する――弁ずる
⑫瞑する――命ずる
⑬面する――免ずる

なぜ上は同音なのに、濁らないのと濁るのとがあるのだろう。口で唱えてみると、上（濁らず）はみな第一音にアクセントがあり、下（濁る）は平板発音であるように思われる。上のアクセントによって濁ったり濁らなかったりするのか？

渋沢さんが調べてくれた「漢字一字にする（ずる）のつく語」は三百七語である。うち「ずる」と濁るのは五十五語。約六分の一である。上の字音によってわけると、左の三つある。

一、上がイで終るもの。詠ずる、命ずる、など。
二、上がウで終るもの。応ずる、興ずる、生ずる、など。
三、上がンで終るもの。案ずる、演ずる、感ずる、禁ずる、など。

断然三に属するものが多い。転ずる、任ずる、念ずる、論ずる、等々。ただし、上がンならすべて濁るわけではなく、上にあげた「存する」や「面する」は濁らない。

渋沢さんの感想。

〈なんで「する」が「ずる」になるのか、むづかしいですね。しかしこれらは、漢字とスルが一体化している感じがあります。青と空がくっついて「あおぞら」になる感

じです。しかしそれは、一体化してから濁るのか、濁った結果一体化したと感じられるのか、よくわかりません。〉

同感。濁ると平板発音になるのは一体化しているからだが、どちらが原因なのか結果なのか、よくわからない。

# いいことあるの？「後発効果」

毎度申すごとく、目が痛むので人に本をよんでもらってテープを聞いている。どれもたいへんおもしろい。そりゃそのはずです。自分が「おもしろそうだな」と思って買ってあったものなんだから。

その一つに、ドーア『学歴社会　新しい文明病』があった。

これは、学歴偏重がいかに社会を不正常なものにしているかを、地球上の国・地域を近代化開始時期によって四つの段階にわけて書いたものである。著者はイギリスの教育社会学者。

まず、近代化・工業化に最も早く出発した国の代表としてイギリス。

つぎに、十九世紀なかばに出発した日本。

ついで、二十世紀にはいって近代化がはじまったスリランカ。

そして、最もおくれて二十世紀後半から近代化をはじめたアフリカ諸国——ケニア、ガーナ、ザンビア、タンザニア等々。

データがやや古いのが難点だが、小生にとっては十分におもしろかった。だって、この本の中心部分をなすスリランカやアフリカ諸国のことなんて、まったくなんにも知らなかったんだからね。

スリランカ？　セイロン島のことだろ？　セイロン紅茶ってのがあったから紅茶の産地なんじゃないかしら——この本を読む（聞く）まで知ってたのはそれだけだ。はじめポルトガル領、それからオランダ領、ついでイギリス領、といろんな国に占領されてた所だったのですね。

アフリカ。これはもう、子供のころに見たターザン映画の知識だけです。ライオンとキリン。ゾウとワニ。それに密林でつるにぶらさがって木から木へ飛び移るターザンとチータ。まさかそこで子供たちが激烈な受験競争に追いたてられていたとはね。

この本の原文は無論英語で、それを日本の学者が訳しているのだが、著者は日本の教育史が専門で日本滞在も長く、もとより日本の文献も自在に読める人だから、訳文にも著者の意見が相当はいっているようである。

この本を聞いてつくづく感じたのは、日本語と英語とはだいぶちがうんだなあ、ということでした。あたりまえですけど。

そのちがいというのは、主として語感のちがいです。

たとえば「伝統」ということばがよく出てくる。「伝統部門」とか「伝統的職業」とか。

われわれは「伝統」と言うと、「由緒ある、価値ある」という感じを受ける。つまり「伝統」という語自体がそういうプラス価値の語感を持っている。

ところがこの本に出てくる「伝統」にはそんな語感はないのですね。「伝統的職業」というのは「収入がすくなく、かつ不安定で、だれからも尊敬されない職業」であり、具体的には、農民および農村地区の小売商、行商人、手工業者などを指しているのだ。

おくれて近代化に出発した国々では、まず国土が、りっぱなビルが立ち並び美しい街路が走る少数の近代都市と、その周辺の広大な貧しい伝統的農村とにわかれる。そしてまた職業がはっきりと、都市の近代部門と農村の伝統部門とにわかれる。

近代部門の職業とは、主として中央官庁、それに少数の外国系企業につとめる仕事で、この人たちは伝統的職業に従事する人たちの十倍もの安定した収入を得、英語をしゃべって外国車を乗りまわし、快適な都市生活をしている。これが受験戦争の勝者たちである。

敗者は伝統的農村にもどって伝統部門の職業につく。ここに言う「伝統」は「近代化に立ちおくれた」ということにすぎない。

そして近代部門の職種を手中にする道はたった一本、受験戦争に勝ち抜く道があるだけなんだから、そりゃ競争がすさまじくなるわけだ。

この「伝統」の原語はトラディション、トラディショナルなのだろうが、どうもこれは単に「昔からある」というだけのことみたいだ、われわれの語感とはよほどちがうようだなあ、と思ったことでありました。

「後発効果」という言葉がよく出てくる。「後発」とは「あとから近代化に出発した」の意である。その「効果」というのだから、後発国には何かいいことがあるんだな、とつい思ってしまう。

だって「効果」と言えばプラス方向だからね。「風邪薬を飲んだら効果があった」と言えば風邪がよくなったと思う。ひどい下痢をしたとは思わない。

ところがこれは、おくれて近代化に出発した国ほど、学歴が人間選別のモノサシとして使われ、したがって学校教育がもっぱら受験目的になり、ネコもシャクシも大学へ行くわりには就職口がすくないので大学卒があふれかえってバスの車掌も大学卒というありさまになり、とうとうスリランカでは大卒就職浪人の暴動がおこった、というような「効果」なのだ。うーん、そういうのが「効果」かねえ。

「効果」の原語はエフェクトか何かなのだろうが、その意味は、単なる「ききめ」なのですね。いや、「ききめ」だってプラスだ。風邪薬を飲んで下痢したら「そういうききめがあった」とは言わない。日本語には、プラスもマイナスもふくんだ「ききめ」をさす言葉はないのかなあ。

近代部門への就職に有利な大学への入学競争が激烈になり、その大学に入りやすい高校の入試がきびしくなり……と競争および受験教育はだんだん小学生にまでおよぶ。それを受験戦争の「後方波及」と言っている。この言葉もよく出てきます。

後方なんですかね。小生にはむしろ「前方波及」、あるいは「下方波及」という感じがするのだが——。

波及と言うからには、スプレッドか何か、平面を、たとえば池の面をイメージしているらしい。

騒ぎは池のまんなかで、近代部門への就職競争激烈化という形でおこっている。その大波がこっちへ、岸近くにいる小学生にまで押しよせてくるのだ。

うーん、やっぱりバックなのか。池の中心から見れば、波紋はたしかにバックワードへ進むのですね。

しかしどうも、日本語の感覚としては、そういう事態を受験戦争の「後方波及」とは言わないだろう、という気がするのですが、いかがでしょうか？

（'05・11・17）

# なんとよむのか「文科省」

ちかごろの世のなか、よく名前がかわるようですな。

従前は駅前なんか歩いてると、三和銀行とか大和銀行とか「和」の字のつく銀行の看板をよく見たものだが、みんななくなっちゃった。銀行がつぶれるわけないから名前がかわったのでしょうね。何が何になったのだかちっとも知らないけど。

お役所も改名大流行のようだ。運輸省も郵政省も建設省も最近とんと見かけぬようです。むかしの名前のままでしぶとく生きのこってるのは「外務省」くらいのものなんじゃないかしら。

文部省は文部科学省になった。長いから新聞はちぢめて「文科省」と書いている。これはどうよむんだろうね？

人の言うのを聞いてると、モンカショウと言う人とブンカショウと言う人とがあるようだ。そのモン派のかたに「どうしてそう言うの？」ときいてみたら、「文部《もんぶ》と科学《かがく》なんだから文科《もんか》。あたりまえじゃないか」と仰せになった。なるほどなるほど。

名称を二つならべてちぢめる、ということは昔からよくある。

早稲田と慶応をちぢめて「早慶」。これは右のかたの論法だと「早稲田《わせだ》と慶応《けいおう》だから略して早慶《わけい》。あたりまえじゃないか」ということになるが、かならずしもそうでなさそうです。このばあいは早慶《そうけい》。「ワセダ」のどこにもない「ソウ」という音が登場する。

ぐっとお古い例をあげれば、織田（信長）と豊臣（秀吉）をちぢめて「織豊」。これは織田豊臣《おだとよとみ》だから織豊《おとよ》かと思えばさにあらず、織豊《しょくほう》である。

あるいはもうすこし近いところで明治中期、大隈《おおくま》重信と板垣《いたがき》退助が協力して作った内閣が隈板《わいはん》内閣、決して「クマイタ内閣」ではありません。

地名で申すと、青森《あおもり》と函館《はこだて》はアオハコではなく青函《せいかん》（連絡船、トンネル）。また、下関《しものせき》と門司《もじ》は関門《かんもん》（海峡、トンネル）である。

してみるとどうも、二つならべてちぢめる際には、もとの称呼がどうであるかにかかわりなく、それぞれから漢字を一つづつ取り出してそれを音《おん》で言う、という法則（あるいはならわし）があるようです。

東京と横浜、これをちぢめて「京浜」と称する。「京浜東北線」とか「京浜工業地帯」とかいったふうに。

これは、京浜《きょうはま》でないことはもとより京浜《きょうひん》ですらなく、京浜《けいひん》である。

このことは、京都と大阪、あるいは京都と大阪と神戸のばあいもおなじで、京阪《けいはん》、京《けい》阪神《はんしん》と言う。

これらによって、ならべて縮め言うばあいには、通常漢音がもちいられるらしいことがおしはかられる。でなければ、昔から「京《きょう》の都《みやこ》」「京《きょう》都」で知られているものを、縮称の時にかぎってわざわざ「京《けい》」と言いなおすはずがない。

無論、漢音が通常もちいられない、人々になじみがない、というばあいは別だろうが、「おおむね漢音」ということは言えそうだ。

文部大臣の縮称にしても、いまはあまりそういう言いかたはしないのかもしれないが、ひとむかし前までは「文相《ぶんしょう》」と言ったものだ。文部大臣なんだからモンショウだ、と横車を押す人もなかったようです。

してみると、「文部科学省《もんぶかがく》だからモンカショウにきまってる」とまでは言えない。むしろ「京阪神」や「文相」の連想から「ブンカショウ」と言う人のほうが、知識・感覚が立体的なんじゃなかろうか。ブンカショウでは「文化省」にきこえる、ということはたしかにあるが、それはまた別の問題である。

実はこういう短縮の際の字音主義（それもたいていは漢音主義）は、むかしはいくらもあった。国名の連称である。

たとえば、美濃《みの》と尾張《おわり》で濃尾《のうび》。

駿河《するが》と遠江《とおとうみ》で駿遠《すんえん》。次郎長親分の縄張りですな。

この駿の字、漢呉音ともシュンのはずなのだが、駿河の略としては駿府《すんぷ》、駿豆《すんづ》（駿河と伊豆）、駿遠などみなスンなのは、漢音スンのはず、という感覚だったのでしょうか。

そう言えば駿河台を中抜きして中華めかした駿台もスンダイでした。

甲斐《かい》と信濃《しなの》で甲信《こうしん》。

上野《こうづけ》と越後《えちご》で上越《じょうえつ》。

安房《あわ》と上総《かづさ》で房総《ぼうそう》（半島）。

武蔵《むさし》と相模《さがみ》で武相《ぶそう》。

これなんか、武相《むそう》と言えば武蔵の武《む》が保存できるのだが、やはり漢音で武《ぶ》と言う。鉄道の総武線《そうぶせん》もそうですね。総武線《そうむせん》とは言わない。略称漢音主義です。

以上でだいたい、二つならべてちぢめて称する際の、むかしからの法則が確認できた。

これは、字音同士だから口調もよく、雅《みやび》でもあるが、そのかわりもとの名が消えてしまうのだから、耳で聞いただけではわかりにくいという難点がある。たとえば鉄道の「キシン線」と言っても、当地の者以外にはまずつうじないだろうと思う。姫路—新見《にいみ》間の姫新《きしん》線、というわけなのですが。

いつごろからか、単純短縮主義、つまり発音通り短縮主義を耳にするようになった。小生にとって最初は、入学試験を受けに初めて東京へ行って渋谷駅で「東横線」という字を見、駅のアナウンスがそれを「トウヨコ」線と言うのを聞いた時です。

これはほんとに驚いた。

東京の人は聞きなれているから変だと思わないだろうが、かりに初めて関西へ行って、京都から大阪へ行く電車を「京大《きょうおお》線」と言うのを聞いたとしたら「えっ」とびっくりするだろうと思う。

いやもちろん、そんな言いかたはありませんよ。かりに、の話です。しかしまた考えてみると、トウキョウとヨコハマをちぢめて「トウヨコ」というのはまことにわかりやすい。単純な江戸っ子にはピッタリ、という感じがする。

その後この手の、音《おん》も訓《くん》も関係なしの発音通り短縮主義はいくつも耳にした記憶がある。多分戦後は、この発音短縮が主流になっているのでしょうね。

聞けば近ごろ東京三菱銀行という長い名前の銀行ができてこれを短く「トウミツ」と言うのだそうだが、これもその一例なのでしょう。

文科を「文科《もんか》」とよまれてはいかにも変だが、モンブカガクだからちぢめてモンカ、と言われれば、なるほどそれが戦後方式なのね、とナットクできぬでもないようなのでありました。

（'05・11・24）

あとからひとこと――

姫路の知人森本穫さんが戦中のことを書いた文章のなかに、

〈敦中《とんちゅう》（敦賀中学）はとても無理で、敦商《とんしょう》（敦賀商業）に入っていたが……〉

というところがあった。敦賀《つるが》を略して敦《とん》、珍しい例ですね。なかなか雅でもある。

地方の町の略称でこういうのは、他にどんな例があったのだろう。

小生子供のころの周辺では、みな単純なそのまま略称でした。姫路中学が姫中《ひめちゅう》、龍野中学が龍中《たっちゅう》、といったふうに――。龍野中学を龍中《りゅうちゅう》なんて呼んだらカッコよかったろう、と思いますけどね。

# サンマ苦いかしょっぱいか

サンマのうまい季節だそうで。

しかし考えてみるとこのサンマというやつは、タイとかカツオとかいう他の海魚とちがって、名前からして変ってますね。まんなかに「ン」のはさまってる魚というのはほかにいないんじゃないかしら。

上空を飛んでいるのならトンビがいるけれど、あれはンを抜いて「トビ」でも通用する。サンマのンを抜いて「サマ」ではサマにならん。

それに第一、個人(?)用の漢字一字名がない。いや日本近海の魚の漢字というのはたいていみな、もともと関係のない魚ヘンの字を持ってきてあてたり、それでもたりないのはこっちで勝手に作ったりしたものだからまあかなりエエカゲンだが、それでも鰺《あじ》も鰯《いわし》も一応は一字名を持っておる。

サンマは、食われるのは盛大に食われながら一字名をさずかっておらぬ。どうも、差別あつかいされとる、という気がいたしますな。

漱石『吾輩は猫である』の初めのほうにこういうところがある。

〈其時におさんと云ふ者はつくぐ〳〵いやになつた。此間おさんの三馬《さんま》を偸《ぬす》んで此返報をしてやつてから、やつと胸の痞《つかへ》が下りた。〉

右の「三馬《さんま》」について、ある全集本が左のような注釈をつけているのだそうだ。

〈三馬《さんま》　漱石の当て字。「秋刀魚」は庶民の好む魚。〉

これを山田俊雄先生が、その著『詞林逍遙』でたしなめていらっしゃる。――「漱石の当て字」と言うと、まるで漱石がここで初めてサンマに「三馬」の字をあてた、つまり漱石独自のあて字みたいだが、いったいそんなことが言えるのか、と。

たしかにこの注釈は感じが悪い。わざわざ「秋刀魚」とカギカッコつきで示して、サンマはこう書くのが正しいのに漱石先生ごぞんじないと見えますな、と言わんばかりだ。

漱石が『吾輩は猫である』を書いたのは明治三十八年、いまからちょうど百年前だが、そのころサンマを「三馬」と書くのはふつうのことだったのである。

この注釈を書いた研究者（多分若い研究者）に対する山田先生の筆致はきびしい。ちょっと御紹介しよう。とびとびに引きます。

〈「さんま」という魚の名前に「三馬」が当てられているのを、当て字といいながら、

「『秋刀魚』は庶民の好む魚」などと、したり顔に書くのだから、恐らく「秋刀魚」を、当て字ならぬ、種姓《すじょう》の正しいものと見ているらしく思われる。

「三馬」が漱石以前に誰によっても思い付かれることのなかった、未曾有の当て字であるということを証することができなければ、わざわざ、「漱石の当て字」というのは、全くの虚偽である。

（…）虚偽の注解を以て啓蒙というのは、大いに不道徳である。研究家の名に価しない。

私は、ここで、大槻文彦の『言海』を持出したり、落合直文の『ことばの泉』を引いたりして、「三馬」を慣用の用字として、みとめていることを、いささかならず面はゆい思いで、ここに記さねばならぬ。大槻文彦らが大げさならば、硯友社の山田美妙でもよい。（…）かの有名なる『日本大辞書』も含めて、彼の辞書を披けば、「三馬」の当て字のプライオリティを漱石の頭上に冠するのは時代錯誤であること明らかである。いわんや、この「三馬」が、『俚言集覧』に早く見えるに於いてをや。〉

『俚言集覧』は十八世紀末の国語辞書。小生持ってない。

あとの三つはさいわい手もとにあるから早速引いてみましょう。いずれも記号類は適宜整理します。

まずわが国最初の近代的国語辞書『言海』（明治二十二年）。

〈さんま【小隼、三馬】魚ノ名、さよりニ似テ、色、蒼黒ナリ、秋冬ノ際ニ、安房上總ノ海ニ多シ、多クハ、淡《ウス》ク鹽ニ漬ケテ、四方ニ送ル、賤民ノ食トス。上方ニ、サヨリ。秋光魚〉

サンマの漢字書きは「小隼」または「三馬」。漢文調のしかつめらしい文章に用いる字は「秋光魚」、とある。「賤民ノ食トス」はひどいね。それを「秋光魚」と書くとなるほど立派そうに見える。ほんとに使われたかどうかは知らないけど。

つぎに『日本大辭書』（明治二十六年）。

〈さんま【小隼、三馬】㈠さよりニ似タ魚。蒼黒ク、秋カラ冬ニ掛ケテ、安房、上總ノ海ニ群ラガル。甘鹽ニ漬ケテ送リ出ス。下等ナ食。㈡京坂ノ方言。サヨリ。〉

なんだこりゃ、『言海』の丸うつしじゃないの。美妙斎ずるいぞ。

つぎに『ことばの泉』（明治三十一年）。

〈さんま【三馬】動物。魚の名。㈠形、さよりに似て、色青黒し、秋冬の季に漁す。多くは、鹽漬となす。秋刀魚（たちうをに似て秋とるるものとの意にて、明治以後に作りたる字）㈡さよりをいふ。京都、大阪の語。〉

はいここでやっとおなじみの「秋刀魚」が出てきました。「秋のタチウヲ」の意で明治以後に作った字、とある。もっともその前の「秋光魚」も影響しているかもしれぬ。

ただしこの段階では「秋刀魚」はまだ「字」である。これで「さんま」とよむわけではない。そりゃそうです。もし「さんま」を「秋刀魚」と書くのだったら、最初の見出しが「さんま【三馬、秋刀魚】」となるわけだ。

なお金澤庄三郎『辭林』(明治四十年)では「さんま」の表記は「小隼」のみ。字は「青串魚」である。

それでは「秋刀魚」をぶっつけに「さんま」とよむようになるのはいつからなのだろう?

うーむ。やはりかの佐藤春夫の名唱「秋刀魚の歌」(大正十一年)あたりかなあ。

しかしこれだって、題にこうあるだけで、詩の本体は「さんま、さんま　さんま苦いか鹽つぱいか。」等とすべて「さんま」である。題は単なる「字」であるのかもしれぬ。

けれども多くの人がこの題を「さんまの歌」とよんだことはたしかなのだから、まずこのあたりを境に、「秋刀魚」を直接「さんま」とよむようになったのでしょうね。

ところで——。サンマを「三馬」と書くのはあて字なのか。それとも「秋刀魚」こそあて字なのか。あるいはどっちもあて字か。そもそも、「あて字」とは何なのだろう?

これは一度、じっくり考えてみなければなりませんね。

('05・12・1)

あとからひとこと――
①あるかたが、「ぎんぽ」という名の魚が海にいます、とお知らせくださった。なるほど「ン」がはさまっている。
しかしサンマほどの著名人ではなさそうですね。
②読者が送ってくださった百科事典。
〈サンマは下賤な魚として長い間問題にされず、文献に名が見えるのも《本朝食鑑》(一六九七)あたりからになる。(…)《梅翁随筆》には、江戸では明和年間(一七六四―七二)までほとんど食べる者はなかったが、安永改元(一七七二)のころ〈安くて長きはさんまなり〉と大書して売る魚屋が現れてから、まず庶民層が好んで食べるようになり、以後おいおい愛好者層が拡大したが、それでも旗本では食べない家が多いとしている。〉

とにかく江戸時代後半まで相手にされなかったようだ。漢字一字の名がないのもそのせいなのだろう。

# 遣唐使がやってきた

# 客死留学生の「里帰り」

アメリカで、三百年前に当地で死んだ日本人の墓が見つかったのだそうです。

あちら式の墓石に、「フレデリック・ヘアー　日本人　三十六歳」と（もちろん英語で）彫ってある。

日本人なんだからフレデリック・ヘアーが本名であるはずはないが、日本名も出身地も彫ってないからわからない。

これが報道されると、三百年前の日米友好のあかしだ、ってんで、ヒマな学者たちがとびついた。

身元調べの手がかりはたった一つ「ヘアー」だけである。こんな珍しいファミリーネームを名乗ったのは本名が「毛」のつく姓だからに相違ない。日本で「毛山」や「毛川」が多いのは某県のA町近辺である。したがってヘアーさんの出身地はA町である、と学者たちは断定した。

さあ喜んだのは、最近過疎傾向で沈滞気味だったA町だ。さっそく代表がアメリカへ行って墓石を借り受けて来、学者を呼んで展示会と日米交流三百年シンポジウムを開催することとした。

いよいよ墓石が到着した日には、町をあげてのパレードが挙行された。体格のよい男前の一青年が選ばれてヘアー君になり、西部劇のガンマンみたいな扮装をしてうしろに子分が大勢くっつき、これも西部劇の酒場女みたいななりをした女の子も添えて、町を練りあるいた。

問題は名前だ。ヘアー君の本姓は「毛山」か「毛川」か。双方もっともらしいリクツを並べて主張する学者がついているからどっちにきめてもケンカになる。しようがない。ヘアー君の苗字はただの「毛《け》」であった、ということで手を打った。ただし毛だけでは変なので、下に「の」をつけることにした。名前は、「フレデリック」だから本名「ふれてり」だろうと、これはかんたんに同意が成り立った。かくて、ヘアー君の渡米前の本名は毛降照《けのふれてり》と決定した。

本名が判明すると、けのふれてり君が馬に乗って手をあげているキャラクター（漫画肖像）が作られ、「清酒毛降照」や「ふれてり羊羹」などがぞくぞく売り出された。

……

以上は小生の作った話ですが――いや、おこっちゃいけません。これにソックリのことが最近、実際にあったのです。以下にしるす事実、ヘアー君の話と見くらべながら読んでください。

出たのは墓誌《ぼし》（あとでくわしくのべます）。中国西安、つまり昔の唐都長安の近郊で見つかった。

漢名井真成、日本人、開元二十二年死去、三十六歳、と彫ってある。日本名も出身地もわからない。開元二十二年（七三四）は日本では聖武天皇の天平六年にあたる。

身元調べの手がかりはたった一字「井」だけである。学者たちは、これは日本名の一部だろう、と推測（ほとんど断定）した。

井のつく氏は現在の大阪近郊某市附近に多いというのでここが出身地ときまった。ただし「葛井」説と「井上」説とが対立したので、ただの「井」になった。名前は日本名も「真成」だろうということで、井真成の本名は「いのまなり」君ということになった。「いの」が笑わせるね。

展示会、シンポジウム、パレードなどは同じ。朝日新聞記事〈「井真成」里帰りパレード〉の写真には「想像唐人」らしき扮装の男女が写っている。「約70人がカラフルな衣装で井真成やお供の人々に扮して行進。…商店街など約1キロを練り歩いた」と記事にある。

キャラクターは、お椀帽の男の子が帆かけ船で手をあげている絵。
商品は、井真成お饅頭、郷土銘菓いのまなり、銘茶いのまなり、清酒井真成、等々。
小生、漫画風似顔絵を「キャラクター」と言い、それを使った商品を「キャラクターグッズ」と言うこと初めて知りました。

しかし論文を読んで小生、日本古代史の学者というのは気楽なショーバイだなあ、とつくづく感心したね。

何べんも言うが、手がかりは「井」の字たった一つなのである。それで、たとえば東京某大学の某という教授はこう言う。

〈結局、井真成は井上忌寸真成という日本名であったと推測される。〉

〈こうして、真成は地方行政の拠点にして渡来系の人々が多く住み、文化的、経済的にも繁栄し、多様な人々と物資の行き交う河内国でも屈指の一大中心という地域環境のもとで、それを母胎にして成長を遂げたであろうことが彷彿とする。〉

よく言うよねえ。これが江戸時代あたりの人物だったら、またどんな資料がヒョイと出てくるかもしれず、そうすればこんな臆測は一発でふっとぶのだが、なにぶん大昔のことだから安心して太平楽を並べていられるのである。だいたい言うことがうわついてますよね。こういうのが多いのだ。

この教授の文中に、

〈小野妹子《おののいもこ》が姓名ともに漢字の音を取って蘇因高と改めた例は有名である。蘇は小の音を写したのであろう。これはいわば音訳である。〉

というところがある。

この「蘇は小の音を写したのであろう」とは何のことか、わかりますか？　小生はずいぶん頭をひねったがわからなかった。

「小」に最も音の近い中国の通有の姓は「蕭」である。他には思いつけぬ。蘇と小ではまるで音がちがう。なお因高はイモコを in-kau と音訳したのだろう。

しかし小野妹子は日本名が残っていてよかったねえ。さもないと学者の手にかかって「蘇は蘇我氏であること明白。因高は日本名そのままであろう」てんで「そがのよりたか君」か何かにされ、その生育環境までホーフツとされちゃうところであったよ。

しかし笑ってばかりはいられない。該地を代表する著名な大寺の門前に「遣唐留学生井真成生誕之地」の碑が建った、という記事を見て、小生薄気味悪くなってきた。

ウソも百ぺん言えば事実になる。やがては「唐の長安で歿した留学生《せいしんせい》井真成は、日本名井真成《いのまなり》、現在の大阪府〇〇市出身」が既定事実となってゆくのであろう。

歴史はこんなふうに作られることもあるのか……、と暗澹としたのであった。——この話つづく。

（'06・1・19）

# 墓誌と墓碑

今回は、墓誌《ぼし》というものについてお話ししましょう。

墓誌とは「死者の遺骸とともに墓に埋める、石に刻した文」です。

むかしの支那——いま問題にしているのは唐の開元年間に長安で客死した井真成の墓誌ですから、一応唐代を念頭においてください——では、原則として火葬はない。遺骸は棺に入れて地中に埋める。それに、この遺骸がだれのものであるかを記した墓誌をつける。

つまり墓誌というのは「死者の身分証明、兼生前の履歴書」みたいなものと、ひとまず思っていい。

石は箱型で表面（上部）に字を彫りふたをかぶせてある。石の大きさはまちまちだが、井真成の墓誌は表面一辺約四十センチの正方形で厚さ約十センチとあるからこれはやや小ぶりのほうである。

石の表面に彫った文を墓誌と言い、その石をも墓誌と言う。このたび「井真成の墓誌が出た」というのは石が出たのだが、かりに誰かが表面の文を紙に書き写していてそれが見つかったとしても「墓誌が見つかった」と言うだろう。その点ややアイマイです。しかしどっちのことを言っているのかは文脈でわかります。

墓に遺骸とともに墓誌を埋めるのは主として士人（讀書人、官人）です。逆に言えば、士人ならたいてい墓誌をつけるから、史上作成された墓誌は無数である（現物ないし写しが現存するかどうかは別として）。全男子人口のうち、士人の割合はまあだいたい五パーセントくらいと思っていいでしょう。

墓誌の文は通常、前半の「序」と後半の「銘」の二つの部分より成る。

序は、故人の姓名、籍貫（出身地）、家系、経歴特に官歴、死歿の時と所、墓地、遺族、などを書いた部分。「文」とも言う。せまい意味ではこの部分が「誌」である。

銘は、故人をほめたたえる韻文。時に「辞」「詞」などとも言う。墓誌にはたいてい銘がついているから、あわせて「墓誌銘」と呼ぶ。

序と銘との関係は、和歌における詞書《ことばがき》と歌本体みたいなものと考えてよい。すなわち、観念的には、銘が主で序が従である。

しかし実際には、重要なのは序であって銘は添えものである。分量から言っても通常九割以上を序が占める。銘のついてない、文だけの墓誌もあるが、それも墓誌銘と呼ぶ。

われわれが石の現物を見ることはめったにないが、墓誌銘はいくらでも、かんたんに見られる。墓誌銘は文学の一分野だからである。「文章は経国の大業、不朽の盛事」（魏文帝）であり、墓誌銘もまたその重要な一部なのである。

だれが墓誌銘を書くのか。

他人が書く。血族でない者が書く。

墓誌銘とは、わかりやすく言えばつまり故人の伝記であり、あわせて「この新入りはこんな立派な人なのですよ」という、あの世への紹介状である。

紹介状が実際にあの世でどの程度物を言うかは死んでみないとわからないからしばらくおくとして、伝記は、ある人の人物と功績とをたたえ、その名をこの世で永遠にのこそうとするものである。したがって、本人や息子が伝記を書くことは通常有り得ない。

墓誌銘も同じことなのである。

故人の友人に名文家がいれば、たのんで書いてもらうのが一番である。その例は多い。いなければ、息子が著名な文章家のところへ、行状《ぎょうじょう》と、それにもちろん謝礼をたんまり持ってたのみに行く。行状とは故人の詳細な経歴書である。

このばあい文章家は故人を知らないのだから、行状にもとづいて麗筆を揮うことになる。故人をほめたたえる文言、および銘はこの段階で入る。――なお、息子はたいがいいる。そのための一夫多妻である。日本の江戸時代の武家みたいに養子をとることはない。男系の血筋がだいじなのである。いま日本のかしこきあたりで問題になっている件もこの男系絶対主義がからんでるんじゃないかしら。よく知らんけど。

韓愈は「諛墓《ゆぼ》」と悪口を言われたほどの人だから『韓昌黎集』には墓誌銘が何十篇も収められている。

なかでも友人柳宗元のために書いた「柳子厚墓誌銘」は古今第一と評せられる名作である。『文章軌範』にはいっているから興味のあるかたはちょっとのぞいてごらんになるとよい。――いやもちろん、下から上へひっくりかえる曲藝なんぞは不要ですよ。全体を鳥瞰すれば十分。

序が「子厚諱宗元七世祖慶爲拓跋魏侍中封濟陰公……」と七代前のじいさんの官職爵位の紹介からはじまって千字あまりある。対して銘は「是惟子厚之室既固既安以利其嗣人」とたったの十五字。誌が中心と言うゆえんです。

こういう墓誌銘とはうってかわって、故人の名前、出身地、それに死歿年月日と年齢くらいを書いた簡単なメモだけを渡されて役人が役目として書いた、だれの別集にもどんな総集にも決して収められることのない、ごく安直な墓誌銘があること小生このたび初めて知った。

なるほど文学的価値はなくともそれが日本人のものとなれば史料的価値は大いにある。後述します。

地下に埋める墓誌に対して地上に建てるのが墓碑《ぼひ》である。神道《しんどう》（墓への道）に建てるので「神道碑」と言う。銘がついたのが神道碑銘である。墓碣銘《ぼけつめい》とも言う。

墓碑は、この世の人に読んでもらえ、「立派な人だったんだなあ」と感じ入ってもらえるのが大きな取柄だが、人に持って行かれたりぶっこわされたりしたらおしまいだ。なにしろしょっちゅう世の中がひっくり返る物騒な国ですからね。

韓愈は墓碑もたくさん書いています。原稿料高かったろうけど、韓退之先生に書いてもらうのが一門の面目だったわけだ。

中日関係史学会副会長張某という人が〈読み解く「井真成」の謎〉という文を書いている（『人民中国』'05・5）。文中「彼の墓碑の…」「この碑を建てた」「墓碑に記された」「碑の台座」等々と、くりかえし「碑」と言っているのには驚いた。墓碑に彫ってある文言が墓誌だと思っているらしい。

日本にも出来のわるい学者はたんといるが、まさか墓誌と墓碑との区別がつかぬのはいない。さすが中国は大国、豪傑がいます。ともに、中日関係史、などというのが、いかに軽い学問分野であるかがよくわかりますね。

（'06・1・26）

あとからひとこと——

本文に出てた言葉についてちょっと説明を加えておきます。
籍貫――一族の出身地です。当人の生まれた所とは一致しないこともある。日本の本籍に近い。「貫」は一族代々の家の所在地。「郷貫」の貫。一貫してそこに家があるから「貫」と言うわけです。
別集―個人の作品集。『韓昌黎集』は韓愈の別集である。
総集―複数の人の詩や文を集めた作品集。二人の集から何十人何百人のものまで、みな総集と呼びます。

# 墓誌の出処

一九七八年の秋、金を出せばふつうの日本人が中国へ行けるようになった、というので、中四国地区各大学の教員が一団を組んで、二週間ほど出かけて行った。

この間ずっと、考古学のK教授と同室だった。先生は中国のことを何もごぞんじない、こちらは考古学には皆目無知で、おもしろかった。

最初の夜、ホテルの部屋にクズ入れがない、とむづかしい顔になった。

「文明とはゴミを出すものなんだ。われわれ考古学者は、昔の人類のゴミ捨て場を見つけてその時代を研究する。ホテルにクズ入れがないのは、もしかしたらこの国は文明の程度が低いのではないか」

なるほど学者だ、と感心した。

当時は個別行動は許さない。どの都市でも共産党員が待ちうけていて専用バスで博物館へつれて行く。小生は生きた中国を見たいのだが、やむを得ずいやいやついて行った。

K先生は無言で陳列棚を見てまわり、ホテルに帰ってから小生を相手に、「ダメだ。考古学のコの字もわかってない」と憤慨する。考古学では、遺物がどこの、どういう地層で、どういう状態で見つかったか、まわりにどんなものがあったかが致命的に重要である。研究者は精密な計測図面を何枚も作る。この国では出てきたものをきれいに洗って「これ文化財でござい」と並べてあるだけだ。「何というもったいない」と先生は痛嘆した。

日本に帰ってから先生のお城（師団司令部のあとか何か古風な煉瓦の建物を特別研究室にしていた）で図面や写真をたくさん見せてもらった。考古学者というのは製図工みたいなものだ、と思った。

井真成の墓誌が出た。墓誌は無論ゴミではないが、しかしやはり、どこからどういう状態で出たのか、まわりに何があったのかは重要なことである。

専修大学・西北大学共同プロジェクト編『遺唐使の見た中国と日本　新発見「井真成墓誌」から何がわかるか』（'05・7　朝日新聞社刊。以下「朝日本」）に専修大学K教授はこう書いている。

〈井真成が埋葬されたとみられる墓の位置や、その構造、副葬品などについては、工事中に偶然発見され、すでに破壊されていたために、まったくわからない。こう

したケースはしばしばおこることであり、追跡調査しても、明らかにすることは難しい。〉

変だね。墓の位置がわからないのに、すでに破壊されていたことがどうしてわかるのか。もしだれかが現場へ行って、すでに破壊されていたことを確認したのなら、墓誌が出たのはこのあたり、ということくらいはわかりそうなものではないか。

この教授は、ゴマカシを言っているか、それとも自分が筋道の通らぬ話をしていることにも気づかぬほど鈍感であるか、どちらかである。

同じく大谷大学博物館長のK教授はこう書いている。

〈この墓誌も科学的な学術発掘によって出土したのではなく、西北大学博物館の賈麦明氏が偶然に購入した。西安東郊の建設現場でパワーショベルによって地下から掘り出されたので、墓石の表面とくに上端に、その際のショベルの跡が残っている。しかし、どの工事現場から、いつ出土したのか、まったく不明である。〉

これも変だ。西安東郊の、工場か学校か何かの建設地で、パワーショベルで地面を掘り返していたら、昔の墓誌にガチリとあたった。埋蔵文化財は当然中華人民共和国の国有財産であるから、西安の国立大学である西北大学にとどけ出た、というのなら、いつ、どこから出たのか、まったく不明、ということは有り得ない。建設作業員に金を払って買い取る必要もない。

「偶然に購入」とはどういうことか。どこかの街を歩いていたら骨董屋の店先に墓誌がおいてあったので買い、店主に「どこから出たのかね」ときいたら「西安東郊の建設現場から」との返事であったのか。しかしそれなら、西安東郊の建設現場をまわって「この墓誌を掘り出したのはここですか？」とたずねるくらいのことをしてもよさそうだ。

賈麦明は西北大学歴史博物館の副館長で、昨年（二〇〇五）一月に東京へ来て、専修大学・朝日新聞共催のセミナーとシンポジウムにも参加したらしい。日本の学者たちは、せめて「偶然に購入したとはどういう購入ですか？　いつ、どこから出たのかまったく不明のものが、西安東郊の建設現場から出たとどうしてわかるのですか？」ぐらいのことは、きいてみてもいいじゃないか。

「まったくわかりません」と言われて「はいごもっとも」と尻尾を振っているさまは、卑屈、ほとんど醜悪である。あるいは、朝日新聞が一枚かむとこういうことになるのか。

十月の末になって講談社の雑誌『現代』の十二月号に明治大学氣賀澤教授の「見えてきた無名の遣唐使『井真成』の素顔」という文が出た。同教授も、一月のセミナー、シンポジウムの参加者であり、朝日本の執筆者の一人である。こうある。

〈それは、西安の東郊を南から北に流れる滻河《さんが》という川の東岸あたりで発見された。昔から墓が築かれてきた白鹿原《はくろくげん》という段丘の一角である。だが確かな所在はわからない。重機による乱暴な盗掘によって、墓は壊されてしまったからだ。いっしょに

埋葬された品々もすべて処分されたと思われる。井真成を知る手がかりはこの墓誌だけとなっている。〉

ここで初めて「盗掘」の語が出た。確証をつかんでのことだろう。盗掘と言うと、夜陰に乗じてコッソリ、というイメージがうかぶが、かの国では、白昼堂々パワーショベルを持ちこんでけたたましくやるものらしい。金目のものが出てきたら香港あたりで外人観光客に高く売りつけるつもりのを、あやういところで当地の博物館副館長が「偶然購入」したのかもしれん。

建設現場と盗掘とではえらいちがいだ。建設現場なら、糸をたぐれば掘りあてた作業員に行きつく。いやまともなばあいなら、掘りあてた段階で作業一時中断、研究者が駆けつけるだろう。

盗掘品は犯罪集団の仕事だから突然遠隔地の市場にあらわれ、たぐっても糸は途中でプツリと切れる。いつどこから出たものかわからない。

素姓不明の品なら贋品の可能性も考慮せねばならぬから話がややこしくなる。なにしろあの国には昔から、古物のソックリさんを作るプロがいくらもいてなかなか油断がならぬのである。いやもちろん井真成の墓誌は大丈夫、まがいものの疑いはなさそうだ。

（'06・2・2）

# 遣唐使がやってきた

ここ数回、「井真成墓誌《せいしんせいぼし》」の話をいたしております。

中国で、井真成と呼ばれる唐代の日本人の墓誌が発見された。ビッグニュースだ。日中双方の学者その他がワーッと発言をはじめた。

興味津々でそれらを読んでみるとこれが百花繚乱、「井」の字一つをタネに大風呂敷をひろげるやつあり、「西安東郊の建設現場で発見」と言った三行あとに「いつどこから出たかまったく不明」と平気で書くやつあり、どうでも話を「日中友好」のほうへ持って行きたいやつあり、「郷土出身の偉人」に仕立てて町おこしを図りたいやつありと、もうまるでキツネとタヌキの舞踏会だ。

そのうちに前回紹介した明治大学氣賀澤教授のバクロ発言でどうやら盗品らしいと知れた。中国側のメンツはだいぶつぶれたかもしれん。

というわけで小生おもしろくてしょうがないのだが、読者諸賢はそろそろ飽きられたろうから、今回墓誌の文面の話、次回井真成の名前の話をしてそれで打止めとし、別におりを見て「中国人のあの世観」の話をすることといたしましょう。

井真成墓誌は蓋と身とから成る。その蓋と身が合ってない。ありあわせのものを使ったからだろう。

蓋にはへたくそな篆字《てんじ》で「贈尚衣奉御井府君墓誌之銘」と、一行三字、四行にわけて彫ってある。尚衣奉御《しょういほうぎょ》は死んでから贈られた官職。府君《ふくん》は敬称です。

身の字は端正な楷書である。

まず題が「贈尚衣奉御井公墓誌文幷序」と一行。

本文は銘も入れて十一行、各行十六字、最終行四字。途中「皇上」の上三字分、「詔」の上一字分敬避空格、銘の前一字分空格。計百五十九字。うち銘が「□乃天常哀茲遠方形既埋於異土魂庶歸於故郷」と二十字。各行第一字のうち九字はパワーショベルにより缺損している（□で示す）。

石の表面後半四分の一ほどが空白。墓誌の字数と石の大きさとが合ってないのである。蓋の件とともに、粗製品と言うゆえんだ。

「偶然購入」した西北大学の賈麦明はこれをよほど奇妙に感じたらしくこう書いている（山田智訳）。

〈墓誌の後段には四行分の空白があるが、これは外国の文字を書くために空けておいたものであろう。しかしここには日本の文字は刻まれておらず、あるいは時間が差し迫っていたために、あるいは日本語に翻訳できない文字があったのか、あるいはこのときまだ日本には固有の文字がなかったのか、あるいはその他の原因があったために刻まれなかったのか知ることはできない。〉（朝日本p.173）

奈良時代の日本に固有の文字があったはずがないが、この人にかぎらず、中国の学者は日本のことに笑っちゃうほど無知である。それは当然である。日本に、むこうも日本に親近感を抱いているはずだ、と思いこんでいるお人好しが多いだけだ。

中国の学者で日本人のことを「蕃人」と書いている人があるのはたいへんよい。井真成の墓誌は、長安で客死したかわいそうな蕃人のために「上国」が作ってやったものなのである。

墓誌にしるしてある実質内容は左記の数項である（なるべく原文の文字を用います）。

一、姓は井、字は真成。後述。

二、生国は日本という所（國号日本）。つまり誌文の撰者は「日本」というのが夷狄《いてき》の国の一つだとは聞かされたが、それがどこにあるどういう国かは知らぬのである。とにかく遠い地つづきの所、と思っている模様だ。なお「号」は動詞「…と称する」。「國《こく》号《ごう》」ではない。
三、開元廿二年正月□日に官弟（第）で死んだ。春秋卅六。朝廷は尚衣奉御を贈った。二月四日萬年縣滻水□原に窆《へん》した（埋めた）。
死んで官位を贈られたのは殊遇《しゅぐう》である。しかしなぜこういうあつかいを受けたのかはわからない。あちらの学者で「生前玄宗皇帝と親しかったから」と書いているのがいた。キツネとタヌキばかりじゃなくカバが逆立ちしたのもまじっている。

右数項以外にも文言はいろいろあるが、おおむね空虚な美辞麗句である。


墓誌の文の最も際立った特徴は、故人の経歴部分が全然ないことである。撰者が材料を与えられなかったのだろう。いっさいなんにもわからない。こんな墓誌は珍しい。

例の墓誌と墓碑の区別のつかぬ中日関係史学会副会長が、〈このように、墓誌はかなり詳しく「井真成」の生涯を記述している〉と書いていた。どこに詳しい記述があるのかね。いつ唐へ来たのかさえ書いてないではないか。

もちろん中国にも物のわかった人はいる。北京社会科学院の呉玉貴という研究員が、「内容が非常に空疎簡単で、もし井真成が入唐してからすでに一七年間も経っているならば、墓誌に彼の履歴を一字も書かないはずはない」と言っているそうだ（p.112）。まことにその通り、空疎簡単で来唐後の履歴が一字もないのである。

井真成はいつ長安へ来たのか。

死んだのは開元二十二年（七三四。日本では聖武天皇天平六年）一月の一日から十日のあいだである。

その直前の遣唐使は、天平五年に日本を出発。開元二十二年一月初旬は、一行が長安に到着したかしないかの時期である。

もし井真成がその一員なのであれば、着いたとたんに死んだ、ということになる。しかし墓誌にそれらしきようすはないし、それに日本の遣唐使一行も、念願の唐の都にやっとたどりついたとたんに死んだ不運な仲間の、遺骸を唐政府に渡して「よろしく処置頼む」ではあんまりつめたい。自分らで何とかしそうに思う。また、それなら遺体にすくなくとも本人の氏名くらいはつけそうなものだ。井真成は、この遣唐使の一員ではなさそうである。

その前の遣唐使は霊亀二年（七一六）日本出発。これで来たのなら、阿倍仲麻呂や吉備真備らと同期、ということになる。もちろんみな選りぬきの秀才ぞろいに相違ない。ともに長安で十八年をすごした。

その勉学仲間の同期の桜が、待ちに待った次の遣唐使が到着し、「さあ帰国だ」と沸き立っている最中に死んだ。葬儀は唐朝廷当局に頼むにしても、氏名、来唐時期くらい申告してもよさそうに思う。

つまりどっちもちょっと変だが、どっちかであるにはちがいないのであった。

（'06・2・9）

あとからひとこと――

朝日本のなかでは早稲田大学石見清裕さんの文が最も納得できるものだったので引いておきます。

〈「井真成墓誌」を撰述した著作局の役人は、故人とは面識すらなかったであろう。そこで、ありきたりの常套句を並べて誌文を撰するほかはなかった。こうして作られた文章を、史実と受け取ってはならない。たとえば墓誌文第二行の「才は天縦と称せらる」とあるのを鵜呑みにして、この人物が天才であるかのように理解したならば、現在知られる唐代墓誌数千人のほとんどが天才もしくは非の打ちどころのない完璧な人間になってしまうであろう。（…）「井真成墓誌」の撰者は、こうした常套句を羅列して墓誌文を撰したが、それでも誌石枡目の最後までは埋められなかった。〉

# 井真成という呼び名

五十年あまりむかし、毛沢東のことを「けざわあずま」と言って物笑いのタネになった国会議員がいたそうな。

「井真成《せいしんせい》」はたしかに日本人であるが、しかしこの名前は、この人が唐の都長安で名乗っていた中国名前なのである。つまり名前の点では中国人とおなじなのだ。

中国人の名前は漢字の音《おん》でよむ、というのは日本の常識である。小学生でも関羽を「せきはね」と言ったり張飛を「はりとび」と言ったりする子はいない（と思う）。

井真成を「いのまなり」と言ったりするのは、その知力小学生以下、けざわあずま国会議員とチョボチョボの、饅頭屋の親父くらいのものかと思っていたら、なんと日本古代史専攻の学者でそう言ったり書いたりしてるのがいるんだそうだ。

饅頭屋にたのまれてチンドン屋を買って出たのかな？

いっぺん顔が見たいものだ。

この「井真成」は、現代漢語音でJǐng Zhēnchéng、国際表記では多分Ching Chen-chengということになるだろう。日本ではむかしから日本漢字音の漢音で言うのが慣習だから、セイシンセイ、ということになるわけだ。無論中国語をちゃんと習って現代漢語音で言えばそのほうが上等です。

張飛ならば現代漢語音Zhāang Fēi、国際表記Chang Fei、日本漢字音「ちやうひ」、現在の発音チョーヒ、ということになる。日本漢字音は「い」と「う」が、ア行のイ・ウと、音節末のng音　音との両方をあらわす不備なものだということがわかりますね(平安時代には横に点を附して区別していたらしいが)。

なお、井真成の同時代つまり唐代の発音はどうなのか、それで言うのがほんとじゃないかとお思いのかたがあるかもしれないが、それはなかなかむづかしい。

ちょうど、「柿本人麻呂は自分の名前をどう言っていたのか」がたいへんむづかしいのと同じですね。これは専門の学者でも自信を持って言える人はまずないだろうと思う。特にこの人の名前はキノモトヒロと問題の音を六つも含んでます。

だから中国でも日本でも、むかしの人の名前は現在の発音で言う、という習慣になっているわけだ。

「井真成」の唐代音は、藤堂明保先生の推定ではtsieŋ(上)tʃɪĕn(平)ʒɪeŋ(平)ということになります。

井真成の墓誌は、まず題が、

〈贈尚衣奉御井公墓誌文幷序〉

と一行あって、

〈公姓井字真成國号日本才稱……〉

とはじまる。姓は題に出ているのだから重複だが、「公字真成」ではあんまり変だからこう書いたのかもしれない。なにしろこの人は、生前の名がわからないというきわめて特殊な人なのである。

「井」はこの人の日本の氏の一部、それも多分上の一字なのだろう。中国ではめったにない姓だから、井の字を含まぬ氏の人がむこうで井姓を名乗る可能性は低い。

墓誌の本文は通常「公諱○」とはじまる。諱《き》は「故人の生前の名」である。「呼ぶことをはばかる名」の意。

日本にはこの諱にあたる単語がなかったので、諱の訳語として「いみな」という語をつくったのだろう。動詞「いむ」の連用形に「な」をつけた複合語である。

「いみな（諱）」という日本語は、足利時代ごろから原義のわからぬ者が多くなり、単に貴人（特に天皇）の名のことをそう言うのだろうと、生きている人についてももちいるようになった。

中国では、読書人（士人）の家に生れた男の子は、ある年齢（字を習い始めた、師についた、成年に達した、等々）になると正式に名と字とをつける。名は重大なものであるから、師や父を除き、人が呼ぶことはない。字は人が呼ぶ名前である。

名と字とはかかわりがある。たとえば杜甫は、説文《せつもん》などに「甫、男子之美偁也」とあるところから取って、名甫、字子美である。

親しい友人間では排行《はいこう》（輩行、兄弟順）で呼ぶ。杜甫は「杜二」。杜甫の詩によく出る友人「岑二十七」は岑参《しんじん》、「高三十五」は高適《こうせき》である。

日本では菅原道真の通称「菅三」などがこのまねだが、のちには、太郎、次郎、三郎、四郎……が主としてもちいられた。

中国人と日本人の名前・呼称については、これまでに何度も書いたからごらんいただければ幸いです（『三国志きらめく群像』、『お言葉ですが…』シリーズ、その他）。

井真成は長安で人からZhēnchéngと呼ばれていたから墓誌の撰者が「字真成」と書いたのだが、それが日本名だという保証は何もない。当人がむこうで「勉強してえらくなるぞ」の意を託してこう名乗った可能性が十分にある。

日本の学者は「字《あざな》は真成」と気軽にふりがなをつけているが、中国の「字」と日本の「あざな」とはちがう。本居宣長が「あざ名といふもの、かの文琳菅三平仲などのたぐひのみにもあらず、古《へ》より、正しき名の外によぶ名を、字《アザナ》といへること多し（…）いづれも漢國人の字とはこと〳〵也」（玉勝間二）と言う通りである。「あざな」は複合語だが「あざ」の義は不明。宣長があげているのはみな平安前期の例である。奈良時代の「あざな」がどういう呼称を指したのかはよくわからない。「文琳」は文屋康秀《ふんやのやすひで》の中華風自称。「菅三」は上述の通り中華の排行をまねたもの。「平仲」は平貞文《たいらのさだふん》で、「仲」は伯仲の仲、つまり次男の意だろう。いずれも中国の「字」とは別のものである。宣長がこの三例をあげたのはそれより以前のことがわからぬからだが、これだけでも日本の「あざな」が「漢國人の字とはこと〳〵」であることを示すに十分である。なお「漢國人」は「からくにひと」とよむのがよかろう。

日本の古代史学者の「字《あざな》は真成」はやや軽率である。

奈良県葛城市で出土した土器の裏に「井𠆢」（井部）と墨書したのが見つかったよし。井真成墓誌の話はまだまだあるが、読者も飽きられたろうから、まずこのあたりでいったん打止めとします。おしまいは少々急ぎ足になった。わかりにくかったところは質問をどうぞ。いずれまた折を見てやりましょう。

（'06・2・16）

あとからひとこと――

「排行」は兄弟順で人を呼ぶ呼称です。「排」も「行」も「ならべる」「ならび」の意。日本では、太郎、次郎、三郎、四郎、……と「郎」をつけるが、むこうでは、姓に兄弟順の数字をつけて呼ぶ。長男は「大」、次男以下は、二、三、四、……と数字のみ。父方のいとこもふくめるので、数が多くなることがある。岑参《しんじん》の岑二十七、高適《こうせき》の高三十五は特別多い例である。たとえば高適は、兄さんが三十四人いるわけだからすごい。日本では、いくらいとこをふくめてもそんなにはならないだろう。多分、一夫多妻のせいなのでしょうね。

# 責を負って腹を切った

「責《せめ》を負《お》う」とか、「責《せめ》に任《にん》ずる」とかは、何かとよく出てくる言いかただ。

ところが人に本をよんでもらっていると、たいがいの人が「セキを負う」「セキに任ずる」などと言うのですね。

どうしてだろう？　ふしぎだ。

「責《せめ》」は、動詞「せむ」（口語せめる）の連用形が名詞化したものである。この種の語は多い。すこし例をあげてみましょう。

光《ひかり》（ひかるの連用形が名詞化したもの。以下同じ）、次《つぎ》（つぐ）、話《はなし》（はなす）、恋《こひ》（こふ）、組《くみ》（くむ）、延《のべ》（のぶ）、富《とみ》（とむ）、恥《はぢ》（はづ）、卸《おろし》（おろす）、志《こころざし》（こころざす）、終《をはり》（をはる）、問《とひ》（とふ）、答《こたへ》（こたふ）等々。

学問のすすめ、とか、国のあゆみ、とか、ゆきはよいよい帰りはこわい、とかの言いかたもいっぱいある。まあたいていの動詞の連用形は名詞化すると言っていいくらいだ。

「責《せめ》」もまたその一つである。

大野晋《すすむ》先生などは「連用形が動詞の基本形」と、岩波古語辞典の動詞見出しを連用形で立てていらっしゃるほどだ。

それに、「責任《せきにん》」とか「職責《しょくせき》」とかの字音複合語は数多くあるが、ただの「責《せき》」という言葉は日本語にはないよね。

――と思って、念のために『日本国語大辞典』（以下「日国」と略）を検してみたら、なんと「責《せき》」の項を立てて用例を二つあげてあった。こまかく言うと、第一版では『古事談』一つ、第二版でもう一つ小学読本を加えてある。

古事談は鎌倉初めの、書抜きノートみたいな本で、引用部分は漢文。「被㆓陵礫㆒之間。不㆑堪㆓其責㆒」と返点をつけてある。これを訓読すれば「ソノセメニタヘズ」だ。「責《せき》」の用例にはなってませんね。

それにそもそも、日本語の用例として漢文しかない、というのがおかしい。それは日国もわかっていて、そこでもう一つさがしてきたのが小学読本だ。こうある。

〈小学読本（1873）〈田中義廉《よしかど》〉三「苟も、不孝の行ひあれば、人も、憎み、又、必ず、神明の責《せめ》を、蒙るものなり」〉

お気の毒だがこれも「責《せめ》」だ。

日国には無論「責《せめ》」の項もあり、「責《せめ》を負ふ」「責《せめ》を帰す」「責《せめ》を問はれる」「責《せめ》を引く」「責《せめ》を塞《ふさ》ぐ」などはみなそちらに入れているのに、なんで「責を蒙る」だけ「責《せき》」のほうに入れたのか、筋が通らぬ。

要するに、「責《せき》」の項を立ててはみたものの、用例は一つもないのである。


小学読本は、さいわいにして（そしてありがたいことに）古田東朔《とうさく》先生の作った『小學讀本便覧』（武藏野書院）という影印本（写真版の本）が出ていて、だれでも居ながらにして明治時代の国語教科書を見ることができる。しかも古田先生の懇切な解説つき、というまことに重宝な本である。

日国が引いているのは、表紙に「文部省編纂　小學讀本巻三　明治六年五月師範學校彫刻」とある刊本（木版印刷の本）である。アメリカのいわゆる「ウィルソン・リーダー」を、洋学者であり文部省の教科書編纂官であった田中義廉が訳したもの。西洋（先進国）の子供の生活やしつけ、それに科学知識などを日本の子供に教える教科である。

これを、まず先生がひとくぎりづつ声に出してよみ、ついて児童がいっせいに声張りあげてよむ。むやみにテンが多いのはそのためである（マルはない）。巻三は二年生か三年生くらいが習ったものらしい。

実は小生この教科書を、そっくりそのまま読者諸賢にお目にかけたかった。当時の教科書のかな文字がいまとはだいぶちがっていておもしろいからである。しかし残念ながら印刷屋さんが「むかしのかな文字はありません」と言うので、やむなく現時通行の字になおしてお目にかけます（日国の引用もそうしてある）。

〈子の、父母に、つかへて孝順なるは、神より、命したる努めなれば、これを忘るべからす、苟も、不孝の行ひあれば、人も、憎み、又、必ず、神明の責を、蒙るものなり、〉

これが日国の引いたところ。

濁音だから濁点をつけるとはかぎらないが、これは子供に音読させるためのものなのでわりあい丹念につけてある。

当時のアメリカの教科書はまるきりキリスト教だから、Godがよく出てくる。これを「神」「神明」「天津神《あまつかみ》」といろいろに訳してあります。なお「父母」は「ちちはは」とよんだのでしょう。

右のつづき。

〈天津神は、我に、性命をさづけ、我を守りて、幸ひを、與へ給へるものなれとも、神に代りて、我を、養育するは、父母なり、されば、父母は、神明と、同じく、敬ひ、尊むべし、何事も、父母の仰せに順ひて、逆ふことなきを、孝順といふ、〉

このあともう一度「責」が出てきます。これももちろん「責《せめ》」。

〈もし、父母の仰せに、逆ふことあれば、神の責を受けて、禍に遭ふゆゑに、父母

の、誡めは、わが身の及ばざる所を、補ひ助くるものにして、即ち、神明の仰せなりと心得、決して、背くべからず、〉

「逆ふことあれば」は「あらば」であるべきところだが、未然已然ゴチャゴチャ。教育勅語の「一旦緩急アレハ」と同じですね。

ここまでのところで、努《つと》め、行《おこな》ひ、責《せめ》、幸《さいは》ひ、仰《おほ》せ、禍《わざはひ》、誡《いまし》めが、動詞連用形の名詞です。責《せめ》は二度、仰せは三度出てくる。送りがなを附すか否かは慣習による。それはいまも同じです。「初恋い」「昔話し」「一年一組み」「取り締まり役社長」などとするとおかしい。「責を一身に負って静かに腹を切った」というようなばあいも、「責め」とはしないのが通例である。

アメリカのリーダーの翻訳だと知らなかったら、「なんだこれは。明治になっても徳川時代の儒教道徳とおんなじじゃないか」と思う人があるかもしれない。

もっとも、それにしてはやたらに神さまが出てくる。父と母とを同等に並べているところも、儒教倫理とはちょっとちがうようだ。

「お父さんお母さんの言いつけをよく守りましょう」という、むかしわれわれが学校でよく習った教えは、多分アメリカから来たものであったのでしょうね。

（'06・3・9）

あとからひとこと――

福島県の渡辺健次さん（八三）からお手紙をちょうだいした。

〈「未然已然混淆教育勅語の『一旦緩急アレハ』と同じですね」とあるのを見て、永年の疑問が氷解し安堵しました。侍講元田永孚《もとだながざね》の草案で国民道徳の根源、教育の基本理念とされたから、当時は畏れ多くて口に出せず、戦後は逆に無視されて、問題にならなくなってしまった。迷宮入りかと諦めていたので助かりました。〉

有名な話柄なのだが若いかたはごぞんじないかもしれないので複習しておきましょう。教育勅語、むかしの子供はしょっちゅう聞かされたものです。そのなかにこういうところがある（句読点および濁点は一切ついてない。フリカナは小生）。

〈爾臣民《ナンヂ》父母《フボ》ニ孝ニ兄弟《ケイテイ》ニ友ニ夫婦相和シ朋友相信シ恭儉己レヲ持シ博愛衆ニ及ホシ學ヲ修メ業ヲ習ヒ以テ智能ヲ啓發シ德器ヲ成就シ進《スス》テ公益ヲ廣メ世務《セイム》ヲ開キ常ニ国憲ヲ重《オモン》シ國法ニ遵《シタガ》ヒ一旦緩急《イッタンカンキフ》アレハ義勇公ニ奉シ以テ天壤無窮ノ皇運ヲ扶翼スヘシ〉

この「一旦緩急アレハ」は「もし緊急の事態があったなら」という假定法すなわち未然形でなければならぬところだから、「一旦緩急アラハ」でなければならない。それが已然形「アレハ」になっている。これでは「緊急の事態があったから」の意味になる。ハッキリ文法のまちがいである。

ところが戦前は、教育勅語は天皇の言葉であり神聖なものであるから、文法をまちがえている、とは言えず、陰でささやかれていた。中学校の国語の先生は、文法の時間に生徒から質問されると、まちがいとは言えずこれで正しいとも言えず、困ったそうだ。

ただしこれは元田永孚の無学無知によるもの、とばかりも言い切れない。江戸時代以来、漢文先生は、国文法には一向に無頓着で——そもそも彼らには漢文に対する敬意はあるが日本語に対する敬意はないから当然のこととして無頓着であったのだ——、「もし〇〇があったなら」というばあいにはいつも「〇〇あれば」と已然形で言っていた。だから元田もそう書いた。勅語なんだからずいぶん慎重に文を練ったのだろうが、日本語の文法というようなことはまったく念頭にうかばなかったのですね。

いずれにせよ、こんなものが戦後消え失せたのは気分のよいことでありました。

# 『広辞苑』新村出「自序」

『広辞苑』の新村出《しんむらいづる》「自序」は名文である。

と申しても、一般に称するところの「名文」ではない。「苦心の名文」、あるいはむしろ「苦悩の名文」と呼ぶべきかもしれぬ。

では具体的に、いかなる名文であるのか?

「家へ帰って、初めから終りまでよくよく読んで、あててごらんなさい」とこれまで幾人もに宿題として呈したが、わかった人がなかった。

諸賢もし興趣あらば、いまここで中断してお試しあれ。ヒント。ここまでの拙文もその「名文」です。

昭和二十一年十一月、吉田茂内閣が「現代かなづかい」(以下「新かな」と呼ぶ)を強行した日、新村出は一晩泣きあかしたという。

広辞苑の第一版が出たのは九年後の同三十年五月だから、無論内閣訓令にのっとって作られた。

新村出は、編纂には参加していないが、名目上の編者だから序文を書かねばならぬ。新かなは書きたくない。さりとて広辞苑は「新かな辞典」なのだから、序文だけ正かな（歴史的かなづかい、いわゆる「旧かな」）で書くわけにもゆかぬ。

そこで新村は、正かなと新かなとで表記が相違する語をいっさい使うことなく「自序」を書いた。

これはなかなかむづかしい。

まず、最も多用する動詞ゐるが使えない（その活用形を含む。傍線はかなづかい相違語。以下同じ）。

ハ行に活用する動詞はすべて使えない。いふ、思ふ、考へる、おこなふ、使ふ、等々（ただし四段の音便形は使える）。

推量、疑問、意志などの、動詞の未然形も使えない。…であらう、作らう、示さう、あらはさう、等々。

小生が上に「どういう名文なのでしょう?」と書きたいところ「いかなる名文であるのか?」にしたのもそのゆえである。

新村「自序」にほぼ破綻はない。わづかに「望外にもこよなき良い経験と智識とを得たかと信ずる」の所やや違和をおぼえるくらいか。「かと」のたゆたいと「信ずる」の確乎とが微妙に齟齬するのは、「思ふ」が使えなかったゆえであろう。

広辞苑自序には新村自身の先蹤がある。新村出編『言林』(昭和二十四年三月　全國書房)の、同年一月十五日づけ「自序」である。十ページにわたって「かなづかい衝突語」を用いることなく書いてある。一部を引く。

〈しかし、編者は老來いよいよ自重自愛、ひたすら世相の推移を觀望し、特に教育界や文筆界の形勢に考察をめぐらし、とりわけ言語、文字上における新舊轉交の傾向に對しては、一層冷靜なる批判と周密なる研究とを怠らなかったがために、改訂につけ、新刷につけ、ましてや新修については、諸事とかくおくれがちにならざるを得なかった。〉

右、わかりやすく言えば「新かな・略字が不快だからもう辞書は作りたくないんだ」ということである。『言林』も「新かな辞典」だからそれがハッキリとは言えず、おそろしく婉曲な表現になっている。

広辞苑は「文化の罪人岩波文庫」の岩波の辞典だが、その「自序」は最新第五版にもそのままあって、編者新村出の「言語、文字上における新舊轉交の傾向」に対する抵抗のあとをとどめている。

新村にかぎらず、昭和三十年前後のころには、安価醜悪な略字・新かなに対する学者・文人の嫌悪はなお相当に強かった。

先日、『週刊新潮』の昭和三十一年創刊号「完全復刻版」が出たというので本屋へかけつけた。興味は二つ。一つは右の件、もう一つは当時の広告だ。

まず右の件。

「三大連載小説」のうち谷崎潤一郎「鴨東綺譚《あふとうきたん》」は、「大體に於いてありし日の京都が今もそのまゝ殘つてゐるのが…」のごとく、完全に正字正かなである。

五味康祐「柳生武芸帳」は、「武藝者山田浮月齋…旣に廣間の中央に端坐して靜かに瞑目している」のごとく、正字新かな。題だけ略字なのは雑誌の懇願を容れたのか。

大佛次郎「おかしな奴《やつ》」は「気ごころが知れている」のごとく略字新かな。

三人三様であるのがおもしろい。

ついでにもう一つの件、広告。

いったい昔の雑誌を見る楽しみの随一は広告だ。商品、図柄、惹句《じやつく》、色あい等々、まことに広告こそ最もよくその時代を見せてくれる。

ところがなんと！　この「完全復刻版」は、広告が全部現在のものだ。まるでチョンまげ大小二本ざしの武士が、ドリンクの自動販売機並ぶ江戸の町を歩いているみたいなケッタイなしろものであったよ。

筑摩書房の「現代日本文学全集月報51」（昭和三十一年六月）所載平山三郎「羽織をぬいた」にこうある。

〈百閒先生は、文法、かなづかひについて、ことのほか八釜しい。…現代かなづかひでは、いつか毎日新聞紙に、現代かなづかひでも歴史かなづかひで書いても同じ文章を書いたと、えばつてゐた。〉

新聞は傲慢で、だれの文章であろうと容赦なく新かなに直してしまう。そこで百閒先生は、「どうだ、直すところがあるまい」という文章を書いて溜飲をさげたのである。

この快文、内田百閒の作品集に収められているだろうか？

抵抗のキワメツキ、極上品は小西甚一先生の『俳句の世界』である。昭和二十七年、研究社出版刊、のち講談社学術文庫。

これは、一冊まるごと「かなづかい衝突語」を回避して、しかもすこしも無理の感なく書かれている。まさしく「奇蹟の名文」である。

はじめ昭和二十四年、先生は『日本學士院紀要』に論文「古今集的表現の成立」を書いた。学士院当局は先生にことわりなく全文を新かなに改めて掲載した。抗議したが、国家の壁にはね返された。

そこで先生は、つぎの学士院論文をかなづかい相違語を回避して書くとともに、研究社の『俳句の世界』の原稿も同方式で書いたのである。出版社は国家権力そのものではないが、「内閣訓令です」と冷酷に書き改めるに相違ないであろうから。

小西先生の『俳句の世界』は、その内容もまた同類書中無比の名著である。江湖に御推奨申しあげます。

（'06・3・16）

あとからひとこと――

内田百閒の文章について、室井禎之さん（おところ不明）がお知らせくださった。

〈当該の文章は、講談社刊『内田百閒全集』第七巻（昭和四十七年）巻末解題に、逸文として掲載されているものであると思われます。「二十七年四月上旬…毎日新聞夕刊コラム『ご自慢ノート』」に書かれた短文とのことです。〉

# 日本の敬語論

目が痛いので人に本をよんでもらってテープで聞いている。最近聞いて最も痛快だったのは、滝浦真人『日本の敬語論』（二〇〇五　大修館書店）であった。敬語研究史である。著者は一九六二年生れの若い人。テープを聞きながら小生何度も「いいぞ、若武者！」と心中声を発し、時々は録音機をとめて「若くて、頭がよくて、元気のいいやつは気持がいいなあ」とひとしきり嘆息して、またテープをまわした。

日本語のなかの敬語は、明治二十年代のなかばに「発見」された。江戸時代の国学者は、日本語を使って生活しまたそれを研究対象としながら、そのなかの一部を「敬語」としてくくり出すことはしなかったようだ。空気のなかでくらしていても空気の存在には気がつかない——みたいなものかな？

さきに気づいたのは日本語を外から眺めた西洋人である。早く関ヶ原のころにポルトガル人宣教師が記述し、これを受けて明治二十年代に英国人お雇い教師が記述した。明治の日本人がこれにとびついた心理は、金田一京助の左の言葉が正直に語っている。

〈我々の国語には、ほかには、西洋諸国語に比して誇るに足るものがない。名詞に、格も数も性もなし、動詞に、人称も時も数もないのである。ただ西洋諸国語になく、我のみあって精緻を極めるこの敬語法の範疇こそは、いささか誇ってやられる点なのである。〉

新幹線のデッキにこう書いた札《ふだ》がはってある。

〈かけ込み乗車は危ないのでおやめください For your safety, don't rush for your train.〉

たかがこれだけのことを言うのに「お前の安全」だの「お前の列車」だの「なんちうくどい不便なアホらしいことばぢゃ」と小生なんぞは思うけれど、明治の日本人はそうは思わなかったんだね。「おおこれぞ文明の言語だ！　それに比べてわれわれの日本語は不備で未熟幼稚で恥かしい」と思ったらしい。

そこへ西洋人に教えられて、「そうか。don't は殺風景だけど『おやめください』はていねいで品がいい。それに何となく人称の代用になるようでもあるし……」と気がついた。

ちょうど明治の二十年代というのは、それまで「日本は何もかも全部ダメだ」と思っていたのが、「まんざら捨てたものでもないぞ」という気運が出てきたころだったから、「我に世界に冠たる敬語あり!」ということになったわけだ。

小生に言わせれば、そもそも「敬語」という名称がおかしいんだよね。「どうぞたんと召上ってください」は「おう食いねえ食いねえ」と同一線上で考察せねばならん。それが「敬語」と銘打ったために、片っぽうばかりをあげつらうことになった。——いやもちろん滝浦さんもそのことを、「ポライトネス理論」を駆使して大いに論じていらっしゃる。

以後百年、無数の敬語研究者があらわれた。滝浦さんはそれを「敬意の敬語論」と「関係認識の敬語論」に大別し、主として敬意派の学者たち——山田孝雄《よしお》、金田一京助、井出祥子等々をバッタバッタと斬って捨てる。これが遠慮会釈なしで痛快なんだ。関係認識派——時枝誠記《もとき》、三上章などのほうも、「これはちょいと中途半端だね」「こいつももう一押しが足りん」といった調子。全面的に肯定評価しているのは小生の大好きな穂積陳重《のぶしげ》だけだ。これはうれしかったなあ。

で、まず血祭にあげられるのは敬語論の神武天皇山田孝雄。これはそのイデオロギー性を斬る。「うーん、このあたりだいぶイ・ヨンスクが影を落してるみたいだなあ」と思ってたら、あとがきにいたって「〝日本語の近代〟をめぐる問題は、イ・ヨンスク

『「国語」という思想』を端緒とする優れた諸論考によって……」と名前が出てきた。はい、テープですからだいぶ手間がかかります。

つぎにやられるのは金田一京助。これはその迂愚、滑稽、支離滅裂を嘲笑する。だいたい金田一という男は東京のお嬢さん言葉を神懸り的に崇拝していて、家庭内では「ほかの人は、わたしを神様のように尊敬してるのよ。えらいと思わないのは、おまえたちだけなのよ」などと女言葉をしゃべって家族から気持悪がられた（春彦『父京助を語る』）のが、敗戦後急に「反省、平等、民主主義」を唱え出して、国語審議会の敬語部会長として文部大臣あてに「これからの敬語」を建議し、その後の社会に甚大な影響をあたえた。

たとえば、民主主義の平等社会なんだから動詞の敬語は「れる・られる」でよろしい、と言う。天皇がお酒を召上ったのも「陛下が飲まれた」でよいというわけだ。なんだか天皇がヘビに飲まれたみたいだけどね。戦後の口語訳聖書が、この文部省方式を励行して悪評サクサクだったのは諸賢御記憶の通りだ。

成城大学の工藤力男教授が、「れる・られる」は「受身が尊敬に優先する」のだから、これは「戦後の国語政策で最も愚劣なものだった」と言っていらっしゃる（『日本語学の方法』汲古書院）。

井出は金田一の何代かあとの敬語隊長で「男女共同参画社会の配慮の敬語」たら何た

らゴタクを並べた答申を書いた人だが、これについては滝浦さんの理論的批判もさることながら、萩野貞樹さんの評が一層直截で痛烈だ（『ほんとうの敬語』ＰＨＰ新書）。

〈国語審議会はこの答申を最後としてその長い歴史を閉じましたから、いわば最後っぺでした。それもはなはだ臭い一発でした。〉

アハハハ、愉快愉快。


前にも申したごとく、敬語は「敬《うやま》う心《こころ》」ではなくて距離である。

先日何十年ぶりで結婚式に出た。

新婦の父親が親族の一人一人を、新郎がたにむかって紹介した。

「わたしの長女、新婦の姉です」当人が立って、おじぎする。

「その御主人です」当人が立ってペコリ。

「わたしの弟、新婦のおじです」立って頭をさげる。

「その御夫人です」立ってしとやかにおじぎ。

この父親が娘ムコや弟の妻に対して「敬う心」いっぱいであることは理解できる。しかし新郎がた（遠い人たち）にむかって自分の親族を紹介しているのだからね。「遠くは立て、近くは抑える」。ふつうの日本人はリクツ抜きでそれを心得ているのだが、このオッサンはアカンみたいやなあ、とよくわかりました。


（'06・4・13）

# 歴史の通し番号

# ぼくはウンコだ

本欄一年分を一冊にした『お言葉ですが…⑩』ができた。御愛顧のほどお願い申しあげます。

初めてこのシリーズの不成績を聞かされて、今までノホホンとしていたこと版元に申しわけなく、極力自分で買って人に配ることにした。

発行部数四千の一割を引きうけたらりっぱなものだが、それはとても無理だ（そんなに知りあいがいない）。せめてその半分をめざし、お手紙を引用させていただいたかたその他、八十人にまず送った。そのあと「そうだ、正月に年賀状をくれた人に送ろう」と思いつき七十人、その他五十冊自分で買い、何とか二百冊にとどいた。

一回めの時、本の到着を電話で知らせてきた人があった。ベルがリンリン鳴るので何事かとかけつけ受話器を取ると、「本いただいた。ありがとう」。

いやそれはたしかに、頼まれもせぬのにいきなり本を送った小生が悪い。小生も本や物を送られて困ることがあるが、しかしまさか到着を通知するだけのために電話をかけたことはない。黙ってうけとっておくほかない。これではまるで殿様だ。

殿様から使いが来て「即刻登城せよ」との御下命。何事ならんと息せき切ってかけつけたら、脇息に寄りかかって「大儀大儀」。えっ、それだけの用でございますか？

これに恐れ入って二回めは、「うけとりの御通知にはおよびません」と附箋をつけた。

電話とは相性がわるい。この点ロベルトとはいつも意見一致する。

小生はヒマ爺であるから、一日（起きている時）の九割は電話に出られる。一割くらい出にくい時がある。ところが電話というやつは、そういう時を狙って鳴り出すのだ。

何かで見た話。――近くで火事がおきたので急いで家財を持ち出していたところへ電話が鳴った。おっさんあわてて荷をおろして受話器を取った。「はい、もしもし……」。

これはよくわかる。電話のベルの音は人の心をかきみだし、いらだたせる。あせっている時にはなおさらだ。それを即刻やめさせる唯一の手段は受話器を取ることである。

それに一昔前の電報とおなじく、電話は不吉のものである。「何か悪いことが……」と思ってしまう。

そして何よりわれわれは、電話優先、何をおいても電話、を習慣づけられている。

一度何かをききに役所の窓口へ行った。話をしているところへ傍の電話が鳴り、窓口の女はすぐ取った。察するに小生と同種の質問らしい。その話が長い。そりゃそうだ。複雑で分りにくいからききに行ったのだ。腹が立って、「おれはわざわざここまで出向いてきたんだ。そいつは横着して家から電話してるんじゃないか。それにおれのほうが順番が先だ。そいつを待たせておれの相手をしろ」と怒ったことがある。

電話に出にくいばあいはいろいろある。たとえばふろにはいろうとしてすっかり裸になった時に鳴り出す。あわてて駆けつけて取る。はじめのうちはまだしも、二分三分とたつと寒くてガタガタふるえ出す。相手は平気でしゃべっている。手がとどけば殺してやりたい、と思う。

こういう際、話を始める前に「いま何かぐあいのわるい状態ではありませんか?」とたずねてくれた者がない。そんなに配慮のゆきとどくやつなら、相手のつごうかまわず自分のつごうのいい時に人に電話をかけたりしない。

「周公吐哺」という語がある。周公は、飯を食いかけたところへ客が来たら皿に吐き出して出迎えた、というのである。この話を、支那人の大仰、と書いている人があったが、小生そうは思わぬ。

口中の飯を咀嚼嚥下しおわるのはけっこう時間がかかるものである。電話はやかましくせきたてる。それよりは、飯を茶碗の上にもどし、お茶を一口ふくんでガボガボやって口中にのこった飯粒をお茶といっしょにのみこんで、電話に出るほうがはやい。すなわち周公の吐哺は決して大仰ではない。

しかし小生は周公ではないから、そのまま電話に出てモゴモゴ返事し、お前がいかに当方不都合の際に電話したかを思い知らせてやる、という態度に出ることもある。相手は「これは失礼しました」などと言うが、その口吻よりして、「こんな時間に飯なんぞ食ってるほうが悪い」という腹がまる見えである。

飯よりいっそうぐあいがわるいのが小便である。出かけたところへ鳴り出す。やむなく小便をしはじめてからしおわるまでは、あれでなかなか時間がかかる。やむなく小便を無理に中途でとめて電話にかけつける。

女はこの手が使えないんだとむかし聞いたことがあるが、あまり深く追究すべきことでないから仔細は知らぬ。なんでも男にくらべて尿道が短いとか途中に括約筋がないとかの話であった。

しかし尿道が長くて括約筋があるのもよしあしである。ついこの手を使って電話に出てしまい、あとが痛んで困る。去年から前立腺ナントカで泌尿器科にかかるようになったのはまったくそのせいに相違ない。もっともヒゲの飯ヶ谷先生は「トシのせいだよ。みんななる」とおっしゃってますけどね。

このあいだロベルトに会った時に「おれのところへかかってくる電話の半分くらいは小便してる最中にかかってくるんで弱る」とボヤいたら、ロベルトは即座に、「ぼくはウンコだ」と言った。これには小生、いたく感服した。

この「は」は「ぼくはウナギだ」の「は」である。「限定・強調のは《ワ》」と言うらしい。森田良行『基礎日本語辞典』には「僕は教室だ」「あしたは引っ越しだ」「日曜日は休養だ」「彼は釈放だ」などの例文をあげてある。もっともさすがの森田先生も、説明には難渋していらっしゃる模様である。いやこっちのアタマが悪くて理解に難渋するのかもしれんが、とにかくむづかしいのだ。

この「は」をとっさに、かつ自然に言える西洋人が日本にそう何人もいるとは思えない。凡庸な西洋人なら「ぼくのばあいはちょうどウンコが出始めた時に電話が鳴ります」とか何とか冗長に言いそうである。

あらためてロベルトの日本語能力を見なおしたことでありました。　（'06・4・20）

# 長い長い一秒

いま日本には百歳以上の人が何万人もいるよし。

ところが生物学者の本川達雄《もとかわたつお》先生によれば、生物学的には「どんなに高く見積もっても、八十歳とか百歳という数字は出てきません」とのことだ。さきごろ産経新聞にのった連続談話「ヒトの寿命は50歳？」にそうありました。

この連載は実におもしろかった。本来人は、平均せいぜい四十か五十で死ぬはずなのだが、人類五百万年の歴史のなかで、最近六十年だけが特異なのだそうである。

どうもわれわれは、生物学の規則に集団違反した時代に生きているらしい。

本川先生は、かの名著『ゾウの時間 ネズミの時間』（中公新書）の著者である。

これは、動物の体の大きさと、その時間とについて書いたものだ。

ゾウは百年ちかく生きるから長命、ネズミは一年か二年で死ぬから短命、と言うけれど、それは人間の時計ではかるからそうなるので、ゾウはゾウの時計、ネズミはネズミの時計ではかれば、どっちもおなじくらいなのだそうである。

しからばそれぞれの時計というのは何かと言えば、それは心臓の鼓動数、というわけだ。

この先生は、著書にせよ談話にせよ、そのお名前の通り何となくこの世を本《もと》から達観したようなところがあって、そのため文章につねに諧謔感がただよっている。『ゾウの時間 ネズミの時間』が七十五万部も売れたのはそのせいもあるだろう。

「島の規則」のくだりなど今に忘れられない。

これは、周囲から隔離された島では大きな動物はだんだん小さくなり、逆に小さな動物はどんどん大きくなる、という生物学の法則である。本川先生はこの話をルイーズ・ロスという研究者から聞いた。

〈ルイーズはアメリカの女性科学者としては例外的におくゆかしい人で、カリフォルニア沖の島に住んでいた小形化したゾウの歯の化石を並べながら内気そうに話す彼女のやさしい顔立ちになつかしく見いっていたら、日本のことに想いが行ってしまった。〉

日本人が一般に有能で知的レベルが高いのは「島の規則」だと気づいた、というのである。

それはそうともしかしたら本川先生は、アメリカのおくゆかしくない女性科学者に辟易した経験が数々おありなのかもしれないね。

動物は体のサイズと心拍数によって時間の長さが違うのではないか、ということは戦前の学者も考えたらしい。寺田寅彦が昭和八年に書いた随筆「空想日録」の「身長と寿命」の項にこうある（ふりがなは高島）。

〈朝生れて晩に死ぬる小さな羽虫があつて、其れの最も自然な羽搏《はばた》きが一秒に千回であるとする。すると此の虫にとつては吾々の一日は彼等の千日に当るのかも知れない。〉

一秒千回はすごいねえ。

〈森の茂みをくゞり飛ぶ小鳥が決して木の葉一枚にも触れない。あの敏捷さが吾々の驚歎の的《まと》になるが、彼は正《まさ》に前記の侏儒国の住民であるのかも知れない。〉

実は小鳥は、慎重に木の葉をよけつつ、ゆっくりと飛んでいるのであろう。そして、〈象が何百年生きても彼等の「秒」が長いのであつたら、必ずしも長寿とは云はれないかも知れない。〉

なお「侏儒国」は小人の国である。体の固有振動周期がわれわれ人間の十分の一である小人の国があったとすれば、その住民たちのダンスはわれわれの眼には目まぐるしいほどテンポが早く、われわれの一秒は彼等の十秒に相当するだろう、というのである。

つづいて寺田寅彦は、「空中殺人法」と題して人の時間についてのべている。人も特定の技術については、習練によって一秒の時間をうんと長くすることができる、というのである。

むかしの水泳（水上武術）の本に「水際迄の間にて敵を仕留めよ」ということがよく出てくる。達人になると船上で敵と組打ちしていっしょに船端から落ち、水面に達するまでの間に相手を殺すのだそうだ。たいへんな早業である。

ついで自身の経験をのべている。

〈学生の時分に天文観測の実習をやつた。望遠鏡の焦点面に平行に張られた五本の蜘蛛の糸を横ぎつて進行する星の光像を眼で追跡すると同時に耳でクロノメーターの刻音を数ぞへる。（…）未《ま》だよく馴《な》れないうちは、あれ〳〵と思ふ間に星の方はする〳〵と視野を通り抜けてしまつてどうする暇もない。併《しか》し馴れるに随つて星が段々にのろく見えて来る、一秒といふ時間が次第に長いものに感ぜられて来る。さうして心しづかに星を仕留めることが出来た。〉

一秒が並の人間の十秒くらいにのびるらしい。つまり羽虫や小鳥の境地に達するわけだ。であるから、

〈水泳の飛び込みでも恐らく習練を積むに随つて水際迄の時間が次第に長くなつて、ゆる〳〵腰刀を抜いて落着いて狙ひすまして敵を刺すことが出来るやうになるのではないかと思はれる。〉

これを見て、子供のころに雑誌で見た巨人軍川上哲治選手の話を思い出した。

プロの投手が投げるボールは目にもとまらぬほどはやい。指を離れたつぎの瞬間には捕手のミットにスポリとおさまっている。

ところが川上選手にとってそれは、わりあいゆっくりやってきて、しかもおあつらえに目の前でピタリととまる。そいつをひっぱたくとボールは矢のように右中間へすっとんで行く、というのですね。

「すげえなあ。でもホントにとまるのかなあ」と少年小生感嘆これを久しうしたものだが、これも水泳武者とひとしく、習練によって一秒を十秒にひきのばす術である。

もちろん昔の川上にかぎったことではあるまい。イチローにとっても松井秀喜にとっても、ボールはゆっくりとやってきて、刻一刻の位置が正確に見えているのであろう。

いやそう言えばわれわれだって、自分が平生しなれていることは、他人のやるのがひどくのろくさく見えることがありますよね。これも、一秒を他人の三秒分くらいに使っているからであるに相違ない。

（'05・10・20）

# 聞かなくなった言葉

ニュージーランド在住の角林文雄先生（日本古代史）は、本欄を海外で読んでお手紙をくださる、ありがたい読者のお一人である。

ＡＬＳという難病にかかりながら、精神はいたって健康かつ活潑で、時々「ニューズレター」と題する長い通信を日本の知友に配り、小生にも送ってくださる。先日とどいた第四号のテーマは、「戦争」「禅とはなにか？」「西暦紀元・神武紀元」「使わなくなった言葉」「スポーツ」「推理小説」「若いということ」の七項でした。

どれもおもしろそうでしょ？ 今日はそのうち、「使わなくなった言葉」の一部を御紹介しましょう。昭和十年代、二十年代のころの関西の言葉です。「　」内は先生の通信からの引用。それ以外は小生です。

モシ▽「電話でモシモシという形が残りましたが、日常生活で呼びかけにモシということはほとんどなくなりました。」

たしかに年配の人で「モシ」と呼びかける人がありましたね。

サヨカ▽「私たちの世代ではこの言葉を自然に使うことがもうできません。」

われわれはまだ使いますが、やや小馬鹿にした感じの突放した相槌ですね。翻訳すれば「まあそない思うんやったら思《おも》といたらええがな」というところか。

ミズヤ▽「台所にある食器棚で、食べ物も入れておける。学校から帰ってくると母が『お三時はミズヤに入ってる』というのが常でした。」

わが家のミズヤは焦茶色のベニヤ製で高さ一米強、三段にわかれ、中段右側が網戸で、おかずの残りやおやつはここに入れてました。

ホゲタ▽「私たちがなにか父に口答えすると、父は『親のホゲタ叩く』という表現を使って叱りました。」

ほっぺただが、かならず下に「叩く」の意の語がつく。「リンゴのような真っ赤なホゲタ」とは言いません。

オウコ▽「天秤棒のことです。…私は石炭屋の息子です。石炭はオウコで運びました。それで私の生活環境のなかにはいつもオウコがありました。」

そう言えば「オウコ」と言うやつもいたなあ。じゃ自分は何と言っていたか。さあそれが思い出せない。「かたげ棒」だったか。人の家《うち》の肥《こえ》をもらいに行くのがイヤで、棒の名称のことなんか考えなかったのかもしれない。その点学校の便所のはションベンばっかりで、ウジもいないし、きれいでよかったなあ。

オコシ▽女の腰巻き。オコシと言えばすぐ思い浮ぶのは子供のころ家《うち》にいた「田渕のおばあちゃん」だ。立小便ができた。いっしょに田舎道を歩いていると、立止って道のほうを向き（つまり男の立小便と逆）、着物とオコシをひとつまみにちょっと持上げて上半身をやや前傾し、両手を膝についてやる。男の弓なりの小便とちがって、太いまっすぐなのがジャージャーと勢いよくほとばしった。しかも角度が正確だからオコシを濡らさない。子供心にも見事だと思いました。

『文藝春秋』十二月号「消える日本語」で田辺聖子さんがあげている「ソコソコ」もおもしろい言葉だ。

田辺さんは「大阪人にとって、〈ま、ソコソコやな〉は、かなり、よい線をゆく、満足度の高い言葉である」と書いていらっしゃる。

それはその通りなのだが、なにしろ以心伝心の語だから幅が大きい。たとえば学校の先生が、一生徒の学業をその親族あたりに尋ねられ「まあソコソコでんな」と言えば、その子はさほど成績優秀でない、もしかしたら相当悪いのである。

その他この特集には、聞かなくなったいい言葉が数々出ていた。

たとえば青木玉さん「女の夜なべは専ら針仕事だった」の「夜なべ」。その上の「女いだ。

の」もいい。ちかごろのやつらはすぐ「女性の」と言いたがるからね。「女の」がきれいだ。

先日ひさしぶりに池袋演芸場で落語を聞いた。柳亭こみちという若い女の前座が「宮戸川」をやった。

あれはカスリというのか何というのか、小生和服のことはさっぱりわからぬのだが、紺系の着物を着ていた。

いや、ちかごろの女の大学生が卒業式の時に着るような、派手々々しい、だらしないのではないよ。ああいうのがはやり出したのは昭和四十年代ごろでしたかな。御殿下グラウンドに張った天幕のあたりをジャラジャラあるいているのを見て、「東大にも馬鹿女が入ってくるようになったんだなあ」と思ったのをおぼえている。

ああいう下品なのではなく、こみちさんが着ていたのは、細身の体にぴったりついた清楚な着物である。おじぎがきれいだった。「ああ、日本の女はこんなふうにおじぎをしていたのだ」と思った。

宮戸川は、懸命に演じる姿がいたいたしくて正視できず、うつむいて聞いた。二階の濡れ場のところで「この先は本が破れて読めません」とサゲた。これは二葉亭の『平凡』をまねたのか、それともそういうサゲかたがあるのか、小生知らない。

こみちさんはその後も何度も舞台に出てきてかいがいしく働いた。合間にかっぽれを踊った。きびきびした動きだった。

女声色師江戸家まねき猫の動物声色（鳥の声、虫の声等）もよかった。

「文化の国際化」とか「世界に通用する文化を」などと言う人がある。小生は不賛成だ。文化は民族固有のものである。「世界に通用」なんかしなくてよい。日本人にだけわかればたくさんだ。まねき猫さんの虫の声を聞きながら、しみじみそう思った。

まねき猫にせよこみちにせよ、まじめでひたむきである。女であることを売りものにしていないし、甘えてもいない。藝をみがこうとしている。それが気持よい。

この夜、年寄りの噺家で、落語をやらずに俳句の自慢ばかりしているのがいた。あとは誰と友だちだとかテレビがどうしたとかの話だ。

落語家は落語をやってナンボのものである。絵かきが絵をかかずにゴルフの自慢ばかりするようになっちゃおしまい。それと同じだ。

東京で電車に乗ると、日本の若い娘は全員バカになったんじゃないかという気がするが、寄席へ来て救われた。こみちのかっぽれを見ていて、目頭が熱くなった。その時おのずから、ちかごろあまり聞かなくなった「けなげ」という言葉が念頭にうかんだ。

（'05・12・22）

あとからひとこと――

①角林文雄先生は、二〇〇五年十二月二十五日に、ニュージーランドの自宅でなくなられた。右拙文が十二月二十二日づけ（同十五日発行）だから、あるいはぎりぎり間にあったかもしれない。

敏子夫人からの手紙にこうあった。

〈主人角林文雄は、昨年末のクリスマスの日に、大好きな高校駅伝のテレビ中継を見ておりました時、心臓発作のために急死致しました。主人はＡＬＳ（筋萎縮性側索硬化症）という難病のため自宅療養しておりましたが、高島様がお書きの週刊文春のコラムを読むのを大変楽しみにしておりました。特に主人のニューズレターを引用していただいた号のは大切に保存しておりました。（以下略）〉

訃報には先生の写真がついていた。大きなカイゼル髭をはやした、ドイツ人のような風貌のかたである。

奥様は、先生遺品のＣＤ――小沢昭一編「日本の放浪芸」、「桂春団治三代」等――をたくさん、わたしにお送りくださった。

②静岡市の雨宮清子さんからお手紙をちょうだいした。

〈高島氏は「その言葉の上につく『女の』もいい。ちかごろのやつらはすぐ『女性の』と言いたがるからね。『女の』がきれいだ」と書いていた。で、思い出した。今から四十年ほど前、学生だった私が女性教授の前でなにげなく「女の」と言ったら、「なんで自分を卑下する言い方をするんですか。女性と言いなさい」と叱られた。男尊女卑の社会で悪戦苦闘していた人ならではの発言だった。どっちでもいいじゃないかと反発した私ですが、でも「女」のほうがきれいだとも思えない。男性は「女」におんなの色香や情緒を感じるのでしょうが、女性は「男より劣る」と言われたような気になってしまうのです。歴史が作った立場の違いということなのでしょうけれど。〉
「ジョセー」はきたない、「をんな」がきれいだ、と言いつづけているが、特にそのリクツを考えたことはない。一目瞭然（あるいは「一聴瞭然」）だからである。しいて言えば「をんな」は日本語（和語）である。日本人がむかしから使ってきたことばである。「ジョセー」は戦後人の口にのぼるようになった字音語である。濁音ではじまる「ジョ」という音がきたない。女も男も性にきまっているのだから、「女性」「男性」の「性」は字音語にするためにむりにくっつけた無用の贅物である。何事も字音語で言うと、立派そうに、高級そうにきこえる。いかにも肩肘張った言葉、という感じである。
「をんな」と「ジョセー」とを比べて、「をんな」のほうが情緒がある、と言えばその通りだろう。日本語なのだから。しかし、色香とは意外だった。青木玉さんが「女の夜なべは専ら針仕事だった」と書いた時も、「女性の夜なべは」より「女の夜なべは」のほうが色香があるなどとは考えもしなかったろう。「女性」ではその下の「夜なべ」とあわない。そんな言いかたはない。「女の夜なべ」にきまっているから「女」なのである。色香とは関係ない。

しかし、昭和四十年ごろに「女」を叱った女性教授の苦衷もわかる。当時、女性教授はごくすくなかった。多分、「女学者」にむける周囲の目も冷淡だったのだろう。「女の」という言葉にカチンと反発するものがあったのだろう。それを同じ女子学生の口から聞いて、反射的に憤りの語が出たのであろうと思う。

# 母さんが夜なべをして

暮の、例の図書館での漫談。

——この一年に聞いた言葉のうちで、一番「汚い」と思ったのは「ゲエダイ」ですね。人に案内されて上野の山をあるいていた時、そのかたが「このあたり、ゲエダイです」と教えてくれた。聞いたとたんに、それこそゲエッと思いましたよ、まったく。日本語はもともと、あたまに濁音が立たない言語です。それ以外にラ行音も立たないのですが、そのことはまたの話として、とにかく、濁音が先頭に立たない。だから、濁音ではじまる言葉は、汚い、耳障り、と感じる。「バカだ」と「アホや」とでは、意味は同じだが、音は「バカだ」のほうが汚い。

その濁音のなかでもゲエはとりわけ汚いね。そう思いませんか？

もちろん、外来語には濁音ではじまる語がいくらでもありますよ。学校とか、ガラスとか。だからいまの日本人の耳は、濁音に対していくぶん鈍感になってはいます。……とたんに「先生、学校は外来語ですか?」と質問があった。

はい、孟子に出る語です。「学校」は早く入った外来語、「スクール」はおそい外来語ですね。もっとも、一般の日本人の口から「ガッコー」という言葉が出るようになるのはせいぜいここ百年あまりのことだから、「スクール」と大差ありません。

濁音ではじまる日本語はみな、比較的来歴の新しい語です。

たとえば「どろ(泥)」は鎌倉ごろから。語源は諸説あるがトロケルから出たとする人が多いようだ。古くは「ひぢ」と言ってますね。

「でる(出)」は「いづ(idu)」のiが落ちたもの。これも鎌倉ごろから一般化した。多分複合語にはじまったことで、たとえば「咲《さ》き出《いで》たり」の連続する二つのi音が癒着して「咲《さ》き出《で》たり」、そしてやがて「咲《さ》き出《で》た」へ、という順序なのでしょうね。

まあそういうわけで、本来日本語には濁音ではじまる言葉がない。だから「汚い」と感じるのですね。タケダさんはきれいだけど「ダゲダさん」じゃ美しくないでしょ?

なお第二音以下はいくらでも濁音化します。たとえば「目の蓋」が「まぶた」、「木《き》の末《すゑ》」が「こずゑ」といったふうにね。これらの濁りは、一語化していることを示す標識です。

漢字音のうちで、漢音に濁音ではじまる語が多いのは、遣唐留学生たちが習ってきたのが長安の漢語つまり西北音だったからです。西北音は力強いけど粗野です。呉音（東南音系）の老若男女《ろうにゃくなんにょ》と、漢音の老若男女《ろうじゃくだんじょ》をくらべればわかりますね。ビジョ（美女）は聞くに耐えないほど汚いけど、呉音でミニョと言うとやわらかくてきれいでしょ？

このごろしょっちゅう耳にして、そのたびに「汚いなあ。よくそんな言葉を平気で口にするね」と思うのは「ジョセー」ですね。以前は、文章で「女性」は見るけど、会話のなかに「ジョセー」という言葉が出てくることはまずなかった。漱石の文に「女性」は時々見ますが、これはジョセーでしょうかニョショーでしょうか。多分ニョショーでしょうね。……

ある御婦人から声がかかった。

「最近、婦の字は女が帚《ほうき》を持つ形だからジョセー蔑視だ、というので『婦人』も『主婦』も使えなくなり、ジョセーが多くなったのだそうです」

そうでしたか。まったく女権論者というのはバカのカタマリだね。何千年も前の、それもよその国の語のなりたちまでいちいちほじくってたんじゃ言葉なんて使えやしないよ。

そんなことを言ったら日本語の「つま」だって、刺身のツマと同じで「そえもの」の意だ。

それじゃひとつ英語で「ワイフ」と参りますか。しかしCODのwifeの項は冒頭に「年を取っていて粗野な、もしくは無教育な女」とあるよ。まあこのあたりがバカのカタマリにはピッタリかもしれんが。


こないだも週刊文春に書いたんですが、青木玉さんの文中に見える「女の夜なべは専《もっぱ》ら針仕事だった」はきれいでした。これが「ジョセーの夜なべは」ではブチコワシだ。

……


また声がかかった。

「先生、夜なべのなべはどういう意味ですか?」

これには虚を突かれた。うーむ、「かがなべて」のなべかなあ、と考えていたら、たった八人のお客さまのうち三人もが電子辞書を持っていて、「広辞苑に、夜、鍋をかけ夜食をとりながら仕事をすることによるという、とあります」と報告してくれた。

たちまち右手のほうから反対の声があがった。

「鍋はおかしいよ。かがなべてのなべだろう」

「そうだそうだ」

ところが左手の主婦二人は、
「やっぱり鍋だと思うなあ」
「そう。家じゅうのあかりが消えていろりのそばだけが明るくてね」
「ただ火を燃やしておくのはもったいないからお鍋をかけて……」
「わたしたちだって夜ストーブのそばでしごとする時、この熱を利用して何か煮物でもしましょ、とお鍋をのせるもの」

帰ってしらべてみたら、大言海は「夜ヲ日ニ竝ベテスル義」と「なべて」説。日本国語大辞典には(1)夜並《ヨナベ》、(2)夜延《ヨノベ》、(3)夜鍋《ヨナベ》、(4)夜索《ヨナヘ》、(5)夜綯《ヨナヘ》の五説が紹介されている。日国自身は夜鍋説であること、「夜鍋歌」「夜鍋仕事」の項によってわかる。

講談社『暮らしのことば 語源辞典』の池上啓さんは、「夜並《な》べ」は認め難い、「夜延べ」も昼の仕事を夜に延ばす意なら認め難いが、夜を延ばして夜ふかしをする意なら可能性はある、との見解である。

辞書に出ている最も早い用例は、三條西實隆《にしさねたか》の「鋳物師が十二月のはてのいるかひは夜なべにしても猶はてぬ哉」（十六世紀前半）。

小生和歌は苦手です。見たところ「いるかひ」がかけことばになっているようだ。一は鋳《い》る匕《かひ》。匕は正月用の金属製の食卓用具だろう。もう一つの「かひ」は「かひなきハス。

命《いのち》」のかひだろうが、「いる」がわからぬ。こちらも鋳か？　なお十二月はもちろんシ

　さてこの鋳物師は、毎夜毎夜しごとをしているのか。徹夜でがんばっているのか。それとも夜食をとりながらか。どれなのでしょうね？

（'06・1・5／12）

あとからひとこと——

「かがなべて」は、中学か高校の時に習いましたね。古事記に見える。倭建命《やまとたけるのみこと》の「新《にひ》治筑波《はりつくば》を過《す》ぎて幾夜《いくよ》か寝《ね》つる」に、御火焼《みひたき》の老人《おきな》が「日日並《かがな》べて夜《よ》には九夜《ここのよ》日《ひ》には十日《とをか》を」と答えた。

　なお、岩波古語辞典は「カガはカガメ（屈）と同根。指を折りかがめて日を数える意」とする。

# ゼロの恐怖

角林文雄先生の「ニューズレター」からもう一つ、「西暦紀元・神武紀元」の項を御紹介しましょう。

とびとびに引きます。原文は横書き。

〈内田正男『日本書紀暦日原典』（雄山閣）という本があり、『日本書紀』の時代の暦をコンピューターを使って実に詳しく再現していて大変に有意義です。さてこの本によると神武天皇が即位したのは紀元前659年になります。普通、神武天皇の即位は紀元前660年で、この年が神武紀元元年になるとされています。最新のコンピューターを使うと即位が一年ずれて、私たちのこれまで持っていた常識が覆されるのか、と一瞬思いました。ところがその本の、計算の説明を読んでいると謎が解けました。この先生は暦の計算に当たって、西暦紀元0年を入れていたのです。

しかし西暦紀元0年などというものが存在しますか？　考えてみてください。月を数えるのに「0月」というものがありますか？　月は毎年「一月」から始まります。それと同じで紀元も一年から始まるのであって、紀元0年というものはそもそも存在しないのです。

コンピューターを使っても操作を誤れば結果は誤りになります。〉

おもしろいなあ、と読んでいたら突如、「高島俊男先生の『お言葉ですが…』第二巻に…」とワタクシメの名前が出てきたのでビックリ。「オレそんなこと書いたっけなあ」と第二巻を見たら、なるほどありました。「数は一からはじまる」の項、学生に「西暦紀元五年の十年前は何年だ」ときく話です。

書いた当人が忘れていることをちゃんとおぼえててくれるのだから、角林先生はほんとにありがたい読者であります。

内田正男先生は小生の尊重するかたである。暦について人からたずねられると、「暦のことはアヤシゲな本が多いから気をつけないといけないよ。内田正男先生の本ならまちがいない」と、先生の『暦と日本人』（雄山閣）をすすめる。

その内田先生でもコンピューターなんぞを使うとまちがいをやっちゃうのですねえ。

ある人にこの話をしたら、「そりゃコンピューターは0《ゼロ》を設定しないと駆動しません。西暦0年がないのなら作らなきゃいけませんね」と言った。

コンピューターのつごうで歴史の年代をずらすなんてムチャクチャだ。しかし上記拙文に出てくるお嬢さんも、「紀元ゼロ年がないのならいっそのこと作ったらどうでしょう。そうすると計算はうまくいくし…」「年齢はゼロからはじまるのに年号は一からはじまることにすごい違和感があります」などと言っていた。このお嬢さん、当時慶大講師とあったからいまごろはもう教授になってるかもしれんね。

人に本をよんでもらっていて、「零」を「ゼロ」とよむのにびっくりした。音のつもりか訓《くん》のつもりか、とにかく「零」のよみは「ぜろ」だと思ってるらしいんですね。たとえば和名抄について、「現在最古の伝本は天理図書館蔵の高山寺本で、これは巻六から巻十までの零本である」というのを「ぜろほん」とよむわけだ。

「零」は、雨カンムリがついているのでわかるようにもともとは雨のしづくで、ひいて「小さい、僅少」の意にもちいる。しかしゼロではない。

たとえば「零細企業」は、小さいながら資本もあるし社長もいる。「おまえんところはゼロだ」と言ったら社長がおこるよ。断簡零墨も、バラバラながらすこしはのこっているから「断簡零墨」なのである。

零本《れいほん》は部分的にのこっている本である。「零本《ぜろほん》」じゃ天理図書館がかわいそうだよ。

では、「すこしはある」はずの「零」がなんで「ゼロ」になっちゃったのか。

小生数学史のことは何も知らぬのだが、辞書によると、日本の昔（足利時代ごろ？）の算術家が、一十百千万の位取りがとぶ所に「零」の字を入れたのがはじまりらしい。そして西洋の数学が入ってきた時に、0《ゼロ》にこの「零」の字をあてたもののようです。それで、「零」には「すこしある」のと「まるきりない」のとが同居するというヤヤコシイことになったわけだ。

支那では、数について言うばあいの「零」は一貫してずっとはした（端数）の意であった。銅銭「二百八十九万一千貫有零」は「二百八十九万一千貫プラスアルファ」である。この「有零《ヨーリン》」は、日本語で言えば、「おまえいまいくら持ってる？」「三万円チョイだな」の「チョイ」にあたる。

二十世紀初頭ごろ（日本で言えば明治三十年代ごろ）、つまり日清戦争のあと、中国の留学生が日本へくるようになって、日本人が西洋の0《ゼロ》を「零《れい》」と言っているのをおぼえ、帰って「零《リン》」と言うようになった。いまでは「零下十五度《リンシアア》」などとふつうに言う。つまりあちらでも「すこしある」と「ゼロ」とが同居している。

前に御紹介した『日本的改革の探究』の小笠原泰さんとは、その後も東京へ行くたびにお会いしていろいろとお話をうかがっている。

小笠原さんは、本業は世界を股にかけたビジネスマンだが、万般の知識を有しまた常に勉強していらっしゃるから話は多岐にわたる。先日は仏教用語や昔のエライ坊さんの名前がつぎつぎ出てきて頭がクラクラするようだった。

小笠原さんによると「ゼロ」を発明したのは昔のインド人で、サンスクリットでは「スンニャ」と言う。それを玄奘三蔵が「空《くう》」と訳したのだそうだ。

「へえ。三蔵法師はなんでその『スンニャ』を『無《む》』と訳さなかったの？」と小生。

「無《む》と空《くう》とはちがいます。1×無《かけるむ》は1だけど、1×空《くう》は空《くう》ではありませんか」

うわあ、オレそういう形而上学からっきしダメなんだよね。

「なるほどなるほど、100×0＝《イコール》0ですものね」とただちに降参いたしました。

（'05・12・29）

# 歴史の通し番号

さきごろ本欄に「ゼロの恐怖」というのを書いた。角林文雄先生が内田正男『日本書紀暦日原典』（昭和五十三年　雄山閣）を見たら、神武天皇の即位が西暦紀元前六五九年になっている。六六〇年のはずだ。一年ちがう。変だと思ったら0《ゼロ》年を入れていた。「しかし西暦紀元0年などというものが存在しますか？（…）紀元0年というものはそもそも存在しないのです。コンピューターを使っても操作を誤れば結果は誤りになります」と角林先生は批判している。

早トチリの小生、てっきり内田先生が計算をまちがえたのだと思って、「内田先生でもコンピューターなんぞを使うとまちがいをやっちゃうのですねえ」と書いた。

この号が出た日の晩、原田雅樹君から電話がかかった。内田先生がまちがえたのではない、「紀元前□年」と天文年代学の「マイナス□年」とは一年のズレがあるのです、と言う。

翌日以後、原田君からぞくぞくと資料がとどき始めた。原田君とは去年の夏もずっといっしょにいて毎日何かしゃべっていたのだが、こんなに古天文学にくわしいとはちっとも知らなかった。タンゲイすべからず、とはこのことです。

内田先生の『日本書紀暦日原典』は、ふつうの日本語の文章は「はじめに」「凡例」「あとがき」だけで、あとの三百四十ページほどは全部数字である。その「はじめに」に、

〈…A. D.は元来西暦紀元のことで紀元前はB. C.を用いるのが普通である。ここのA. D.は紀元前1年を0年、紀元前2年をマイナス1年というように紀元前についてはマイナスであらわした西暦を用いる。したがってB. C.で表わす年と常に1年違う。〉

とあり、凡例にも同趣旨のことを書いてある。

つまりBCを用いず「ADマイナス」を用い、それはBCとは一年ズレるというわけだ。角林先生もそれは承知の上で、「それでもやはり、『0年』は承服しがたい」と言っておられるのであった。

原田君が送ってくれたもののなかでは、斉藤国治《くにじ》先生（もと東京大学東京天文台教授）の書かれたものが数も多く、何よりわかりやすかった。その『古天文学』（一九八九

恒星社厚生閣）にこうある。

〈古天文学の計算にはそれなりの約束ごとがあるから、まずそれらに慣れてもらう必要がある。われわれが現在使っている西暦年はA. D.1年の前年をB. C.1年と数える習慣になっていて、両者の間に紀元ゼロ年というものがない。しかし、代数の計算に親しんでいる現代人にとっては、このように原点ゼロを欠く座標系を使うことは耐えられないのである。そこで、古天文学においては、A. D.1年の前年に紀元0年を挿入する。つまり、従来のB. C.1年を紀元0年と見なすのである。したがって、その他のB. C.年は順おくりに座標軸上を左方へ1年ずつずれることになる。（…）このような書き方の年号表示を「天文年代学的な年号」と称している。〉

よくわかります。――いやもちろん小生は代数の計算に親しまない原始人だから、原点ゼロがなくったってへっちゃらですけどね。

　0年を入れると世紀はどうなるのか？　前に小生が問題にしたのはそのことだった。一世紀は0年からAD九九年までだから、順送りに、二十一世紀は二〇〇〇年からはじまって二〇九九年におわることになる。紀元前をそれと整合させるためには「紀元0年」の前にもう一つ「紀元前0年」を入れなければならない。それではじめて紀元前二世紀は紀元前一〇〇年からはじまることになる。

天文年代学では世紀の観念は必要ないようだ。しかしキリスト教国の学者にとっては、世紀《センチュリー》や千年紀《ミレニアム》はだいじなことのようである。

やはり原田君が送ってくれたデイヴィッド・E・ダンカン著／松浦俊輔訳『暦をつくった人々』（一九九八　河出書房新社）にこうあった。

〈われわれが年を数えるのに用いている「紀元」には、〇《ゼロ》年という年がないため混乱している。つまり、厳密には、世紀は下二桁が〇〇年ではなく、〇一年から始まり、千年紀は下三桁が〇〇〇の年ではなく、〇〇一年から始まることになる。しかし、われわれは、たとえば、二〇世紀の始まりを一九〇〇年に祝い、今度迎える千年紀を二〇〇一年でなく、二〇〇〇年に祝いたいと考える。〉

キリスト教徒にとっては、イエス・キリスト生誕以前については、世紀や千年紀は必要ないようである。しかし歴史ではやはり「BC何世紀」は必要であり、0年を一つだけ入れると「AD何世紀」と整合しなくなること上述の通りである。

なおこの本に「ゼロ」という英語の由来が書いてあった。

〈インドの人々は、この「何もない」の点をスンヤ sunyaと呼んだ。空虚、空っぽという意味である。〉

なるほど小笠原泰さんの言った通りですね。つづけて、

〈ゼロ zeroという英語は、sunyaのアラビア語形 sifrが、中世のヨーロッパ人によ

って変形されてできた、ラテン語の zephirum に由来している。〉

sunya と zero とではまるで似てないみたいに見えるが、中間の経路を言っていただくとすこしは納得できる——ような気がする。それにしても変れば変るものです。

どっちにしても歴史の通し年代は必要なのだが、いまわれわれが使っている西暦（キリスト紀元）というのは、元年（出発点）が現在から見て近いところにありすぎて、世界史上それ以前のできごとがいっぱいある。そこでどうしても「紀元前」が必要になるのだが、これは、年数はむこうへむかってふえながら、月や日はこっちへむかってふえる、というややこしいことになっている。キリストがもう千年ほど早く生れててくれたら助かったんだけどね。

西暦はイエス・キリストの生れた年を元年（一年）として年をかぞえるものだが、そのイエスがいつ生れたか、正確にはわからない。「キリスト生誕年」であるはずの西暦紀元一年には、イエスちゃんは四つか五つくらいになっていたろう、という話ですね。

（'06・2・23）

# 天文学者小川清彦の生涯

内田正男『日本書紀暦日原典』（一九七八　雄山閣）の巻末には、小川清彦の論文「日本書紀の暦日について」（昭和21・8）が附載してある。

これは、昭和十五年以前にできあがっていたが戦争中は発表を許されず、戦後筆者がガリ版刷りにして関係者に配ったもので、筆者歿後二十八年にして内田先生が初めて活字にし天下に知らせた「快挙」（斉藤先生の語）であった。

原田雅樹君が送ってくれた天文年代学関係資料を見ているうち、わたしはこの小川清彦という研究者にいたく興味をそそられた。

この人は、聾者であり、東大のノンキャリ研究者であった。

前回紹介した斉藤国治《くにじ》先生（もと東京大学東京天文台教授）がこう書いている。

〈まことに小川氏は、身体上の不利と学閥上の不遇と時代の困難との三重苦にもめげずに、その知能を全開して一生を走り抜いた偉人であった。〉

また小川清彦と自分とのかかわりをこう書いている（原文は横書き。以下引用する際、年数などを適宜漢数字にあらためたところがある）。

〈筆者は昭和十三年（一九三八）に、職を得て三鷹の天文台のほうへ入ったから、小川氏とはその後同氏が定年退官するまで六年ばかりのあいだ、同一建物内に勤務したことになる。しかし小川氏とは年齢において三十一年の開きがあり、研究面でも異なることもあって、あまり親しくおつきあいをした覚えがない。ただ小川氏が中途聾者に特有な甲《かん》高い声で朝の挨拶をされたことを記憶している。〉

二十代の若い教官（斉藤先生は大正二年生れ）と六十前後の老技手、という関係だったわけだ。「甲《かん》高い声で朝の挨拶」が印象的である。

小川清彦は昭和二十五年に歿したが、その四十七年後、斉藤先生は、小川の論文を集め、その一つ一つに懇切な解説を附した『小川清彦著作集　古天文・暦日の研究』（一九九七　皓星社）を作って、この優秀で不遇だった先輩を顕彰した。以下は多くこの本による。

小川清彦は明治十五年東京生れ、少年のころ中耳炎を患い聴覚を失った。「彼は年少から頭脳明晰であったが、聾者であるために『官学』への路をはばまれた」と斉藤先生が書いている。学校に入っても授業が聞えないのだから、少くとも明治三十年代のころには、高等学校の入学が認められなかったのであろう。

多分明治三十二年、東京物理学校に入学。聾者を受け入れてくれる理科系の学校はここだけだったのかもしれない。漱石の「坊っちゃん」に主人公が物理学校に入るくだりがある。規則書をもらって入学手続きをすれば入れたようである。

授業には出ず専ら自宅で勉強し、常に首席であった。明治三十五年に卒業、東京天文台（当時麻布狸穴）に技手として採用された。以後四十年あまりの研究者人生がはじまる。

戦前の官庁（官立大学を含む）の技官には技師《ぎし》と技手《ぎしゅ》とがあった。ランクがちがうのに特に東京では発音がごく近いので（新宿をシンジクと言うごとく）、区別するために技手はギテと呼ばれていた。戦後はなくなっていたはずだが、わたしは昭和四十年ごろ東大のある研究所で「〇〇さんはギテだから上へ行けなかったんだ」と人が言っているのを聞いたことがある。

小川清彦は昭和十九年に定年退官するまでずっと技手のままであったらしい。斉藤先生が「学閥上の不遇」と言うのはこのことである。

日本書紀には、初代神武天皇以後暦日（記事の年月日）が記してある。最初は即位前七年（BC六六七）の東征出発の日で、「是年也、太歳甲寅。其年冬十月丁巳朔辛酉、天皇親師諸皇子舟師東征」とある。以下暦日記載は九百回ほどあるそうだ。まるで、歴代の天皇は正確なカレンダーを持っていたかのようである。

これはいったいどういうことか?

古事記に書いてあることは全部真実、と信じた本居宣長ですら、日本書紀の暦日記載は信じなかった。こう言っている（原文句読適宜処理、とびとびに引く）。

〈大昔のことまで年月日をしるしてあるのは到底納得できない。暦のない時代に何月何日と言えるはずがない（すべて上つ代の事にも皆年月をしるし、又甲子にうつして日次《ヒナミ》までをしるされたるは、いともいとも心得がたし。すべて暦といふ物のなき世には某月《ソノツキ》の某日《ソノヒ》と定むべきよしなし）〉（眞暦考）

〈疑うべき事を疑わないで、逆に疑う人間を非難するとはどういうつもりだ（神武天皇ノ御代ノコロ漢國ノ暦法ノアラム事、大ニ疑フベキニアラズヤ。然ルニ今論者此大ニ疑フベキ事ヲバ疑ハズシテ、返テコレヲ疑フコトヲ難ズルハイカナル意ゾヤ）〉（眞暦不審考辨）

小川清彦は疑うべきことを疑い、驚くべき広汎な調査・研究と綿密な計算の結果、日本書紀の暦日は、その編纂時（八世紀初め）に暦博士《れきはかせ》が、儀鳳暦《ぎほうれき》（支那の麟徳暦）と元《げん》嘉暦《かれき》とを使ってさかのぼりこしらえたものであることをつきとめた。

しかし、皇室の尊厳に触れることを恐れる東大理学部と東京天文台は、小川の研究の発表を許さなかった。直接説得にあたったのは平山清次教授である。

昭和十五年の某月某日「われわれ両者の間に激論が闘わされた」と小川は戦後書いている。「激論」と言っても筆談である。「意志の疎通はよくなかったろう」と斉藤先生は言っている。

現に津田左右吉が、大正期に発表した古事記・日本書紀の研究ゆえに、昭和十年代になってから起訴され、裁判にかけられていたのだから、東大当局がおびえたのも無理からぬ点はあった。

平山教授は昭和十八年に歿し、小川は、畢生の研究を発表できぬまま同十九年東京天文台を退官した。斉藤先生の言う「時代の困難」とはこのことを指す。

戦後小川清彦は、この論文をガリ版印刷して知友に配り、また別に「日本書紀の暦日の正体」を書いた（生前未発表）。この論文で小川は、平山教授を「阿呆学者、御用学者」とくりかえし罵った。

斉藤先生はこれについて、「怨念」「自らの寿命の残りを見極めた上の八方破れ」「悪罵に満ちていて非礼である」と評し、しかし「小川氏としては止むにやまれぬ叫びであったのか」とも書いている。

（'06・3・2）

# 「インド」はどこにある?

# 「インド」はどこにある?

『文藝春秋』昨年十一月号の特集「日本敗れたり」にこういうところがあった。

〈情けないことに、日本軍が考えていた戦略は、第一弾作戦だけなんです。陸軍は南方のシンガポールを陥《お》とし、フィリピン、蘭領インドネシアへ。〉

「蘭領」はオランダ領であるが、当時の日本軍の用語として「蘭領インドネシア」という語があったのだろうか、とわたしは疑問に思った。

しらべてみると、地理学用語としての「インドネシア」は、ポリネシア、ミクロネシア、メラネシアとともに十九世紀半ばごろからあったらしい。ただしそれは指す範囲がちがう。

スカルノら民族独立派は早くから政治スローガンとして「インドネシア」を称していたようだが、日本政府はオランダの主権を認めて交渉していたのだから、独立派の標語を用いるだろうか、と思ったのである。

昭和十年代の日本人にとって、仏印《ふついん》、蘭印《らんいん》という語は毎度おなじみであった。仏印は「仏領印度支那」の略。

その「印度支那」(Indochina) は、ビルマ、マレー、およびその東側の半島全域。「後《こう》印度」(Farther India) とも言う。そのうちのフランス領部分が仏印である。いまのラオス、カンボジア、ヴェトナムにあたる。

日本軍は昭和十五年九月に北部仏印に進駐、あけて十六年七月南部仏印進駐。フランスはヨーロッパ戦線でドイツに負けて日本軍の侵入に抵抗できなかった。これでアメリカが硬化した。

仏印はしょっちゅう「仏領印度支那」と全称するが、蘭印はいつもただ「蘭印」と言うばかりでめったに全称することがない。

当時の日本人に「蘭印は何の略だ」と尋ねたらたいていが窮したろう。なかには仏印の連想で「蘭領印度支那」と言う人もけっこうあったかもしれん。

講談社『昭和⑥太平洋戦争』(平成二年) の、昭和十六年一月蘭印交渉の項の「昭和ミニ事典」に、「オランダ領インドシナに対し、石油やスズなど重要物資一五品目の対日供給確保を要求」云々とある。

空の神兵が天降《あまくだ》ったスマトラのパレンバンやその東隣のジャワは「インドシナ」では

ないのだが、戦後四十五年たっても、「蘭印は蘭領印度支那の略」と思いこんでいる人があるのである。

昭和十八年に出た三省堂『明解國語辞典』に「らんりょお-とおインド〔蘭領東印度〕」の項があり、「マライ群島の大部分・ニュウギニイ島の一部分の總稱。オランダ領。蘭印。」と説明してある。これが正しい。蘭印の正称は「蘭領東印度」。Netherlands East Indies もしくは Dutch East Indies の訳である。

なお戦中の明解國語は武藤康史さんの尽力で復刻版が出ている。むかし小生が中学生であったころ、先生が「国語辞書はこれが一番」とすすめたのも明解國語でありました。

池田清『海軍と日本』（中公新書）も、全称する時は「産油量一〇〇〇万トン（昭14）、多量のボーキサイト、ニッケル等を産出する蘭領東インド」「こうして日本海軍は、蘭領東インドに対する関心を急速に深めていった」と正しく使っている。

なおついでに池田先生のこの本は、小生知るかぎり、日本海軍についての最良の概説書であります。

「東印度（East India）」は「ヨーロッパから見て東にあるインド」の意であるから、現在のインドはもとより、その東の東南アジア一帯、フィリピンまでをふくむ。

もともと東印度の一番おいしい所はジャワあたりだ。イギリス東印度会社はオランダに負けて今のインドに退いたが、オランダはバタビアに東印度会社を設けて長崎にまで支店を出していたのはごぞんじの通り。オランダ人は日本も東印度の範囲内と思っていたのだろう。

それより前、十五世紀の末にコロンブスがアメリカ大陸を見つけて「インドと誤認した」と人が言うのは、ちょっとおかしい。それではまるでコロンブスが、今の日本の小学生みたいにインドの位置や形状、太平洋の存在までしっかり承知していたみたいだが、そうではない。

もともと「インド」というのは「遠い遠い知らない土地」ということだから、サラセンの東のかなたも「インド」、アフリカの南のほうも「インド」である（アフリカの南部はインド洋の南へ折れ曲っていると思っていたらしい）。だからコロンブスが、サラセンにじゃまされて東のインドへまっすぐには行けないから、逆方向で行ってやろうと西へ西へ航海したら知らない土地にぶつかり「インドだ」と言ったのは、誤認というほどではなかろう。

彌永信美『幻想の東洋』（筑摩書房）に引く十六世紀末イエズス会宣教師アコスタの『新大陸自然文化史』に言う（とびとびに引く）。

〈われわれの口語では、インディアスという語が一般的で、われわれの用法で、インディアスというと、自分たちの国から遠く離れ、ひじょうに豊かで珍しい土地を意味する。そこで、エスパニャ人は、ピルー〔ペルー〕、メヒコ〔メキシコ〕、シナ、マラッカ、ブラジル等を、区別なくインディアスと呼ぶ。そこで、遠い彼方の新しい国が発見されると、これもまたインディアと呼んだ。そして、その世界の涯《はて》に住む人たちをインディオと呼んでいるのである。〉

要するに、ヨーロッパ人が知悉する地中海周辺、およびサラセン以外はすべて「インド」なのである。コロンブスが見つけた「西のインド」は、いまカリブ海の島々を「西インド諸島」と呼ぶこと、および南北米大陸の本来の住民を「インド人」(Indio, Indian) と呼ぶことに、あとをとどめている。

昭和十六年十二月八日、日本は米英に宣戦を布告、蘭印《らんいん》も日本に宣戦した。あけて十七年三月日本軍はバタビア(ジャカルタ)に入城、蘭印軍は全土で降伏、蘭印は蘭領でも蘭印でもない「東印度《インド》」となり、日本は東印度軍政部を設けた。日本軍と民族派はそれぞれの思惑を胸に手を結び、以後日本の新聞や雑誌に「インドネシヤ」が登場しはじめた。

('06・3・23)

# わが神兵は天降る

　このあいだ横浜の読者松尾光江さんと会ったら、談たまたま高木東六先生のことになった。

　二三年前横浜市内でバスに乗っていたら、先生が乗って来られた。すぐ立って「先生おすわりください」とすすめたが、「いやけっこうです」と手をふられた。お元気なのにびっくりした、とのこと。

　明治三十七年のお生れだから三年前でも齢百である。高木東六と言えば、「戦争中にできた歌は無数だが音楽的価値のあるのはオレの『空の神兵』だけだ」と豪語しているのを何かで見たおぼえがある。小生も大好きで、機嫌がいい時は自然にこの歌が口をついて出ます。

　小生の悪いクセで、前回も説明なしのツメコミすぎ、「空の神兵が天降《あまくだ》ったスマトラのパレンバン」なんて、若いかたには何の話やらおわかりにならなかったことであろう。日本軍が蘭印を攻略したのはひとえに石油がほしかったからだ。蘭印軍に製油施設を破壊されては困る。そこで昭和十七年二月十四日落下傘部隊で、最大の油田地帯パレンバンを急襲した。つまり空《そら》の神兵《しんぺい》が天降《あまくだ》ったわけです。その日お昼前に降下開始、夜半までに製油所を無傷のまま確保した。

なお、蘭印軍は爆撃と思って防空壕にとびこんだため、降下中に対空砲火を受けることはなかったらしい。しかし密林に落ちて難儀したとか、敵のトーチカに落ちたとか牛の背中に落ちたとか、いろいろ珍談奇話がつたわってます。

これがすぐ歌になった。梅木三郎作詞、高木東六作曲『空の神兵』、歌は四家文子と鳴海信輔、同年四月ビクター発売、なかなかの早業である。

これが名曲なんだ。だれが聞いても、一般の軍歌・軍国歌謡とは曲の質がちがう。いったい日本の軍歌は、軍楽隊育ちの瀬戸口藤吉（軍艦行進曲、愛国行進曲）などを別とすれば、概して哀艶調が多い。それが日本人の好みにマッチするからだが、しかし政府・軍の文化指導部としては不満であった。そこで演歌嫌いの藝術派高木東六を起用したのである。

たとえば「たちまち開く百千の」のヒャクーセーンーノー、むかしなつかしい数字譜で書けば 5|7—7176 5|1—（変ロ長調）、また「真白き薔薇の花模様」のハーナーモーヨ

ーオ、5|5・431|2— など、ふつうの軍歌には決してない旋律である。

まことに、『新版 日本流行歌史』が「クラシック派の作曲者高木東六の曲がすばらしかったので大反響を呼び…美しさと格調の高さでは、日本軍歌の中の白眉でもあろう」と言い、『昭和 二万日の全記録⑥』が「フランス舞曲のメロディーを採り入れた高木の旋律は、緒戦の勝利に酔う国民を魅了した」と言う通りである。

その歌詞四番に「わが丈夫《ますらを》は天降《あまくだ》る　わが皇軍は天降る　わが皇軍は天降る」とあるのであります。

野尻昌宏君が「おもしろい本があったよ」と、富澤有爲男『少國民南方讀本 光のジヤワ』（昭和十九年二月　同光社）、小出正吾『小國民讀物 東印度諸島物語』（昭和十九年十二月　冨山房）他を送ってくれた。

その送りかたが現代風だ。東京上野の国際こども図書館（もとの上野図書館）が古い本を公開している。それを野尻君のパソコンをつうじて小生の電話に送りこむ——いや何のことだかわかりませんがね、とにかくとどいたことはたしかです。

富澤有爲男も小出正吾もなつかしい名前だ。その富澤の『光のジヤワ』にこういうところがある。

〈…しかしこの兵隊たちも大東亞戰が始つてからは全く戰爭をする氣はありません

でした。だからパレンバンに日本軍の落下傘部隊が降《お》りた時など、一發の鐵砲も撃たずに、皆捕虜《ほりよ》になつてしまひました。すると日本軍は、オランダ兵や濠洲《がうしう》兵と區別して、土人兵は全部開放し傷のある者は傷をなほしてやり、……〉

また、

〈インドネシヤ人たちはかねて日本軍がやつて來るだらうとは聞かされてゐましたがこんなに早く日本軍の顔を見れるとは思つてゐなかつたやうです。ただただびつくりして遠い所から最敬禮ばかりしてゐました。〉

「インドネシヤ人」が出てきますね。なお右の「見れる」は、書物の地の文にあらわれたものとしては最初期の例ではないかと思う。

ジャワは人口密度が世界一高い所であったのですね。『東印度諸島物語』に、〈とびとびに引く〉

〈東印度全體の人口は七千萬と數へられてゐます。この大人口の五分の二がジャワ一島に集まつてゐますので、人口密度を見ますとジャワは一平方キロに三百十五人六分といふ世界最高の記録を示してゐるのです。人口の多いので世界に有名なベルギーでさへ二百四十三人でジャワの次位です。わが國も人口は多い國ですが、それでも百四十八人ですから、ジャワにくらべると半分にしかなりません。〉

また、

〈この地方（外南洋）の原住民と支配者だつた西洋人との割合をくらべて見ますと驚くべき事實を知ることができます。卽ち蘭印では人口一千人の中でオランダ人がたつた四人、佛印ではフランス人がただの一人、英領マライでは一萬人中英人が五人弱といふ割合であつたのですから、これをもつて見てもどんなに小人數の西洋人がどんなに大人數の原住東洋人を支配してゐたかがわかりませう。〉

日本人はこの秩序に挑戦して、たちまち叩きのめされたのである。西洋人の縄張りを「侵略」したから、西洋人が怒ったのだ。

しかしとにかく、西洋人にケンカを売ることもできるのだ、ということを身をもって示したショックは、現地人にとって大きかったろう。

戦争中われわれ子供は「ショーコクミン」と言われていた。「少國民」が標準表記だが、「小國民」もあったこと『東印度諸島物語』によってわかります。「少國民」は「としわかい國民」、対して「小國民」は「小さな國民」でこっちのほうが意味はピッタリだが、分析のしようによっては「小国の民」、モナコの国民かなんぞみたいに取られかねないから、やはり「少國民」のほうがまちがいないのでしょうね。

（'06・3・30）

あとからひとこと――

①高木東六先生は、二〇〇六年八月、満百二歳でなくなられた。

新聞記事にこうあった。

〈東京音楽学校に学ぶが、ドイツ音楽全盛のなかフランス音楽に惹《ひ》かれ中退、パリで音楽を学ぶ。戦時中の作品に「空の神兵」がある。戦後作った唯一の歌謡曲「水色のワルツ」は同時代の作品と一線を画す明るいメロディーで……」

②右本文に、パレンバン奇襲部隊は「降下中に対空砲火を受けることはなかったらしい」と書いたのはまちがいであった。東京世田谷区の宮澤正幸さんがくださったお手紙に左のごとくある。

〈戦史叢書『蘭印攻略作戦』(防衛庁防衛研修所)にこうあります。

「二月十四日一一二〇ころ輸送機隊はムシ河の上空に達し……(注、降下開始)連合軍は高射砲、高射機関銃などで一斉に射撃を開始したが……

飛行第九八戦隊は兵器弾薬など物料を投下、また九〇戦隊(軽爆隊)……一機は自爆した。六四戦隊(注、加藤隼戦隊)は一機を撃墜、他を撃退した。」

パレンバン上空で壮烈な空中戦が展開されたことがわかります。落下傘部隊の損害も「蒲生中尉戦死」「他に降下人員三三九人のうち、戦死将校二、下士十七、兵二〇、

計三十九、うち二は不開傘による」と少なくなかった。したがって富澤有為男の「一發の彈丸も擊たず」は明らかに誤り。〉

あわせて宮澤さんは、陸軍のパレンバン降下の一か月前に海軍が、同じく蘭印セレベス島のメナドに奇襲降下して、「敵の猛反撃に遭遇し大苦戦、大損害を受けていた」こと、しかし、次のパレンバンの計画があるので発表はおさえられていたことを、詳しくお知らせくださっている。

③「天降る空の神兵」という有名な写真がある（小学館の『写真記録　昭和の歴史③』で見られます）。数知れず降りてくる日本軍落下傘部隊を地上からとったものだ。しかしこれは宮崎県での訓練を撮影した合成写真とのこと。どうも戦争中のカッコいい写真には、本物でないのが多いようです。

# マライのハリマオ

前々から、倉田喜弘『日本レコード文化史』（東京書籍）がほしいと思っていた。すぐ読みたい、というのではなくて、手元においときたいのである。

何度も本屋に注文したが、そのたびに「品切」の報告。あちこちで嘆いていたら知りあいの図書館長さんが、隣町の図書館にあったのを借り出してくれた。

御好意有難く図版で出ているレコードのラベルをパラパラ見ていたら、昭和十四年一月発売コロムビア「兵隊さんよありがとう」の写真が目を打った。瞬間、小生六十四年前の幼稚園児にもどりました。

はい、毎度申すごとく小生は昭和三十年までで知能の発育がとまった人間であるから、こういう時は便利でありますね。わずか十数年さかのぼったらすぐ幼稚園児になれる。

小生が兵庫県相生の那波《なば》幼稚園《きい》にはいったのは昭和十七年の四月、大東亜戦争がはじまって四か月後です。黄組で、担任はいつも地味な和服の浅野先生だった。

最初に習った歌が「ムスンデヒライテ」。

これは全員が輪になり両手を前へのばして、こぶしを握って開いてパンパンと叩いてを二度くりかえし、しまいに「ソノテヲウエニ」と上へあげる。ちゃんとできない子がいるから何度でもくりかえす。

つぎに習ったのが「ボクハグンジンダイスキダ」。

これは「ボークハグンジンダイスキダ　イーマニオーキクナッタナラ　クンショーツーケテケンサゲテ　オウマニノッテハイドードー」とハイドードーのかっこうをする。

つぎは、「トーゴーサントーゴーサン　トーゴーサンハエライヒト　グンカンミカサノマストノウエニ　ターカクカカゲタシンゴーキ　ヨセクールテキヲホロボシテ　テンノーヘーカノゴイコーヲ　セカイノヒトニミセマシタ」。

このシンゴーキがすなわちＺ旗《ゼット》、「皇国ノ興廃此ノ一戦ニアリ　各員一層奮励努力セヨ」ですね。Ｋ音の頭韻を踏んで毅然決然と力強い。

国立《くにたち》の高地彰さんが横須賀にある三笠の絵ハガキを送ってくれた。Ｚ旗というのは、四辺を底辺とする色ちがいの四つの三角形が、中央で頭をつきあわせた図柄の旗なのだと初めて知った。

そしてつぎが「兵隊さんよありがたう」であった。

「カータヲナラベテニーサント　キョーオモガッコヘユケルノハ　ヘータイサンノオカ

ゲデス　オクニーノタメニ　オクニノタメニタタカッタ　ヘータイサンノオカゲデス」

これが二番は「オクニノタメニキズツイタヘータイサンノオカゲデス」、三番は「オクニノタメニセンシシタヘータイサンノオカゲデス」とだんだん深刻になるので、子供心にもこわいような気がした。そして最後に、「ヘータイサンヨアリガトオ　ヘータイサンヨアリガトオ」とうたいおさめるのである。

大学の寮に入ってからそういう話をしたら、「お前みたいな下層階級がなんで幼稚園へ行ったんだ」と不思議がられた。当時一般には、幼稚園へ行くのは上流家庭の子、という観念があったようなのですね。

相生では、上流家庭でも下層階級でもみんな幼稚園へ行った。造船所が、従業員および関係者の子供の幼稚園をやっていたのである。

小ぶりの体育館みたいな所で、一端に舞台があり、午前は幼稚園、午後は工員の剣道場、夜はときどき芝居小屋になっていた。

相生は造船所の城下町で、住民は全部従業員か関係者だから——そりゃそうです、散髪屋で散髪するのは造船所の社員さんやら徴用工やらだからつまり散髪屋も関係者、同様に写真屋も瀬戸物屋も医者もトンチャン屋もみな関係者だ——したがって子供は、散髪屋の子の寺本も油屋の子の松浦も下請け土建屋の子の高島すなわち小生も、みんな同じ幼稚園へ行った。

いえもちろん当時の小生は、自分が下請けの子だなんて知りやしませんよ。毎日おむかいのサヨちゃんと手をつないで、嬉々として通園しておりました。

さきごろはガラにもなく蘭印《らんいん》（東印度《とうインド》、いまのインドネシア）の話などをいたしました。

お手々つないで幼稚園へ行っていたころ、サヨちゃんのお父さん（造船技術者）はそのジャワへ行っていたのだそうだ。ずっとあとになって聞いた話だけど。

日本は、フィリピンやビルマは次第によっては独立させてやるにもせよ、東印度は永久に日本の領土にして、石油をどんどん船で本土へ運ぶつもりであった。だから相生の造船所もジャワとセレベスに南方工場を設けて、大勢の技師や工員が海軍軍属の身分であちらへ行っていたのだそうです。

サヨちゃんのお父さんは勤労課の正木さんの懐刀《ふところがたな》で、スラバヤで王侯貴族みたいなくらしをしていたが、マカッサルに派遣されてそこで敗戦を迎え、二十一年の九月、ボロボロのなりして身一つで帰ってきたそうな。

あのころ、「さよならさよなら椰子《やし》の島　お船にゆられて帰られる　ああ父さんよ御無事でと……」という歌があったが、実際はなかなかそんな悠長なことではなかったようだ。

十八年の四月に國民學校にあがってまもなく山本長官がブーゲンビルで死に、「山本元帥の歌」ができて傷痍軍人の前で歌ったことは前に書いたが、当時子供の間で一番はやったのは「マライの虎《ハリマオ》」でしたね。

「強欲非道のイギリスめ　天に代りてやっつけろ　ハリマオー　ハリマオー　マライのハリマオー」

こないだこれを歌っていたら、昭和二十年代生れの者が「それ知ってる」と言う。「戦後生れのくせに生意気な。歌ってみろ」と歌わせてみたら、カンジンカナメの「イギリスめ」も「天に代りてやっつけろ」も出てこない。おまけに「ぼくらのハリマオ」とか何とか甘ったれたことを言う。

前の「北帰行」もそうだったが（『お言葉ですが…』⑦をごらんください）、どうも昭和三十年以後の歌はイカサマが多いようだ。二十年代で知能の発育がとまったのは幸運であった、と思うております。

（'06・4・6）

あとからひとこと――

相生の、これも幼稚園以来の友人森谷健三が手紙をくれた。

①〈先日のスラバヤの造船所の話ですが、「八月十五日を詠う」の前書集が別にあるのを思い出して、開いてみました。写します。
「スラバヤ市播磨造船所。木造船、人間魚雷ともいう魚雷を装置したベニヤ板の艇の建造に全力をあげていた。八月十五日も私の所から、志願した若者が出撃して征った。終戦を知ったのはその翌日であった。」
鉄船というか鋼船ではなかったのですね。〉
これにはおどろいた。日本へ石油を運ぶための輸送船を建造していたのだと思っていた。大挙ジャワまで出かけて木の船を作っていたのですね。
②前条「あとからひとこと」の宮澤正幸さんのお手紙のつづき。
〈最後に「インドネシア」です。
空の神兵の翌日シンガポールは陥落し、三月九日にはジャワの英米蘭豪の連合軍が降伏。『ジャワ年鑑』（昭和十九年　ジャワ新聞社）には「インドネシア」があちこち見受けられます。日本軍は三百五十年にわたるオランダの圧政から解放し、昭和十七年オランダ語のジャバ、バタビアの地名を元のジャワ、ジャカルタに復活と公布しました。〉
本文でもちょっと書いたが、「インドネシア」（「インドネシヤ」も同じ）という言葉を日本人が使いはじめるのは昭和十七年以後のようである。それでもむしろ、「ジャワ」「スマトラ」「セレベス」などと呼ぶことが多かったらしいのは『ジャワ年鑑』という題にもあらわれているようだ。

宮澤正幸さんは、この十年あまり、数知れずお手紙をくださり、種々御示教くださったかたである。ここにふかく御礼申しあげます。

# たった二枚の写真

もう二十年ちかくも前から、江馬三枝子さんの写真が見たい、見たい、と言いつづけてきた。

明治のなかばごろにうまれて昭和五十年代まで生存していた人である。この世代の人で写真が見つからないということは、通常ない。

まして数々の著書のある人であるし、専攻したのがグループを作ったり探訪旅行したりの多い民俗学という学問であったのだから、写真をとる機会も多かったにちがいないと思うのだが、それが、なかなか見つからないのである。

とうとう兵庫県太子《たいし》町立図書館の小寺館長さんが、直接飛驒の高山市立図書館に問いあわせてくださった。江馬さん自身は飛驒出身の人ではないが、昭和七年から二十五年まで二十年ちかくも高山で民俗学雑誌『ひだびと』を主宰していた。写真がのこっていないことはあるまい、との見こみである。

そしてやっと、二枚見つかった。もっとも一枚は戦後千葉でうつした写真である。できれば昭和十年前後の写真、さらにできれば柳田國男先生をかこんで、瀬川アネゴ、小西令嬢などもいっしょのものを、と思ったのだが、それはかなわなかった。

一枚は高山女性史学習会編『写真記録飛騨の女性史』の「飛騨出身の女性著名人」の項。昭和十八年にとった三十数人の集団写真である。他の著名人はみな一人の写真だのに、女性著名人第一にあげられるこの人だけは集団写真しかなかった、ということからも、いかに写真のすくない人だったかがわかるだろう。

その写真説明（原文横書き）。

〈江馬三枝子（高山市・昭和十八年）昭和二年、作家江馬修（2列目左から4人目）の妻となった三枝子（一八八九―一九八三・前列左から5人目）は、小説や随筆とともに、民俗学者として『飛騨の女たち』（昭和17年）も発表し注目を浴びた。昭和25年まで高山で暮らす。修の『山の民』執筆に欠かせない女性であった。写真は、修が指導した郷土演劇の人びとと「喜多座」にて。〉

和服に羽織で舞台に正座している。ほかに女の人は七人うつっているが、さすがにみな、いかにも育ちのよさそうな、知的で品のいい顔立ちの人たちばかりだ。一八八九年生れで一九四三年だから五十五の時の写真ということになる。まずそれくらいに見える。

もう一枚の写真は池田彌三郎との共著『日本の女性』（一九五八　岩崎書店　写真でみる日本人の生活全集10）巻末の「著者紹介」欄に附した近影である。

こうある（原文横書き）。

〈江馬三枝子　日本民俗学会研究員、明治39年2月17日生まれ。札幌市立高等女学校卒　著書は「飛騨の女たち」など。〉

前の写真より十数年のちのもの。六十をちょっとこしたくらいかと見ゆる。前の写真より一層美しい。和服の上から黒っぽい道行きをきて、自室と思われる簡素なへやに静かに坐し、やや左下に目をおとしている。

想像していた通りの、瓜核顔《うりざね》で、いかにも聡明そうな、美しい人である。柳田門下につどった多くの女性の研究者のなかで、「雑誌『ひだびと』の編者江馬三枝子さんと、大藤《おうとう》ゆきさんは、美貌と知性に加えて、数々のロマンをお持ちと、伝説的に語り伝えられていた方であった」（女性民俗学研究会『子産み・子育て・児やらい――大藤ゆき追悼号』〈二〇〇三〉の鎌田久子「はじめに――半世紀前のこと」）。

そのロマンが必ずしも幸福なロマンでなかったのが、眉根と、固く結んだ唇にあらわれている。

先生や仲間たちといっしょの写真があればなおよかったのだが、しかしわたしはこの二枚をくりかえし眺めて、十分満足した。

『日本の女性』は、江馬三枝子が書いたものを全部破棄して池田彌三郎が書きなおしたもののようである。池田の「はしがき」にこうある。

〈本書は、はじめ江馬三枝子・瀬川きよ子両氏の共編として予告せられたが、瀬川氏の替りに私が加わることになった。〉

瀬川清子が岩崎書店と衝突してやめ、岩崎がかわりに池田をよんできたのであろう。

〈全篇完成した江馬氏の草稿を、素材と意見とに解体して、あらためて組織を立て、その各所に素材と意見とを配置して、私が書きおろした。〉

せっかく完成した江馬さんの草稿はズタズタになったようである。

上に引いた巻末の著者紹介は当人が書いたのであろうが、いかにも投げやりであり、ズサンである。

札幌市立高等女学校卒は勿論嘘であろう。あるいは最初の一年くらいはほんとに行ったかもしれないが。

一般に戦後の日本人は学歴に関して苛刻になり、学歴の低い者やない者を容赦しなくなった。学校なんかどこを出てようと出てまいと、立派な人は立派だ、つまらんやつはつまらん、というあたりまえのことが通用しなくなった。民主社会はイヤな社会である。主である「民」は学歴くらいしか人を判断する基準を持たない。バカは人の悲しみを理解しようとしない。

江馬三枝子は謎の女である。この世代の著名人で年齢がわからないというのはめずらしい。江馬修と結婚するまでの経歴や、先夫と子の行きかたもわからない。各種人名辞典のたぐいは明治三十三年生れとするものが多いが、根本史料を求め確証をつかんでのこととは思われぬ。右へならえであろう。

『日本女性人名辞典』ほかが、「えまみえこ　明治三六年（一九〇三）ごろ〜昭和五八年（一九八三）五月一〇日」とするのが、無責任なようで最も穏当誠実だろうと思う。なおまた『飛騨の女性史』が一八八九（すなわち明治二十二）年生れとするのが、とびはなれているだけに、根拠あることを思わせる。謄本か何かを発見したのかもしれない。

以下『日本女性人名辞典』を引く。

〈女性民俗学研究者の草分け。北海道出身。本名江馬ミサホ。旧姓富田。プロレタリア文学作家江馬修《なかし》と結婚したが、昭和初期の思想弾圧を避けるため修の故郷飛騨高山に隠棲して、民俗学者柳田國男の指導をうけながら郷土研究誌『ひだびと』を主宰した（昭和一〇年一月〜一九年四月）。また合掌造りで有名な白川郷の調査をして世に紹介した。〉

――この話つづく。

（'06・5・25）

あとからひとこと——

その生年を明治二十二年とするものから同三十九年とするものまで大きな幅があることからもわかるように、江馬三枝子の経歴は不明な点が多い。謎の女、と言うゆえんである。昭和の初めに小説家江馬修と結婚した。江馬の小説の愛読者で、作者に手紙を出したのが知りあったきっかけ、とのことである。

江馬修のことは、拙稿「おれは一人の修羅なのだ」（『本が好き、悪口言うのはもっと好き』所収）に書いた。結婚した時、江馬は前妻とのあいだに娘が二人あった。これは江馬がひきとった。三枝子も前夫とのあいだに子供があったが、これは夫がひきとったらしい。

江馬は日本共産党系の文学団体に入っていたので、弾圧をのがれるため、昭和七年に郷里の飛驒高山にひっこんだ。江馬家は高山では名門であったらしい。ここで江馬は小説『山の民』を書き、三枝子は飛驒地方の民俗を研究した。なお、三枝子がどういう経路で柳田國男の門下に入ったのかもわからない。

戦後に江馬修は日本共産党に入り、党の文学雑誌を編集し、ここで『綴方教室』の天才少女として著名だった豊田正子と知りあって結婚した。ただし三枝子は離婚を承知しなかった。だから、事実上離婚したあともずっと江馬三枝子である。

江馬に捨てられたあとは、江馬の娘二人とともに千葉県船橋に住んでいたらしい。昭和五十八年に死んだ。

江馬三枝子の人柄を知るには、その最初の著書『飛驒の女たち』を見るのが一番いい。一部を引いておく。飛驒には昭和初めまでまだのこっていたお歯黒について書いたくだりである。

〈今では殆んど跡を絶つたが、十年ぐらゐ前までは、町を歩いてゐて、眉を落して歯をくろぐ〵と染めた品の良い老女に出會ふこと稀で無かつた。村へ行けば今日でもちよいく〵見かけるが、でもそれさへおほかた義歯である。現代の都會の若い人たちは、カネを染めるなぞといふことは一種の蠻風のやうにさへ考へるし、何かグロテスクなものと思ふらしい。しかし、眉を青々と綺麗に落して、歯を黒くつやゝかに染めた女の顔は、いかにも柔和で、美しく、古雅でさへある。私の義母は五十を過ぎてから高山から東京へ出てきて住むやうになつたが、やはり昔風に綺麗な歯を黒く、いつもつやゝかに染めてゐた。ところが東京に住むにはそれではをかしいと云ふので、カネを落して、白歯になつた。元來高山で小町娘と評判されて育つたほど美しい人であつたが、白い歯になると顔付が急にきつくなつて、一夜にしてその柔和な性質が失はれたやうにさへ見えた。江馬はそれを殘念がつて、もとのやうにカネをつけるように慫めたものだつたと語つてゐる。〉

その高山における江馬三枝子自身を、天児直美さんはこう描写している。

〈高山の人たちにとっても、江馬一家はよほど特殊な家族に映ったようである。特に三枝子の華やかさは人目をひいた。当時高山の女の人たちは地味な和服を着ていた。そんな中で派手な洋服姿（和服にしても着こなしが違っていた）に、濃い紅《べに》化粧をした三枝子の姿に、うっとり見惚れる人もあれば、反感を持つ人もあった。〉（『炎の燃えつきる時』）

# 白川村の日和下駄

〈我々日本人は、つい此頃まで、自分々々のすることや言ふことを、一つの社会現象として観察することが出来ませんでした。〉

柳田國男「家具に関する日本語」（昭和十年）の冒頭、小生のすきなことばである。われわれ日本人にとって、つい最近まで、自分たちの生活が学問の対象たり得るとは思いもよらぬことであった。学問というのは、海の向うからうやうやしくやってくるものであるにきまっていた。

学問とは「聖人」という半分神様みたいな人の難しい漢字ばっかりの本に書いてあるか、さもなくば英語、ドイツ語、フランス語で書いたものであった。したがってそれは、女にはちかよりがたいもの、縁のないものであった。

ところが柳田國男先生は、学問はわれわれの身のまわりにもあるんだよ、と教えてくれた。

日本の百姓はどんな家に住んで、畑でどんな作物を作っているか。漁師はどんな魚をどんな方法でとっているか。日本の子供たちは何をして遊んでいるか……。そういうことをきちんとしらべるのもりっぱな学問なんだよ、と。

それだったら女にもやれる。

この昭和十年前後のころから、東京砧村の柳田國男宅に、向学心に燃えた、若く賢く、まじめな女性たちがあつまりはじめた。

たとえば瀬川清子。明治二十八年生れ。これは行動的な人ですね。能登舳倉島で海女たちと半年間いっしょにくらした実績をひっさげて入門した。柳田の女弟子第一号である。

小西ゆき。同四十三年生れ。のち柳田門下大藤時彦と結婚して大藤《オウトウ》ゆき。

これはお嬢さんです。東京女子大学卒業。福岡市長であるお父さんにつれられて入門。

そしてもちろん、前回御紹介した美貌と知性の謎の女江馬三枝子。その他能田多代子、篠遠よし枝、等々。

それぞれ研究テーマを決めて勉強する彼女らのために柳田は研究成果の発表場所を用意した。三國書房の女性叢書。一人一冊、ただし本ができれば一人何冊でも出す。

男の弟子も応援する。宮本常一、西角井正慶等。また外様の山川菊榮も応援に加わった。

ところが運のわるいことに戦争がはじまっちゃった。柳田がお祝いプレゼントとした『小さき者の聲』、瀬川アネゴの『海女記』、江馬三枝子の『飛驒の女たち』の三冊がほぼ同時に出たのが、大東亜戦争がはじまって一年めの昭和十七年十一月末から十二月初めにかけてであった。

『海女記』も『飛驒の女たち』も好評だったのですぐ二冊めにとりかかり、瀬川は『販女』を、江馬は『白川村の大家族』を書いた。もっとも江馬のは、そもそも『飛驒の女たち』が白川村を主としたものなので、二冊目はともすれば重複しがちになり苦しい。

女性叢書は、昭和十八年中は順調に出たが、翌十九年半ばに肝腎の発行元三國書房が消えてしまった。

この十九年半ばの出版社廃合はすさまじいもので、それまで四千社以上あったのを二百社以下にへらした。三國書房はどうなったかわからない。戦後も復活しなかった。

女性叢書は結局一年半のあいだに十七冊出たらしい。小生は二十年ほどのあいだに十二冊あつめた。

その十二冊のうちに、柳田國男が序文を書いてあたえたのが三冊ある。その序文がみないい文章である。これらは先生のおめがねにかなった出来、と考えてよいのだろう。

お目にかけましょう。

まず瀬川清子『海女記』序の冒頭。とびとびに引く。

〈この一冊の本を讀んで見て、女でなくては出来ない仕事といふものが、まだ学問の方にも色々とあることに、心づく人はきつと多いであらう。同じ前代の生活事實でも、よく讀みよく考へて覚えて居る老人が男の中にも多いが、たゞの記憶の方までは中々手がまはらず、其分は自然に女の特に慧《さか》しい者に、委ねて置く姿があつた。ところがこの人たちは遠慮深く、さうたやすくは始めての訪問者に、知つて居ることを語らうとしない。いつでも爐の火の向ふで手の甲を温めてばかり居る。〉

質問しても、チロチロゆれる火のむこうで、おだやかに善良な微笑を浮べてのみいるかしこそうなお婆ちゃんの姿が目に見えるようだ。

大藤ゆき『兒やらひ』「四鳥の別れ」。途中からとびとび。

〈人は兒やらひの為にみな窶れてしまひますが、その代りには恩愛のきづなは永く絶えません。たゞそれと次の代の新鮮なる生活計画とを、一緒にしてしまふことを避けさへすればよいのであります。

あなた方は『兒やらひ』などゝいふ本を書きながら、果して或時が来たらヤラフことが出来ると思ひますか。出来なくとも私はちつとも恠しみません。〉

しかし一番心がこもっているのは江馬三枝子『飛騨の女たち』につけてやった「著者に贈る言葉」であろう。これもとびとびに引く。

〈飛騨の白川を私が見てあるいたのは、明治四十年の六月、多分あなたがまだ小学校へ入られる前でありませう。

土地の人たちの方でも、何を見に来るのか、何が知りたいのかを全く知らぬ風でありました。たまたま物を尋ねてもたゞ一ことの答へをするだけで、伏目にさつさと行き過ぎてしまひます。

世の中の移り変つて行くといふことは、何かにつけて不安ではありますが、それが無かつたならばこの本も歓んで迎へられず、第一にあなたの日和下駄の音が、この深い谷底に響くやうなことも無かつたでせう。〉

うーん。柳田先生はこの美しく聰明な女弟子にほれてたんじゃないかなあ。白川村の谷底にあなたの日和下駄の音が響く、なんて、あだやおろそかに出てくるイメージじゃないものなあ。

（'06・6・1）

# 邪宗門秘曲

子供の時から母親に「肩までつかりなさいよ」と何百ぺんも言われて大きくなったので、おふろは肩までつからねばならぬもの、と信じてこの年まで来た。

ところがちかごろになって人が「年をとったらヘソくらいまでの浅い湯に長時間入るほうがよい。そのうち上半身が汗びっしょりになる。これが理想入浴法ですよ」と教えてくれた。教えてくれた人が美人なので断然実践することとした。

ところが実際にやってみて、この理想入浴法には難点が二つあることがわかった。

一つは寒いことである。そりゃそうです。ふろ場はかならず家の北側にある。独居老人のふろ場だから特に寒い。その寒いへやでヘソから上素裸で坐しているのだから寒くて当然だ。たしかにそのうち汗は出てくるが、寒いことは依然として寒い。

難点第二は退屈なことである。浴槽の浅い湯のなかにただ坐っているだけで何もすることがない。

美人はふろのふたに本をのせて読むそうだが、小生は目がわるいからそれは無理である。

テープレコーダーを持ちこもうかと思ったが、何かのひょうしにポチャンとおとしたら機械もテープも一ぺんにパーだ。

とつおいつ考えたすえ、六十年ちかく前大ケ瀬《おおがせ》先生に教わった詩を復誦することにした。これならモノは何もいらない。

再々で恐縮だが、大ケ瀬先生は小生が中学生だった時の級担任であり国語の先生である。小生は昭和二十四年に、できて間のない新制中学に入ったのだが、先生はその前年に師範を出て赴任してきたのであった。

先生はよく授業時間に、授業とは関係なく詩や歌を聞かせてくれた。

最も印象強烈なのは北原白秋の「邪宗門秘曲」である。どんなことからこれをよんでくれることになったのか、いまはもうおぼえていないが――。

無論プリントをくれるわけでも意味説明をしてくれるわけでもない。ただ一通りよんできかせてくれるだけである。

しかしこれは衝撃であった。目くるめく思い、とはこのことである。

授業が終ったあと職員室へ行って「先生さっきの邪宗門秘曲見して」と言ったら、

「これや」と詩集『邪宗門』を見せてくれた。白っぽい、薄い軽い本であったと記憶する。

「ふうん」と一通りか二通り見たらおぼえたので、返した。

その後も何かにつけてこの詩が口をついて出たが、ここ二十年か三十年そのことがなかった。これを、退屈なふろ場で復誦してみようと思いついたのである。

ごぞんじのかたが多いと思うが、まずお目にかけます。明治四十一年、白秋二十四歳の作である。

われは思ふ、末世《まつせ》の邪宗、切支丹《きりしたん》でうすの魔法。
黒船の加比丹《かぴたん》を、紅毛の不可思議國《ふかしぎこく》を、
色赤きびいどろを、匂鋭《にほひと》きあんじやべいいる、
南蠻《なんばん》の桟留縞《さんとめじま》を、はた、阿剌吉《あらき》、珍酡《ちんた》の酒を。

目見《まみ》青きドミニカびとは陀羅尼《だらに》誦《ず》し夢にも語る、
禁制の宗門神《しゅうもんしん》を、あるはまた、血に染む聖磔《くるす》、
芥子粒《けしつぶ》を林檎《りんご》のごとく見すといふ欺罔《けれん》の器《うつは》、

波羅葦僧《はらいそ》の空をも覗《のぞ》く伸び縮む奇なる眼鏡《めがね》を。

屋《いへ》はまた石もて造り、大理石《なめいし》の白き血潮は、
ぎやまんの壺《つぼ》に盛られて夜《よ》となれば火點《とも》るといふ。
かの美《は》しき越歷機《えれき》の夢は天鵝絨《びろうど》の薰《くゆり》にまじり、
珍《めづ》らなる月の世界の鳥獸《とりけもの》映像《うつ》すと聞けり。

あるは聞く、化粧《けはひ》の料《しろ》は毒草の花よりしぼり、
腐れたる石の油に畫《えが》くてふ麻利耶《まりや》の像よ、
はた羅甸《らてん》、波爾杜瓦爾《ぼるとがる》らの横つづり青なる假名《かな》は
美くしき、さいへ悲しき歡樂の音《ね》にかも滿つる。

いざさらばわれらに賜《たま》へ、幻惑の伴天連尊者《ばてれんそんじや》、
百年《ももとせ》を刹那《せつな》に縮め、血の磔脊《はりきせ》にし死すとも
惜しからじ、願ふは極祕《ごくひ》、かの奇《く》しき紅《くれなゐ》の夢、
善主麿《ぜんすまろ》、今日《けふ》を祈《いの》りに身も靈《たま》も薰《くゆ》りこがるる。

子供であった自分を六十年後の本人が解説するならば、その時受けた衝撃は、言葉が運ぶ意味内容ではなく、言葉そのものの華麗である。つまり美術としての言語である。

だから、意味をわかろうとはまったくしなかった。

たとえば「あんじやべいいる」はアンジャベル、和名オランダ石竹《せきちく》すなわちカーネーション、なのだそうである。このたび初めて知った。しかし知ったからとてどうということはない。「匂鋭《と》きあんじやべいいる」はこの形でここにおちついていて美しい。それで十分である。

大ケ瀬先生は、自分がおもしろいと思うものは生徒もかならずおもしろい、と信ずることができた、しあわせな時代の新中教員であった。しかしその時代は長くなかったようだ。

男の子は十前後のころに、何でもめったやたらにおぼえられる時期がある。数十万年におよぶ長い生存競争の過程で、人類の幼いオスはいかなる必要あってこの能力を獲得したのだろう。とにかく中学生小生は苦もなくこの詩をおぼえた。

そこでおふろの退屈対策、邪宗門秘曲の暗誦の話です。はい、もうとてもダメです。いかにがんばっても、「はた、阿刺吉、珍酡の酒を」あたりまでが精一杯である。

そこで公然カンニング、詩を拡大コピーしてふろ場の壁に貼り、行きづまったら見ることにした。というときこえがよいが、つねに行きづまっているのだから常時カンニングである。

浴室内ゆえ当然メガネははずしている。しょっちゅう尻を浮かせて顔を壁にくっつけてペーパーを見ることになる。おかげで退屈はまぎれるが、年をとった動物のオスはさっぱりアカンなあ、と痛感させられもするのであった。

（'06・6・8）

# ゴッドの訳はいくつある？

# ゴッドの訳はいくつある？

朝日新聞の書評欄にこんな本が紹介されてたよ、と人が切抜きをくれた。鈴木範久『聖書の日本語　翻訳の歴史』、評者は文芸評論家のNという方。

どれどれ、と読んでみると、なんだか変である。このNという人の言ってることは、デタラメなんじゃないかしら。

たとえば、こういう個所がある。

〈いったいGodと神とカミとは同一の対象を意味しているのか、という根源的な問いかけをはらんでいるのだ。中国語訳聖書では、「上帝」である。最初の訳業に参加したヘボンは、日本語で「神」とするのをためらったそうだ。〉

これは、――Godの訳語は中国語訳では「上帝」である、日本語訳では「神」――と読めますね。だってそう書いてあるんだもの。

ところがそのすぐ前のところにはこうある。

〈日本語に定着したと見なす「聖書語」のキーワードは、愛・神・救世主・教会・天国・福音……など三十語にわたる。そのうち二十三語は中国語訳聖書からの流入であるという。日本語訳聖書に初出する言葉は、悪魔・クリスチャン・宣教・造主・伝道者・ハルマゲドン・隣人の七語だ（…）〉

粗雑な文章だが、精いっぱい親切に読んでやれば、――聖書のキーワードのうち日本語に定着した語が三十ある。うち二十三語は中国の訳語をそのまま借用。「悪魔」など七語は日本人の訳である――とそういうことなのだろう。

そのキーワード三十語の二つめに「神」が見え、日本語訳七語のなかにはないから、「神」は当然「二十三語は中国語訳聖書から」のほうに入るのだろう。すると、中国語訳は「上帝」、と話が合わぬではないか。

God は聖書のキーワード随一だからね、朝日新聞書評欄の読者の多くが、「えっ？なんだこれは…」と首をひねったんじゃないかしら。

だいたい、God は中国語訳「上帝」、といとも簡単に言ってのけたところがあやしい。とてもまともに本を読んで書いた書評とは思えぬ。

言うまでもなく God というのはキリスト教の God なのだから、それにあたる語は中国にも日本にもない。だからこれをどう訳すかについては長いスッタモンダがあった。

いまもまとまってないだろう。

現に小生の手もとにある『聖經』は、白話の「和合本神版（Shen Edition）」、すなわちGodを「神」と訳した漢訳である。これが最もポピュラーな本だろうと思う。その、新約のなかでもよく知られたヨハネ伝の冒頭はこうである。

〈太初有道、道與　神同在、道就是　神。〉

ごらんの通りGodの訳は神（Shén）だ。

参考のため英訳（一九二九　米）および日本大正訳を示す。

〈In the beginning was the Word, and the Word was with God, and the Word was God.

太初《ハジメ》に言《コトバ》あり、言は神と偕にあり、言は神なりき。〉

無論すべての漢訳が「神」なのではない。スッタモンダの末カトリックは「天主」と訳し、プロテスタントは折合がつかず米国派は「神」と訳し英国派は「上帝」と訳した。

邦訳聖書の訳語の大部分は漢訳の訳語をそのまま用いた。

鈴木範久というかたについては知らぬが（朝日の著者紹介には「立教大学名誉教授（日本宗教史）」とある）『聖書の日本語』と題する本を書くからには、そのもとになった漢訳について一通りの知識はお持ちであろう。〈中国語訳聖書では、「上帝」である。〉などとノーテンキなことを言うはずがない。とすればこのNという評者が、三分ぐらいで本を走り読みして、目についた語をたねにヨタを飛ばしたのがこの書評なのだろう。

しかしまあ万一ということもあるから、『聖書の日本語』を入手して目を通してみた。

Godの訳語のことは、「第2章　聖書の中国語訳」のところでしつこいほど、もう何が

何だかわからなくなるほどくわしく書いてある。聖書のキーワードなんだから当然だろ

うけど。

そのごく一部分をお目にかけましょう。

〈中国における聖書の「用語問題（Term question）」はこうして始まった。（…）

中国語訳にあたり、まず訳語選定上注意されるべき言葉のリストとして、次のよう

な語がとりあげられている。

angel; apostel; baptism;（…）evangelist; God; hell;（…）sacrifice; saint; soul

このなかでも、とりわけ焦点となった言葉がGodの訳語であることはいうまで

もない。そして、その訳語に「神」を採るか、「上帝」を採るかをめぐって、激し

い対立が生まれた。〉

このあとモリソンが用いたGodの訳語を列挙してあるのが面白い。

〈神、真神、神主、神天、天、神天上帝、天帝、天皇、天帝主神、神天上帝、神天

大帝、天皇神主、天皇上帝、上帝、天上上帝、真神上帝、天上之上帝、天皇神父、

上帝神帝〉

十九（「神天上帝」が二度出てくるから十八？）ある。「神」か「天」か「帝」かがくっついていれば何でもいい、という感じですね。

〈なお、一八五〇年一〇月に、米国聖書協会（American Bible Society）から出された「中国語訳聖書に関する報告」（Report on the Chinese Version）では、Godの訳語について「上帝」「帝」「天帝」「天主」「Aloho または Eloah」「神」の諸説が検討され、最後の「神」がもっとも妥当な語であるとの提言がなされている。〉

〈ローマ・カトリックでは、（…）「上帝」ではなく「天主」をもちいることで落ち着いた。プロテスタントの「用語問題」では、「上帝」「神」、いずれでも一致を見いだせなかった。しかし、プロテスタントにおいても、一九世紀の後半から、やがて「上帝」「神」と並んで、「天主」を主張する意見が登場する。一八七〇年に英国聖書協会、一八七二年に米国聖書協会より、それぞれ「上帝」「神」の訳語に加えて、「天主」の訳語を用いた聖書が発行されたのは、その現れである。〉

まだまだあるんですが、諸賢もおくたびれでしょう。とにかくこの God の件は、うんざりするほどややこしいんでござんす。

（'06・4・27）

あとからひとこと――

①「ゴッド」の日本語訳は「神」である。これは、日本人が「ゴッド」を「神」と訳した

のではなく、中国で試みられた数多くの訳語のなかから「神」を取ったのである。それまでにも、十七世紀以後ずっと、「ゴッド」をどういう日本語に訳すかは問題にされ、種々の訳が作られてきた。「オタイセツ」「ゴクラク」等々。しかし日本人は、「ゴッド」と、日本語の「かみ」とを同一視することには思いいたらなかった。「ゴッド」は天上にある唯一至尊のものであり、「かみ」は天上にも地上にも無数にいる種々雑多なものだったからである（福の神、厄病神、かみなりさま、等々と）。

十九世紀に至って、漢訳（中国訳）の一つをとって「神」としたのだが、ただし重大な変更を（多分無意識裡に）加えて、これを「かみ」とよんだ。

中国語では無論「かみ」ではない。中国語に「かみ」という語はない。

しかし、明治の日本人にとって、ことばは文字であったから、中国語の「神」をとって「神《シエン》」とし、「神《かみ》」とは同じであるか、ちがうのか、ちがうとすればどうちがうのかはまったく問題にしなかった。

明治の日本人には、中国語と日本語とは別の言語である、という観念がなかった。ことばは文字であると思っており、中国語と日本語は同じ漢字を用いていたからである。同じ漢字であれば、その字があらわす中国語も、日本語も、同じことだと思っていたのである。

このことは、あとでのべる「預言」の大きな誤解の根源にもなっている。

②ヨハネ伝の冒頭を引いたが、上帝版ではこの「 神」が「上帝」で、「太初有道、道與

上帝同在、道就是上帝」である。「　神」と二字分のスペースを使っているのは、上帝版では「上帝」二字だからである。つまり「神版」と「上帝版」とは「ゴッド」の訳語だけがちがう。

③わたしの知るかぎり、「ゴッド」の訳語に関する最もよい本は柳父章『「ゴッド」は神か上帝か』(岩波現代文庫)である。これは、柳父氏の全著作のなかでも最もすぐれたものであるとわたしは信ずる。聖書の言葉について考えるにあたって、ぜひ一読をおすすめする。

# 人の子ってだれの子？

前回はガラにもなく、聖書の話なんぞをいたしました。

その際申したごとく、鈴木範久『聖書の日本語』には日本語聖書の「キーワード」三十語をあげてある。どういう基準でこの三十を選び出したのかの説明はない。漢訳の注意語三十とかさなるのは半分の十五語である。

まあ専門家が選んだんだから別に故障はないけれど、小生みたいなしろうとが見ると「こんなのがキーワードかなあ」と思うのもずいぶんあるし、逆に「これぞキーワード」と思うが入ってないのも多い。

たとえば「人の子」が入ってない。この語が小生わからないんだ。

われわれはみんな親があるんだから人の子に相違なかろうと思うんだが、聖書で「人の子」はイエス・キリストだけだ。それも当人の自称に限られるようである。「人の子には枕《まくら》する所もない」とか「人の子は安息日の主《しゅ》なのである」とか。

この語は明治訳以来新共同訳までずーっと「人の子」のままで、訳語を変えようとした形跡がない。

いまの日本語で、人と言えば男も女も人である。子と言えば男の子も女の子も子である。

しかし「人の子」は英語でSon of Manだから、どうも「男のむすこ」(男性の子である男の子)ということらしいんだなあ。

それじゃその男Manは誰かと言うに、一通りは母親の夫であるヨセフみたいだけど、マリアはヨセフと結婚する前にHoly Spiritによってぽんぽんが大きくなったという話だから、このManはHoly Spiritのことなんだろうか?

それともSon of ManのManはmankindで、キリストは「人類のむすこ」と自称していたんだろうか?

ね、けっこうキーワードでしょ?

いったい戦後の口語訳聖書というのは、昔の文語体ではむづかしすぎて善良なる日本の庶民諸君にはわからん、もっとやさしくしてあげましょう、という聖書協会の暖い御配慮によってできたものだ。

その結果、「尋ねよ、さらば見出さん」は「探しなさい。そうすれば、見つかる」と失せ物探しの心得になり、「坐し給へば、弟子たち御許《みもと》にきたる」は「腰を下ろされると、弟子たちが近くに寄って来た」とニワトリがエサに寄ってきたみたいな話になったが、庶民諸君のためを思う熱意の結果なんだから仕方ない。

しかしそこまで面倒見るのなら用語のほうもやさしくしてもらいたかった。「人の子」では庶民諸君は「おれも人の子や。キリストとチョボチョボや」と言いかねないよ。

全部口語にしてわかりやすくしました、と言いながら、「多くの聖なる者たちの体が生き返った」や「聖なる都に入り」の「聖なる」は文語だ。約束がちがう。

この「聖なる」の「なる」は「善良なる庶民諸君」の「なる」なのか、それとも「駿河なる富士の高嶺」の「なる」なのか。「善良なる」のほうなら、これは口語「善良な」だから「聖な者たち」「聖な都」ということになるが、ちょっとヘンだね。「駿河なる」は「駿河にある」だろうが、「聖にある者たち」「聖にある都」もヘンだ。庶民高島にはわからん。やさしくしてくれ。

日本の聖書は、都田恒太郎《みやこだ》（日本聖書協会総主事、最初の口語訳の責任者）が「極端な言い方をすれば、日本語訳聖書は中国語訳聖書から訳出されたものである」（『ロバート・モリソンとその周辺　中国語聖書翻訳史』）と言うように、清代漢訳聖書に返り点をつけて読むことから出発した。だからキリストを基督、ヨハネを約翰などと書いたのだ。

昭和戦後の口語訳は、新かな、戦後略字、おまけに「動詞の敬語はれる・られる」まで、文部省方式を忠実に遵守した。ならば、清代漢訳の異体字表記――と言ってもむこうではそれが通用表記――の「預言」は、当然略字の「予言」にしなければスジが通らぬはずだった。まあ聖書協会に文字や言葉についての知識見識ある者がいなかったのは、できた口語訳自体がバクロしたのであったが――。

もともとは、漢訳の異体字をそのまま取り入れた明治の訳者がいけなかった。その字に目がくらんで「プロフェシイとプレヂクションとは違ふぞなもし」と間抜けなことを言い出すやつがいたりしたのだが（predict, prophesy, foretell, みなおなじだ。前もって言うこと）、戦後はいよいよ愚昧になって、なんとかの一つおぼえが新共同訳にいたるまでつづいているわけだ。

一番わけがわからないのは、これも清代漢訳から明治訳に入り、以後最新の新共同訳までずっと同じ訳注がもちいられている「黙示」である。「探しなさい」なんかより、こういうのを何とかしてほしかったなあ。

ギリシャ語アポカリプシスはuncover, revealの意。英訳はRevelation。revealは俗な日本語で言えば「ばらす」だから、revelationをわかりやすく品のいい日本語にするなら「明《あ》かし」「露《あらは》し」「示《しめ》し」くらいだろう。ＣＯＤはa divine or supernatural disclosure to humans（神の、あるいは超自然の、人々に対する開示）と釈してある。これならよくわかる。

最初のモリソン漢訳は「啓示」。啓は啓発の啓、「開也」だからこれもよくわかる。そのあと英米プロテスタント宣教師のだれかが「默示」と変えたらしい。なんで「默」なんて語を上にくっつけたんだろう。キリスト教は「言」が命だのにね。

「默示」というのは、十九世紀の西洋人が作った新造漢語である。そしてその後も、新約の Revelation に言及する時以外には用いられることのない語であった。

「默って示す」ではおしゃべりな中国人には何のことやらわけがわからんから、今はモリソンの「啓示」にもどっている。The Revelation of Jesus Christ は「耶穌基督的啓示」である。まことによくわかる。製造元の中国では、「默示」はもはや死語である。

日本語訳はなんでいつまでも「默示」に固執するのだろう。「默示録」と言うと、意味はわからぬながら何となくおどろおどろしい雰囲気が出るからかな？

しかし「わからぬながら」では、「ひたすらわかりやすく」の口語訳精神と矛盾するではないか。せっかくの「近くに寄って来た」や「そうすれば、見つかる」が泣くんじゃありませんか？


（'06・5・4／11）

## あとからひとこと——

蒲郡市の杉下元明さん（もとは杉並の杉下元明さん）が、〈星新一さんに「キリストやあれも人の子樽拾い」という俳句（盗作?）があるのを思い出しました。〉とお手紙をくださった。

「雪の日やあれも人の子樽拾い」をもじったもの。親のある子の意である。

朝日新聞囲碁名人戦'06・10・5、王銘琬「張さんも人の子なんですね。珍しく楽観していたと思います」。これはふつうの人（決して超人ではない）の意で、これが現在の日本語の最も一般的な用法であろう。王銘琬さんの日本語は堂に入っている。

ロングマン英語辞典の the Son の項に Jesus Christ; the second member of the group that includes God the Father and the HOLY SPIRIT とある。してみると父なる神のむすこの意なのか? ともかく日本語聖書の「人の子」は意義不明、不適訳である。

# フジタのアポカリプス

　ひさしぶりに東京へ来ると、人がみなフジタフジタと言っている。

「なんですかいなそのフジタゆうのんは……」とおそるおそるきいてみると、

「知らんのかおっさん。藤田嗣治画伯の展覧会、満都沸騰の大人気やがな」

「へえ」

「いま見とかな生涯見られん。あの世へ行って後悔する」

「そらえらいこっちゃ」

「死なんうちにあした行きなはれ。地下鉄竹橋駅下車すぐそばの近代美術館。朝十時から。おくれたらはいれまへんで」

「ほなさっそく行きまっさ。おーきにありがと」――というわけでつぎの日の朝、地下鉄路線図をたよりに出かけました。

実はこういうこと、これが二度目です。数年前、木村伊兵衛・土門拳展に、この時は芦田肇といっしょに行った。芦田は学生時分からの友だちでいまはどこかの老輩教授である。

この展覧会は、両人とも興奮いたしましたね。写真集の写真とホンモノの写真とがこれほどちがうとは思わなかった。

「おい、一枚やる言われたらどれもらう?」と芦田にきいてすぐ、いやそれだったら自分がもらうほうがトクだ、と気がつき、もう一度最初から目を皿にして見て、迷いに迷ったすえ土門拳の「小河内村　傘を回す子供　一九三五頃」にきめた。七つくらいの男の子が元気よく傘をまわし、そのうしろで四つくらいの妹が破れ傘をかたげてはにかみ笑いしている写真である。

結局ホンモノはもらえなかったので絵はがきを買ったが、無論天地の差がある。しかしホンモノをホーフツするよすがにはなります。

「とにかくどこか現場へ行こう」と両人意見合致し、小河内村は何だか遠そうだから、これもぜひもらいたい写真の一つ、土門拳の「柳橋　一九五五」の現場へ行くことにした。橋の上を着物の中年女が汗をふきながら通り、橋の下では船上生活者が三家族ほど洗濯している写真である。

ところが芦田は、東京に六十何年も住んでいながら柳橋がどこにあるのか知らないと言う。あきれたね。だいたい学生のころから肝腎のことを知らないやつなのである。しょうがない。まず本屋へ行って東京の地図を買い、尋ね尋ねたどりついてみると、橋はかけかえたらしくいやに立派になっているし、橋の上をイキな着物のおばさんは歩いてないし、お目あての橋の下には船上生活者どころか船そのものがない。「うーん、東京も五十年たつと変るんだなあ」と両人慨歎したことであった。

いやフジタ展の話でありました。

地下鉄の乗換駅でマゴマゴして五分遅刻で到着。大枚千三百円の入場券を買ってはいってみると、もう入口に近いあたりの絵の前は都民紳士淑女諸君が群をなし、年をとって一段と身の丈の縮んだ小生、うしろからせいいっぱい背のびしても見えるのは他人の後頭部ばかりだ。

そのあたりはいさぎよくあきらめ、ずんずん歩いて紳士淑女軍団の先端のそのまた先、まだ人の波のとどいてないところへ出たら、大きな戦争画が何枚かあった。が、これは大きいばかりでいっこうつまらない。そもそも人物が日本人に見えない。サイパン島バンザイクリッフの絵なんか、大洪水に追われて丘に逃げのぼった創世記の難民みたいだ。

これもずんずんとばして先へ行ったら、アポカリプス——黙示録の絵が三点セットであって、ここで小生の足は釘づけになった。

このフジタという人はキリスト教徒だったのですね。道理でバンザイクリッフがミケランジェロの天井画みたいだったわけだ。

この三枚は、世界の末日を描いたものである。脇の説明に「この世の終末が近いこと、キリストが再臨して新しいエルサレムが建国されることを預言した……」云々とある。一枚目はトランペット吹きの七天使が地上の人間たちをつぎつぎと殺戮するさま。二枚目は同じく四人の騎士による大虐殺。

そして三枚目は、天上から神様やらキリストやらマリアやらをのせた新しいエルサレムの城壁がドカンと落ちてきて、永遠に地獄でのたうつことになる者たちが燃えさかる火の井戸に投げこまれる絵だ。

何しろ助かるのはほんのひとにぎりで、あとの者はみなそれはそれは残虐な殺されかたをするのである。ザビエルの話を聞いた善良な日本の百姓たちが、まことの神を知らぬまま死んだ自分たちの先祖はこんな目にあわされるのかとふるえあがったのも無理はない。

昔の絵には、たとえば清明上河図《せいめいじようか》のごとく、描かれている人や物が多数かつ精密で、こまかく見てゆくと何時間見ても決して見あきることのない、見るたびに新しい発見のあるのがよくあるものだが、フジタのアポカリプス三枚がまさしくそれですね。しかもこれは陰惨にしてかつ華麗、見ている自分の動悸がきこえるほどの迫力がある。ミケランジェロより上だ。

だいたいミケランジェロの終末は、われわれかぼそい日本人から見ると、人物がみなたくましすぎるよね。キリストなんか若くて筋骨隆々、全盛時の千代の富士も顔負けである。

世界末日の絵もいろいろあるんだろうが、小生が知っているのはあの天井画だけ。いやもちろんローマの現場へ行ったわけではありません。土門拳の柳橋と同じころの岩波写真文庫で見ただけです。もっとすごいのがあったら教えてください。

この前は「黙示録」という訳語に不服を言ったが、フジタの三枚を見ていよいよその感を深くした。Revelation は神様が怒って人類に、「さあ、よーく見るんだぞォ、オレを信じないやつはこういう目にあうんだぞォ」と、間近い未来の情景を幕を払って見せているのである。

神様は決して「黙」してはいない。破鐘《われがね》のような声でヨハネに「あがってこい。見せてやる」と言っている。英訳で“said”。Revelation はその「見せてやる！」だ。

結局二時間ほどいて三枚だけしか見なかったけど当人は大満足。出口の売店でお姉さんに「黙示録の絵のポスターはありませんか?」ときいてみたが、ポスターどころか絵はがきもなかった。紳士淑女には人気ないのかなあ。

（'06・5・18）

あとからひとこと——

①本文に「ミケランジェロの天井画」と書いたのは、ローマ、システィナ礼拝堂の有名な天井画と壁画です。十六世紀初めの作とのこと。その、洪水に追われて丘に逃げのぼった難民の絵と、フジタのかいたサイパン島の絵とは、ほんとに感じが似ています。

②清明上河図《せいめいじようかず》は支那の有名な絵。北宋のものにはじまって同題のものがいくつもある。どれも長い巻物です。『アジア歴史事典』の説明を御紹介しておきましょう。

〈清明節（二十四節の一、陰暦三月の節）の日の都人行楽の情景とともに都城内外の繁華のありさまを描写したもの。北宋末の翰林待詔で界画をよくした張択端が、汴京の清明節を描いた図巻にはじまるという。きわめて精密刻明な描写で、春たけなわな都城内外の光景をよく描き、市街図、風俗図として興味あるばかりでなく、社会生活、経済生活の資料としての価値も少なくない。〉

こちらは写実、フジタのアポカリプスは空想図だが、こまかいことはどちらもたいへんこまかく、見あきることがない。

# 進退は党に預けます

雑誌『諸君！』がとどくと、封筒を切る手ももどかしく、まず巻頭の時局評論「紳士と淑女」を読む。痛快至極、これを見ないと小生の一月《ひとつき》がはじまらない。その、今年五月号にこういうところがあった。

〈だいたい自分の進退を「党に預ける」（…）なんていうセリフ、英語に翻訳できないよ。〉

まことにその通り。

日本語の「預ける」が翻訳不能であるのは、英語だけでも、また、「進退を預ける」だけでもない。さまざまな場合を含めて、日本語の「預ける」「預かる」を全体として引き受けられる一つあるいは二つの単語は、英語にも漢語（中国語）にもない。その他の言語にもないいんじゃないか。それは日本人の「預ける」「預かる」観念が特殊なものであって、外国にはそれに相当する観念がないと思われるからだ。

たまたま同じころの新聞にこんな記事があった。

〈信じられない。人の命を預かる医療者として絶対に許してはいけない行為。〉

右の「預ける」「預かる」を英語で何と言いますか？ 手元にある和英辞書では、「進退を預ける」「一身を預ける」「命を預ける」などは訳なし。「紳士と淑女」が言う通り、そういう観念（思考法）がないのであろう。

医者が患者の命を預かるのは、Doctors are responsible for the lives of their patients.

日本語としては似たような形のサッカーチームを預かるのは、in charge of...。

だれが見てもresponsible forやin charge ofは「預かる」とはよほどニュアンスがちがう。

「預ける」「預かる」のいろいろな場面を想定して短文を作り、ロベルトに英語で言ってもらった。

たとえば「子供を隣のおばあさんに預けて買物に出かけた」と「子供を託児所に預けて働きに出る」との「預ける」は日本人にとってはほぼ同じことのようだが（どっちにしても自分の子を一時委託して食事・用便などの面倒を見てもらうのだから）、英語では、隣家の人に臨時に「預ける」のはI <u>left</u> the kid <u>with</u> the old lady next door for a while.

対して子供を託児所に「預ける」のはput the kid in a child care centerとputになるよし。

その他荷物をクロークに預けるのも銀行に金を預けるのもput。対して、帳場を預けるのはentrust。

つぎに、クロークが荷物を預かるのはkeep。隣の子を預かるのはtake care of。銀行が金を「預かる」のも託児所が子供を「預かる」のもlook after。

一般に日本人は、他人のもの（人であれ金や物であれ）を預かったばあい、当然手を加えたり他人に譲ったりすることなく、原形のままもとの持主に返すものと思っている。預かった者が相手にことわりなく自分のふところに入れたり処分したりすることは考えていない。これはのちに見る『明鏡国語辞典』が「預言」という語を「言葉を預かる」と解釈しているのでここでちょっと言っておく。『明鏡』は荷物預りが荷物を預かるように預かるだというのか、番頭が帳場を預かるように預かるだというのか。

例外は「子供は預かった」だね。これは親が身代金を出さぬばあい子供を処分する――つまり殺害することもあり得る。

同じことを、伊藤和子さんとその協力者たちにたのんで中国語（漢語）でやってもらった。

英語のばあいと情況は同じで、日本語の「預ける」「預かる」に相当する語もその観念もなく、場面に応じて表現を工夫するほかない。左に列記する。「預ける」「預かる」を訳した部分にフリカナを附す。このフリカナはエエカゲンだが、英語のばあいも相当デタラメだから、まあいいだろう。日本語のカナ文字は単純すぎて日本語以外を書きあらわすことはできないのである。なお中国簡体字（略字）は印刷屋さん泣かせなので繁体字（正字）でしるす。

まず「預ける」。

荷物をクロークに預ける＝放《ファン》在服務臺。

子供を隣のおばあちゃんに預ける＝交給《チアオゲイ》隣居的奶奶照看《ザオカン》。

子供を託児所に預けて働く＝讓《ラン》孩子上幼兒園《シャンヨウアルユエン》出去工作。

銀行に金を預ける＝把銭存進《ツンチン》銀行。

つぎに「預かる」。

お隣の子をちょっと預かっている＝幫着看《パンチヨカン》一下。

当託児所は働く女性の子供を預かります＝爲職業女性提供照管《ザオクワン》嬰幼兒服務。

当銀行は皆様の財産を大切にお預かりします＝竭誠爲您妥善保管《パオクワン》您的財産。

機長は多数の乗客の命を預かっている＝擔負着《タンフーチヨ》所有乗客的人身安全。

赤穂浪人の身柄を預かった＝住進《ヂユーヂン》赤穂流浪武士（処分がきまるまでのあいだ罪人の

身柄を預かる、という観念乃至慣習がないので、「自分の家に居住・滞在させる」と訳してある)。

この喧嘩は俺が預かった＝這次的糾紛由我来解決《ユウウオライチエチエ》了。——「預かる」はかならずしも解決するのではないのだが——。

「預ける」「預かる」の観念がないのだから、右のごとく個々の場面を考えて言いかたを工夫するほかない。当然訳語はバラバラになる。英語のばあいと同じである。

ただし漢訳で注意してもらいたいのは、「預ける・預かる」の訳語として漢語の「預」の字が出てくることは絶対にない、ということである。

では、漢語（中国語）辞典で「預」の字はどこに出てくるか。例をあげる。下が日本語訳である。

天氣預報＝天気予報。
預定＝予定する。予定。
預防針＝予防注射。
預感＝予感する。予感。
預告＝予告する。予告。
預算＝予算。

預約＝予約する。予約。

預言＝予言する。予言。

いくらでも挙例できるが、漢語の「預」はいまの日本語の「予」であることは一目瞭然だろう。

日本語訳聖書の「黙示」「預言」などの奇妙な訳語が、清末（十九世紀半ば）の漢訳聖書の訳語を借用してそのまま怠惰にひきずっているものであることは、これまでも再々のべた。

今回あらためて「預言」をとりあげるのは、『明鏡国語辞典』（大修館書店）の記述に疑問を呈するためである。

しばらくつづけます。（'06・6・15）

あとからひとこと――

漢字は、中国語のなかで使っても日本語のなかで使っても意味に大差のないばあいが多い――たとえば「大」はどちらにしても「大きい」とか「大きさ」とかいうことにはちがいない――が、「預」ばかりは、まるっきり意味用法がちがう。中国語の「預」は、本文にあげた「天気預報」や「預定」等々でわかるように、「前もって」の意である。「預」のあとには動詞が来る。「預報」「預定」「預防」などのように。

日本語は「預かる」「預ける」と使う。「預金」は中国語としては意味をなさない。

さて「預言」（前もって言う）は、漢訳（中国語訳）聖書のなかで使われ、それが、そのままの形、意味、用法で日本語訳の聖書のなかで使われることになったものである。

これを「（神の）言を預かる」と解しようというのは、聖書のヘブライ語やギリシャ語の原典にさかのぼって意味を考えた日本人が、原語には「神託を受けた人」というような意味があるので、「預言者」を、無理に「言を預る者」と〝訓読〟したものである。しかしそんな訓読はない。そもそも「預○」を「○を預かる」と解する訓読はない。「預金」にしても「銀行が客から預金する」という言いかたはない。「預言」を「言を預る」と言うのは、幼稚な、笑うべき解釈である。

もし「預言者」を「神の命を受けた者」の意に解したいのなら、姑息なゴマカシ訓読で人をたぶらかすのではなく、「神の委託を受けた者」というふうに、正々堂々と訳しなおすほかはないだろう。

なお何度も言うように日本の聖書の「預言者」は漢訳をそのまま借り用いたものであり、その漢訳「預言者」は英訳 prophet を訳したものである。CODによればその英訳の pro は before、phet は speaker であるから、「預言者」（予言者）は prophet の訳としてまさしく適訳なのである。

# 紅万年筆と預かり言葉

文藝春秋は人事異動が好きな出版社である。この四月から本欄の担当がまた変った。こんどの担当はY君、たしか七人めか八人めである。先日初めて会った。小生より顔二つ分ほど背が高い。肩幅も胸板も一・五倍ほどある、明朗な好青年である。

このY君からおもしろい話を聞いた。

中国へ行ってデパートの文具売場で、軸色の赤い万年筆を買おうと思い、店員に「赤万年筆見せてくれ」と言ったが見せてくれない。発音が悪いのかと手帳に大きく「赤万年筆」と書き、店員に見せたが、とまどった顔をするばかりである。とうとう自分が中へ入って行って、ショーケースのお目あてのを「これだ」と取り出すはめになった。そこで小生宅で感想一番、「先生、中国語では赤のことを紅《べに》と言うんですね。何でも紅《べに》をつければいいそうです。赤い水は紅水《べにみず》とか、赤い土は紅土《べにつち》とか。一つ勉強しました」。

小生も長年中国語教師をしてきたが、これほどの学習者に会ったのは初めてで、毒気を抜かれ、思わず「なるほど」と言ってしまったよ。

東京へ行くたびに、文藝春秋の嶋津弘章さんとフリーライターの長島桂子さんに少しづつ仕事を手つだってもらっている。

先日勉強がすんだあと、夕方の買物がてら、二人を駅へ送って行った。いよいよわかれる間際になって、小生ふとこんな話をした。

「こないだおもしろいことがあってね、預言てのは預金みたいに神さまから言葉を預かることだと言うやつがいる。失笑したらそいつが口をとがらせて、だって広辞苑にそう書いてあると言うんだ」

二人の足が同時にとまった。

「えっ、ぼくもそう思ってました」

「え、わたしもそう思ってました」

こっちも驚いた。「ブルータスよ、お前たちまでが……」の心境だ。

その時は、「しっかりしてちょうだい」と二人の背中を叩いて大笑いして別れたが、内心こりゃまずいことになったな、と思った。

その後何人もの人に話してみて「えっ、ぼくもそう思ってた」の返事をきくたびその感を強くした。

Y君の紅《べに》万年筆と、「預言」の「神の言を預かる」とは、そのまちがいの程度の低さと滑稽さとの点ではちがいはない。ただ紅《べに》万年筆は罪がない。「アホやなあ、紅《べに》は日本語やないか」と笑ってしまえばおしまいである。

「言を預かる」のほう、国語辞典だのキリスト教用語辞典だの著名作者の文章だのを擁しているだけタチがわるく、七面倒だ。

しかしまあ今の日本では、キリスト教の辞典を作る人も国語の辞書を作る人も、なんと怠惰な人たちが集まったことか。まともにちょっと立止って考えてみる人すらいなかった。

さあこれをどうやっておニ人にときほぐすか？　嶋津・長島両人とも知識人だから、笑ってやるが指南なりというわけにはいかない。

①まず清代の漢訳が「預言」であり日本語はそれを借用したにすぎないこと。これは本欄でもたびたび言った。逆に言えば「預言者」という日本訳語が古代ヘブル語の「ナービー」から直接導かれたものの如くに言うのは詐言である。

②「豫言」と「預言」と「予言」とはどうちがうのか、あるいはちがわないのか。これが一番ごちゃごちゃしているようだ。

③日本語の「預ける」「預かる」にあたる外国語はないこと。それを「預言」とは

古代ヘブル語で「神の言を預かる」の意であり、預かった者を預言者と言った、の如く説明するのは、訳文の用字を無理にも通用させようとのゴマカシである。

④預金って何だろう。この語、いつごろからあるのだろう。この語はほんとに「預レ金」という動賓構造（動詞とその目的語）の語なのか。そうだとすれば「金ヲ預ク」なのか「金ヲ預カル」なのか。どっちでもけっこう、なんてズボラはないよね。金の方角が逆だもの。

⑤広辞苑はいつからおかしくなったのか。比較的よい辞書は？

まず漢字の問題が一番ややこしそうだからこれからかたづけよう（実は一番やさしいのだけれど）。

「豫《よ》」と「預《よ》」と「予《よ》」。この三つは同じ字です。基本（正字）は「豫」。意味は「前もって、あらかじめ」。

中国ではずっと昔から正字「豫」のかわりに「預」を書くならわしがある。発音も意味も同じで、字の形だけがちがう。どっちを書いても正しい。辞書には「豫」の項で発音、意義、用法の説明をし、別に「預」をかかげて「豫に同じ。豫を見よ」とのみ書いてある。

このようなのを「異体字《いたいじ》」と言う。意味、用法に変りはなく字体だけが異るのである。

いまわかりやすい例を言えば、雲の峰と雲の峯。同じことである。あるいは雜と襍。左側衣の下の木が右下に移動しているが、発音も意味も変りはない。要するに字のデザインのちがいである。戦後日本略字は衣を九に略して「雑」と書き、中国簡体字は右側をそっくり省略して杂と書く。みな雜の異体字であり、筆画をすくなくしているのは略字でもある。つまり雑や杂は雑の異体字でもあり略字でもある。

同様に豫の字は、中国では昔から「預」と書かれ、日本では筆写体では右側を略して「予」と書いたが、それ一つだけだといかにも半端な感じで、印刷に際しては豫を書いた。「天氣豫報」も、海軍の「豫科練」も、「受験豫備校」も、政府の「豫算」もこう書かれた。

「豫言」という語も一般には無論こう書かれた。日本キリスト教の人たちだけが、「預言者」「預言」と書いたのである。（'06・6・22）

# 豫言、預言、予言

このあいだから「預言」というヤヤコシイ言葉の話をしております。

預言というのは「預金」と同じ構造の語で、「神さまの言葉を預かる」という意味だ、その証拠には広辞苑に「予言」とは別に「預言」という項目を立ててそう説明してある、と言う人があるのですな。

どうも、弱りました。世に岩波信者というのはそんなに多くはないと思うんだが、広辞苑信者は実に多いのでありますね。

これが、ケッタイな連中がケッタイな話を信ずる、というのならよくある話なんだが、この場合はケッタイでない人がケッタイな話を信じているから弱るんだ。

この前申した文藝春秋編集委員の嶋津弘章さんは、幸いにも小生の話を聞いて、自分のまちがいをさとり、「予言」も「預言」もおんなじだ、してみれば日本語でわざわざ「預言」なんぞとまぎらわしい字を書く必要はまったくない、とわかってくれた人なんだが、「しかし、まともな人たちほど預言とは言葉を預かることだと信じている。なんでこういうことになっちゃったんだろう」とフシギがっている。

前回申したことを簡単にくりかえしておけば、「豫言」「預言」「予言」、どう書いても同じこと。豫と預と予とは同字です。

「豫」が本来の正字。「預」は豫の異体字で、あちら（中国）では昔からこの字を書く。今もそうです。「預想」「預報」といったふうに。

「予」は日本の戦後略字。現在の日本では戦後略字教育のために「予」だけしか知らず、「預」は「銀行預金」の預だから「預言」は言葉を預かること、とそう思いこんでいる人もすこしはあるんじゃないかと思う。ただしこれは少々ならず無知な人で、嶋津さんの言う「まともな人」の列には入らない。もうちょっとまともな人がそう思いこんでいるのは何故だろう、と嶋津さんはフシギがり考えこんでいるわけです。

ちょっと横道。本題からは外れますが、「異体字」というのも困りものですなあ。昔は人が手で字を書いたから、同じ字でもちょっとちがう字を書くことはいくらもあった。

手近なところで小生の姓高島の高の字。この上の「口」の字の所を、「髙」と書くことはむかしからよくある。小生も、その時の気分しだいで高と書いたり髙と書いたりまちまちです。

これが異体字ですね。発音も意味もちっとも変りはない。ただ字のデザインがちょっとちがうというだけのことです。何もたいそうな問題じゃない。ところが無知無学の者ほどこういうつまらないことをうるさく言い立てるのですね、

中国銀行――と言ってもチャイナの銀行じゃなくて岡山に本店がある日本の銀行なんだが、小生はむかし岡山の学校に勤めていたんで給料がこの銀行の小生の口座にふりこまれた。その惰性でいまでも本欄の原稿料がこの銀行にふりこまれている。この銀行がいったい何を根拠にしてのことか「お前のタカはハシゴダカだ！」と一方的に決めてしまって――そのハシゴダカというのがつまり「髙」ですね。なるほどハシゴに見える。――で伝票類はすべてハシゴダカを書かねばならず、「高島」なんぞと書こうものなら全部、廃棄、書きなおしさせられる。当の本人が、ぼくの高はふつうの高でいいんです、と言っているのに、他人の銀行屋さんが、「殿、それはなりませぬぞ！」と許さないんだからひどいよね。

おれは、ハンコは「高島」だし、役所でも郵便局でも学校でも「高島」で通してきて何ら問題ないのに、なんで中国銀行へ行った時だけ「髙」を書かないように細心注意せねばならぬのか。ばかばかしいから長年のなじみだけど他の銀行に乗りかえてやろうかと思っとるところです。

というわけで、「豫」「預」「予」は同じ字の異体である。うち予は日本の戦後略字。――つまり略字というのも異体字の一種なのである。たとえば「東条」は「東條」の略字であり異体字。「賣買」の賣を戦後日本で「売」と書くようになったがこれも賣の異体字であり略字である。まあ見苦しい略字を作ったものです。

さてそう言うと、賢明なる読者諸賢の間から二つの疑問が出てくるに相違ない。

一つは「豫」「預」「予」が同字の異体なのであれば、なぜ「銀行預金」のばあいは「預」でなければならぬのか、という疑問。

これは日本語の「あづかる」「あづく（あづける）」の千年以上にわたる長い歴史、および明治になって「預金」という言葉が誕生する経緯がかかわっていて話が長くなるので、次回以降ということにしましょう。

もう一つは、ホントに広辞苑には「『預言』は言葉を預かること」などと書いてあるのか、という疑問。

これは、一九九一年の第四版以後、「予言」とは別の「預言」の項のなかの「預言者」の説明として「神の言葉を預かり、他の人々に知らせる人」と本気で書いてあります。一九九八年の第五版になると「神の言葉を預かり、民に知らせ新しい世界観を示す人」と、いよいよ神がかり的に――もう国語辞典というよりどこかの新興宗教の布教文句みたいになっている。

だれが書いたのかわからない。ごぞんじのように広辞苑の編者は新村出ということになっているが、この人はとっくのむかしに死んでいて、広辞苑の説明は、いったいだれが責任をとるのかわからない、みごとな無責任体制になっております。

ところがここに、「よしきた、おれが責任をとってやろう」という英雄、つまりおっちょこちょいがあらわれた。それが二〇〇二年末に出た『明鏡国語辞典』（大修館書店）だ。広辞苑のマネをして「予言」とは別に「預言」の項を立て、こう釈してある。

〈【預言】ユダヤ教・キリスト教で、神によって超人的力を授けられた人が、神のことばを預かり、それを人々に語ること。また、そのことば。〉

はっきり、「預言」を「言を預かる」と釈している。ムチャです。そんな構造の語はない。もし、「預○」を「○を預かる」と釈し得る例――荷物を預かるのを「預荷」とか、金を預かるのを「預金」とか、会社を預かるのを「預社」とかいう例があったら示してもらいたい。それが国語辞典の責任だろうと思う。

（'06・6・29）

# 予想屋は神の使いか?

競馬の予想屋というのがいて、「こんどはぜったいこれだよ」と自分の予想を予言してまわっているがあまりあたったためしはないようで、そりゃそうだろう、半分もあたったらたちまち日本一の金持ちになる。

あの予想屋を、あの人たちは神の想念を予《あづか》ってひろめているのだ、などとまじめに言う者があったら人が笑う。予想はあくまで予想にすぎない。たいていあたらなくて当然だ。

イエス・キリストだのその師匠のバプテストのヨハネなどの、「もうじき世の終りが来るぞ」「お前たちは早く悔い改めないと神の処罰を受けるぞ」などと言いふらしてまわっていた連中もそうであって、まともな者たちから見れば単なる変人である。小生や小生同様の無信仰の者にとっては、中山みきも北村サヨもイエス・キリストも平等無差別、おんなじことである。

じゃなぜイエス・キリストはえらいのかというと、最大の恩人は総督ピラトだ、この人が死刑にしてくれたおかげで世界一の著名人になれた、と言ったのは正宗白鳥だ（「論語とバイブル」）。なかなか鋭いね。死刑にならなきゃせいぜい踊る神様クラスの一人で終るところだった。

なお、豫想、預想、予想、あるいは豫言、預言、予言等々、どの字を書いても意味は同じであることとこれまで再々言った通りだ。

ついでに――漢字二字からなる字音語はおおむね、①並列構造の語、②修飾構造の語、③動賓構造の語の三つにわけられる。

①はほぼ同意義もしくは反意義の語が並ぶもので、平和、健康、善悪、長短などがそうである。

②は上の語が下の語を修飾するもので、激戦（激しい戦い、激しく戦う）、惨殺（むごたらしく殺す）などがそうである。

③の「賓」は賓客つまりお客さま、客語、つまり目的語、オブジェクト。だから動詞とその目的語という形の語である。入学（学校に入る）とか殺菌（菌を殺す）とか。漢《カン》文《ブン》なら返り点がつく語である。

何万何十万という漢字二音の語はたいていみな右のどれかに属する。

豫想（預想、予想）は「前もってかんがえる、前もってのかんがえ」、豫言（預言、予言）は「前もって言う」で、みな修飾構造の語である。

「預言」を「言葉を預かる」と解釈がえしようというのはつまり修飾構造ととらえることをやめて動賓構造の語ととらえましょうというのだから、これは革命的解釈転換である。

そんなのありかね？

無論なしです。

広辞苑の話をしましょう。

前回申した通り広辞苑は、一九九一年第四版から「預言者」を「神の言葉を預かり、他の人々に知らせる人」とあからさまに動賓構造に解釈変更した。これは、競馬の予想屋を「神の想念を予《あづか》り他の人々に知らせる人」と訳しかえたにひとしいのだから大転換であり、ムチャクチャです。その「預言者」の項の解釈の前に、ごく小さな字で（nāb̠î，ヘブライ・nabī アラビア・prophet イギリス）と書いてあるから、ヘブライ語かアラビア語のnabiに日本語の「あづかる」に相当する意義があると言いたいのだろう。しかし日本語の「あづかる」の範囲は広くかつ漠然、変幻自在であって、日本人の感覚に密着した語であるから、それに相当する外国語のあるはずないこと、これも最初にのべた通りだ。

なお上智大学の『カトリック大辞典』（昭和三十五年　冨山房）が、さすがに「言を預る」とはしないものの、ややこしく屁理窟を並べ立てて「故に日本語訳で豫言者とせず、預言者と書く」と説教している。これも格好つけただけのダメ辞書。豫も預も同じことです。めんどうだから一々引用しない。

要するに各辞書は、何故明治の日本語訳が「豫言」でなく「預言」になったのかを事実に即して探究しようとせず、ヘブライ語やらアラビア語やらと無理矢理結びつけようとして醜態をさらしているのである。

もし日本語訳が最初からヘブライ語等々から厳密に訳したのなら、「預言者」などと変な訳にはせず、「夢遊神託者」とか何とかにしたはずだ。

広辞苑の話にもどる。

広辞苑は第四版から突如態度を変えたのではなく、従来ずっとアヤシゲであったのが、いわば最後の一線をこえたのである。

昭和三十年の第一版ですでに「予言」とは別に「預言」の一項を立て、そのなかにさらに「預言者」の項目を立てて「預言の力を与えられた者。」云々と書いている。当時こんなことをしている国語辞典はない。無論「予言」の一項があれば十分である。その第一版より六年前の新村出編『言林』（昭和二十四年　全國書房）が第一版と同一文言である。広辞苑の「預言」項目はすでに敗戦直後のその前身段階からあやしく、一九九一年にいたってそれを修正するどころか悪いほうへ一線をこえてしまったわけである。

広辞苑の第一版が出た昭和三十年、早くも「豫」「預」「予」がグジャグジャであったことを示す例があるのでお目にかけよう。この年に出た小塩力『聖書入門』（岩波新書）という本、著者は牧師である。

〈イスラエル民族の歴史においても、預言という一般現象はあった。それは精神的異常にもとづいて錯乱した言語活動をしたり、非合理的なかたちで将来に関するかと思われることをのべたりするのであった。（…）その狂熱的情況から、ヘブル語でナービーとよんだり、それが、しばしば歴史の将来にたいする予察のかたちをとる場合、ギリシャ語のあらわすとおりに「豫《プロ》……」という。これは、しばしば、個人および団体の異常心理を断面的に示す。〉

ナービーというのが「まもなくこの世の終りが来るぞよ」などとわけのわからんことを言う変な連中であることはよく書けているのだが、「豫」「預」「予」が同じことであることがわかってないため話の筋が無茶苦茶になった。預言者が予察するのを「豫…」という、のくだりなど、おちついて考えてみれば三つとも同じ字でよいことがわかりそうなものである。

（'06・7・6）

# キリスト教周辺のレベル

つらつらおもんみるに、現今の日本のキリスト教周辺には、どうも一流の人物が見あたらぬようですな。

ハッキリ言えば、利口な人はすくないように見うけられる。明治の基督者のほうがまだしもマシだったんじゃなかろうか。

小生知るかぎり、本を読んでみてもどれも程度が低い。この件、わかりやすくは聖書の翻訳を見ればよい。

大正初めにできた日本語訳聖書は、律動感もありイメージ喚起力もあって、日本語の文語文の一つの達成を示していた。

対して、ここ六十年ほどの間にできた数々の和訳聖書はどれもダメですね。どうダメか、興味のあるかたは丸谷才一先生の『日本語のために』をぜひごらんいただきたい。

一例をあげれば「イエスは言われた」なんて、まるでイエスが何か言われちゃったみたいじゃないか。

たしかに「言われた」は「おっしゃった」の意味をあらわし得る。しかし、工藤力男先生が言うように、この語は受身が優先するのである。「○○は言われた」は、たとえば「ヤーイ、弱虫」と言われた、のほうが優先するのだ。それを、神さまの言動もイエスの言動も全部「言われた」式、「れる・られる」をくっつけて尊敬表現としてあるのはいかにも感覚がにぶい。

田川建三という人がある。どういう人なのか、信者なのかどうかも小生知らないが、このかたに言わせると、日本の文人・作家にはさも聖書をよく読んでるような顔をして引用したがるのが多いが、みなまるでダメなのだそうである。ただ一人、遠藤周作だけは深く聖書を研究していて、敬服にあたいすると言う。

ところがその遠藤の『私のイエス』にこういうところがある。

〈預言者というのは、未来のことを予言するという予言者ではなくて、その字を見るとわかりますが、銀行にお金を預金する〝預〟と、そして、〝言〟という字を書きます。文字どおり、神の言（ことば）を預かっているという意味であって、けっして未来のことを予言するノストラダムスのような人を指《さ》すのではありません。〉

いくら田川センセが「遠藤は聖書の研究が深い」とほめたって、こりゃダメです。極力親切にとってやろうとしても、「銀行にお金を預金する」のと同じだと言うのなら、「神さまに言を預ける」になって、「神さまから言を預かる」にはなりませんよね。それにそもそも、聖書の原本に、「預ける」だの「預かる」だのと日本人特有の観念が出てくるはずがないことは再々申しあげた。

山本七平『聖書の常識』にこういうところがある。

〈「預言」という言葉も、他の多くの聖書訳語と同じように中国語訳の流用である。最近では「予」という字も使うが、「予」はあらかじめ、「預」はあずかるで、意味が違う。〉

右の文、前半は正しい。それだけに困る。つづけて読むと、中国にも「予」という字があり、また中国でも「預」は「あずかる」の意だと、読めてしまう。

筆者がそう思って書いているのだとしたら無知である。「予」は日本の戦後略字（正字は「豫」）であって中国にはこの字はない。また中国に「預」の字はあるが、それは日本の「予」と同じで「あらかじめ」の意である。「あずかる」なんて意はない。そもそも中国には「あずける」「あずかる」という観念がないことは最初に言った。

小生思うに、遠藤も山本も、日本の読者をだましてやろうと意図的に嘘を言っているのではなかろう。かと言って単純な無知でもない。ろくすっぽわかってないことを、わかったふうに自信たっぷりに言った結果のまちがいなのであろう。

最初、嶋津編集者と長島ライターが「えっ、ぼくも（わたしも）そう思ってました」と言った時、小生がこりゃまずいと思ったのは、両人のような誠実な人がそう思いこんでいるからには、彼らはその種の情報にとりかこまれている、と感じたからである。たまたまそのうちの二つ、遠藤と山本が小生の目に入ったまでで、まだまだ多数日本人が信用しそうな人物がそう言っているに相違ない。軽はずみに挑戦するとこっちがひっくりかえされる。腰をすえてかからねばならぬ。そう思って、いろんな方面からくどくどと申しているしだい。何とぞ御諒解くだされ。

国語辞典としては、広辞苑一九九一年第四版が「預言とは神の言葉を預かること」と開き直り、明鏡国語がその尻馬に乗っているのだが、それ以外の辞典ではもっと早いのがある。小生の知る範囲では小林珍雄《よしお》『キリスト教用語辞典』（昭和二十九年　東京堂）に左のごとくあるのが最も古い。

〈預言　①自然的方法をもってしては知り得ない将来の出来事をあらかじめ語ること。②神の言葉をあずかり、これを人々に伝えること。〉

これは遠藤や山本とはちがって、将来を語る「予言」も神の言を預かる「預言」もふくめて「預言」だ、と言いたいのであるらしい。

東京堂は約五十年にわたってこの辞典を出していたが最近になって絶版にし、かわりに高尾利数『キリスト教を知る事典』（平成八年）を出した。「預言」関係はこうある。

〈イスラエル・ユダヤの場合には、普通「預言」と訳し「予言」とは訳さない。そこでは神の言葉を預り、その時代の人々にその神の言葉を語るという現在的要素が重要だからである。〉

また、

〈もっとも、イスラエルの場合には、預言者があり、まさに神の言葉を預かる者として機能していたので、必ずしも天使は必要ではない。〉

一読不審である。調査不足である。しかしこの高尾という人は著書も多く、また法政大学教授としてキリスト教を教えているということなので、嶋津・長島両人のようなまじめな人が、奇妙な解釈——いやもう解釈なんぞとはとても言えない誤謬——を信ずるに至ったについては、遠藤や山本のような才子連よりも、むしろこの高尾のような一見もっともらしい学者に、主たる発信源があるのかもしれない。

（'06・7・13）

ありがとうございました

# オ、私の旦那さん！

多くの人が、「預言」の預は預金の預と同じだ、と思いこんでいる。その大部分が、だれかに「そんなことも知らないのか」と言われた屈辱の思いと共に、そう思いこまされたらしい。

しかしそれはまちがいである。

ひろくゆきわたり深くしみこんだまちがいであるようだから、あと四五へんもかけてゆっくり説きあかすつもりであったところ、急に本欄をあと数回で閉じねばならぬことになったので、預言の話も豫定よりすこし早めに打ち切ります。

よって以下はやや急ぎ足で——

日本の聖書の用語は、大部分、清《しん》代の漢訳（中国語訳）聖書の訳語をそのまま借用したものである。その漢訳のもとは英訳（欽定訳）である。明治の日本人聖書訳者たちにとって、ヘブライ語の原文などはまったく無縁のものであった。

その清代漢訳聖書は、当然のことながら全部漢字。たとえば馬太《（マタイ）》傳福音書第二章の冒頭なら、「當希律王時耶穌既生於猶太 伯利恒…」といったふうなものだ。

これを日本人がどんなふうに日本語訳したか。明治十二年「米國聖書會社」（在日米国宣教師団体）が出した邦訳を見ていただこう（なお、固有名詞符号、字の右横の―および‖は省略します）。

〈一當㆓テ希律王《ヘロデ》ノ時㆒ニ耶穌既ニ生㆓ル於猶太《ユダヤ》ノ伯利恒《ベツレヘム》㆒ニ有㆓リ博士數人㆒自㆓東方㆒至㆓テ耶路撒冷《エルサレム》㆒ニ

二曰フ生レテ而爲㆓ル猶太人之王㆒ト者ハ安クニ在ヤ蓋シ我儕在㆓テ東方㆒ニ曾テ見㆓ル其ノ星㆒ヲ故ニ來テ拜㆑ス之ヲ。

三希律王聞㆑テ此ヲ則懼ル擧㆓テ耶路撒冷㆒ヲ皆然リ。　四乃チ集㆔メ祭司ノ諸長ト與㆓ヲ民間ノ士子㆒問㆑テ之ニ

曰ク基督《キリスト》ハ當㆘ニ於㆓テ何ノ處㆒ニ生㆖ル。　五衆謂㆑テ之ニ曰於㆓セン猶太ノ伯利恒㆒ニ蓋シ預言者有リ此ノ録㆒云ク

六猶太ノ地伯利恒《ベツレヘム》乎《ヨ》在㆓テ猶太郡中㆒ニ爾非㆓ズ至‐小ナル者㆒ニ蓋シ將㆑ニ有㆘ント一君由㆓爾ノ中㆒出テ以テ牧《ヤシナ》㆗フ

「我ガ以色列《イスラエル》ノ民㆖ヲ矣。〉

どうですか、これが「日本語訳聖書」なんです。つまり本文は漢訳そのままで、その周辺に固有名詞の日本よみ、返り点、送りがななんかをびっしりとくっつけたものだ。これを書きくだせば一丁前の日本語聖書になる。「預言者」の語もちゃんと見えております。

こんなものを米國聖書会社が出した。ということはつまり、アメリカから日本へキリ

スト教布教に来た宣教師たちは、日本人にこれをすすめ、これで日本にキリスト教がひろまると思ったのだろうか？――いえいえとんでもない。アメリカ人だろうとイギリス人だろうと、宣教師はみなこんなのには大反対だったのです。

これは日本へ来た宣教師だけではない。世界中どこへ行った宣教師も、布教の目的はその地の一般民衆なんだから、聖書の翻訳は最も通俗な言語でやろうとした。

じゃだれがそれに反対したのか。日本の、若き、優秀なる知識人信者たちです。

吉野作造の「聖書の文体を通して観たる明治文化」にこんなおもしろい話がある。

――日本の若い信者とアメリカの宣教師とがいっしょに祈禱会に列した。日本人信者は英語でOh! our Lord in Heavenと言った。しかるに隣のアメリカ人宣教師は大声で「オ、私の旦那さん！」と叫んだので、日本青年は笑いをかみころすのに苦労した、と。

むかしから宣教師はみなまじめで熱心だから、懸命に勉強して日本語はできる。しかし日本語の習慣や気分はわからない。「旦那さん」ではとても天にまします神に呼びかける語にはならない、とか、日本語では目上の人に呼びかけるのに「わたしの将軍さん」「わたしの奉行さん」などと「わたしの」をつけることはない、とか、そういう習慣や気分に関することは、宣教師にはわからない。日本の信者の助けが要る。その日本人が「俗語ではぜったいダメです」とがんばったんですね。

明治の日本人にとっては、キリスト教は、西洋近代の先進文化なのである。今とはちがう。汽車や電信や、あるいは法学や医学と同じく、これから日本が西洋文明を摂取し、世界の先進国に列するために、学んでゆかねばならぬ文化だった。

そして、ここがだいじのところなのだが、まさしく丸谷才一先生が言う通り、「明治の人々にとつては、西洋近代的な内容は漢語でしか表現できないものであつた」のだ（『桜もさよならも日本語』）。

日本人は従来、知的なこと、高級なことは漢文でやってきた。こんど西洋の知的なことがらを学ぶことになった。それを日本語に直すとすれば、ふつうの日本人がふつうの日本の生活のなかで用いている「わたしの旦那さん」式じゃダメ。やるとすれば漢文式だ。

「生《ウマ》レテ猶太人《ユダヤビト》ノ王《ワウ》ト爲《ナ》ル者《モノ》ハ安《イヅ》クニ在《アリ》ヤ、蓋《ケダ》シ我儕《ワガトモガラ》東方《トウハウ》ニ在《アリ》テ曾《カツ》テ其《ソ》ノ星《ホシ》ヲ見《ミ》ル、故《ユヱ》ニ来《キタリ》テ之《コレ》ヲ拝《ハイ》ス」でなきゃ近代文明にならん。「生れながらにしてユダヤ人の王という人はどこにおいででしょう。いや実は手前共こないだ東の方でその星を見たんで拝みに来たんでござんすがね」じゃまるきりありがたみがない、というのが明治人の西洋文化移植観であったわけだ。

この「第一英語有難や、そのつぎ漢文有難や」教は百数十年後の現在も健在で、小生はもうこれが大の嫌い、事あるごとに英語と漢文を攻撃し、特に漢文は一日も早く抹殺しろと叫びつづけているんだが、いかんせん多勢に無勢、なかなか消えてくれまへんなあ。

というわけで右引用のなかにもprophetの漢訳として「預言者」が出てくるが、もちろん当時の日本人はこれが「豫言者」の異体字（つまり予言者）であることは百も承知二百も合点。預金の預と同じだよ、なぞと言うやつは一人もいなかったのだが、その後だんだん、この国には頓珍漢が多くなってきたんですなあ旦那さん。

明治期は宣教師の通俗語路線と日本人の漢文脈路線とのせめぎあい、そのなかから、双方ともこれならなんとか手を打てる、というところでかの大正訳が生れた。これが名訳であったことは、以後作家たち（たとえば芥川龍之介、太宰治など）がしきりに聖書を作品中に引きはじめたことが証明している。つばぜりあいが生んだ名文である。のんべんだらりと甘えてたんじゃ戦後の口語訳みたいなたるんだのしかできない。

いっぽう漢訳の本家本元支那では、そのあとすぐprophetの訳を「先知」と変えた。現在にいたるまでずっとそうです。これは、事柄がおこるより先にそのことを知る人、という、実にまぎれのないいい訳語だ。

なお動詞prophesyは訳語「預言《イーイエン》」（前もって言う）のまま。これも何らまぎれの餘地はありませんね。

（'06・7・20）

## あとからひとこと――

大正の初めから昭和の末まで、日本語の聖書と言えば大正訳であった。数々の名言名句が人々に広く知られている。「求めよ、さらば与へられん」「人の生くるはパンのみに由るにあらず」「空の鳥を見よ、播かず、刈らず、倉に収めず」等々と。「目からウロコ」なぞ、もうすっかりなじんで日本の慣用句みたいだが、聖書の文句なのですね。

この大正訳聖書で、「預」の字がどういう意味に用いられているか、横浜市の小松高暢さんが調査してくれた。これは盲点でした。ここに目をつけた小松さんに小生心から敬服しました。すべて「あらかじめ」「前もって」である。小松さんがあげてくれた例をお目にかけましょう。

①イエスを売る者、預じめ合図を示して言う「わが接吻する者はそれなり、……（マルコ十四）

②我が体に香油をそそぎ、預じめ葬りの備をなせり（同）

③キリストの苦難を受くべきことを預じめ告げ給ひしを、（使徒行伝三）

④斯く成るべしと預め定め給ひし事をなせり（同四）

⑤聖書の中に預じめ御子に就きて約し給ひしものなり（ロマ書一）

⑥神の預じめ定め給ひし契約は（ガラテヤ書三）

⑦御旨によりて預じめ定められ（エペソ書一）

これらは、聖書にあまた出てくる「預言」「預言者」の最高の注釈である。「預」は「あらかじめ」ですよ、「預言」は「あらかじめ言う」「預言者」は「あらかじめ言う者」ですよ、と、明白に語っている。

大正訳聖書の「預言」には、「言を預る」という幼稚滑稽な、あえて言えばゴマカシの解釈はなかった。この解釈が出てくるのは昭和戦後である。口語訳聖書（日本聖書協会）が出たのは昭和二十九年。その同じ年に小林珍雄編『キリスト教用語辞典』が出ている。このころに、「預言」を「言を預かる」とよむ、という珍妙な解釈が発明され、宣伝されはじめたのだろう。

# 預金はいつからヨキンになったか？

いまでは日本人の多くが銀行に預金口座を持っていてそこから光熱費等を支払ったりしているが、この「預金《よきん》」は存外新しく、明治の三十年代、つい百年ほど前にできた言葉らしい。

ところが漢字で書いたら同じ「預金《あづけきん》」「預金《あづかりきん》」となるとこれは室町の末期ごろにはもうあって、江戸時代にはさかんに用いられていた。

意味の点では、預金《あづけきん》と預金《あづかりきん》は聞けばだれでもわかる。

預金《よきん》はわかりにくい。「顧客が銀行に預けてある金と、銀行が客から預かっている金と、両方あわせて預金《よきん》です」と言われてもなあ。指すものは同じで金の方角が逆なんだから、そんなの両方あわせるなよ、と言いたいよね。

野尻昌宏君が、明治二十三年一月に第六十二國立銀行が作った『日用便覧』を見つけて送ってくれた。

目次、見出し、時には本文のなかにも「預金規則」「定期預金規則」「當座預金通帳」などの文字が見える。早トチリの人はこれを見て明治二十年代初めにはすでに「預金《よきん》」という言葉があったと思いかねないが、前後をていねいに読めば、「諸預り金規則」「當座預り金規則」「當座預け金を爲さんとするものは……」「…當座預けを蓄積せんとする者は本行より當座預金通帳を渡すべし」「當座預け金は……」「……定期預けを爲さんとする者は左の規則に依て預り金を爲すべし」等々とあって、「預金」はすべて預金《あづけきん》か預《あづかり》金《きん》であることがわかる。預金《よきん》という言葉はこの時期まだない。

おもしろいのは、同じ金が客にとっては「預金《あづけきん》」、銀行にとっては「預金《あづかりきん》」、とハッキリしていることだ。対して「預金《よきん》」という言葉は、何かのまちがいではないかと思うほどアイマイである。


日本国語大辞典には「預金」を含む語や用例が数多く集められているが、よほど粗雑な人間のやった仕事らしくまったくアテにならない。

たとえば「とうざよきん【当座預金】」の項に、用例としてなんと明治十一年刊『英和記簿法字類』のCurrent depositの訳語「当座預金」を引いてある。ばかばかしい。こんな早い時期に「預金《よきん》」があるものか。無論これは「当座預金《あづかりきん》」である。

しかも「とうざあずかり【当座預】」の項には明治二十三年の貯蓄銀行条例を引いてあり、その条文には「…当座預りとして引受るときは」云々とある。「とうざよきん」の項との矛盾を感じなかったのか。

「よきん【預金】」の項には明治二十三年の勅令の文「朕預金に制限を置き」云々を引いてあるが、これも「よきん」ではあり得ない。

「よきんこぎって【預金小切手】」（銀行が取引先の依頼により自行を振出人・支払人として振り出した信用度の高い小切手）の項に、明治三十年の時事新報の記事を引いてある。

〈小切手の文字は必ず在来の墨を用ふる様各得意先に注意したるが、右は預金小切手のみならず、一般の手形に応用すべき事なるべく〉

さあ、これは何だ。

小生は「預金《あづかりきん》小切手」だと信ずる。

では「預金《よきん》」という日本語はいつできたのか。それがわからない。まあだいたい日露戦争の前後くらいから、たとえば客にとっての当座預金《あづけきん》、銀行にとっての当座預金《あづかりきん》を、双方通用で「当座預金《よきん》」と言うようになったんじゃないかしら、というのが小生の推測です。

預言の預は預金《よきん》の預だ、とキリスト教の人は言うが、どこが似てるんですか？　だいたいあとからできた言葉で前からある言葉を説明しようというのがアヤシイじゃないか。「預言」は十九世紀中葉にはすでに確かにあった支那語で、まだ起らぬことを予知して言うことである。「預金《よきん》」は二十世紀になってできた日本語で、預金《あづけきん》と預金《あづかりきん》とを一語にしたものだ。まるで似てない。

日本語の「あづかる」に「豫」の異体字「預」の字をあて、いまのような多岐複雑な意味に用いるようになったのは何ゆえか。

もともと「あづかる」は物事に参与することである。漢字「豫」には「かねて、前もって、あらかじめ」の意と、参与の意とがある（だから参与は参豫、参預とも書く）。物事に参与すると、それが人にかかわる事件であれば、重要人物の身柄を一時引きうけて保管することにもなる。それを「身柄をあづかる」と言う。それが役職や地方政治にかかわることであれば、「播磨国をあづかる」などと言う。

何度も言うように「豫」と「預」とは異体字で発音も意味も同じなのであるが、日本では、「あらかじめ」「前もって」のほうはもっぱら「豫」を用いて「豫てより」（かねてより）などと書き、参与のほうはもっぱら「預」を用いて「身柄預り」「国を預る」などと書くものだから、「豫」と「預」とは別の字みたいな印象をあたえることになった。

それから、「予」の字は一人称としてはむかしから使われていた。「予は満足じゃ」といったふうに。

しかし日本人は、手紙など手早く書くものでは「豫」を略して「予」を書くことが多かった。「予定」「予想」といったふうに。

戦後はその略字「予」が公認されて、「豫」は消えてしまったようなあんばいになったわけである。

いっぽう中国のほうでは、あらかじめ、前もっての「豫」も、参与の「豫」も、もっぱら異体字「預」が用いられた。ただし「豫」が参与の意に用いられることはあまりなく、ほとんどのばあい、あらかじめである。

だから英語のプロフェシイやプロフェット、事がおこる前にそれがおこるべきことを予知することや予言する人を「預言」「預言者」と訳したのに何の不思議もなかった。

明治初めの日本人が、漢訳聖書の訳語を忠実にわが国に移植したのは前回見たとおりだ。「預言」「預言者」は異体字のまま日本語訳聖書に持ちこまれた。

この段階で、せめて正字にもどして「豫言」「豫言者」としときゃ何の問題もなかったんだけどね。

何しろ日本人は「豫」（予）と「預」とは別の字だと思ってるものだから、ゴジャを言う人があらわれ、ひろがっちゃったわけです。

（'06・7・27）

# メロメロ

つい先日、講談社のPR誌『本』七月号で、ある作家（かりにT氏）のこんな文章を見て「ああやっぱり」と感慨にふけった。

〈それからだいぶたって聖書を読んで、ノストラダムスのような「予言者」ではない、神の言葉を預かって語る「預言者」という言葉に出会ったときに、わたしはそのときのYの顔を思い浮かべずにはいられなかった。〉

筆者の名をイニシアルだけにしたのは、いまの作家ならば他のだれであってもこう書くのであろうからだ。そして作家たちがこんなふうに書いたら、一般の人たちが、預言の預は預金の預、と思うのも無理はないんだなあ、と感慨にふけったのである。

いつからこうなったのだろう？

そのことを考える前に、『大言海』（昭和十年　冨山房）の「よげん」の項の説明が実にうまいので御紹介しておこう。こうである。

〈よげん（名）豫言 預言 預メ推シ量リテ言フコト。カネゴト。〉

「よげん」の漢字表記は二様ある。うち「豫」がアラカジメの意であることは周知であるから、「預」でも同じことですよ、と「預メ推シ量リテ」と預の字を出して、これもアラカジメであり豫と預は異体字の関係にあることを示しているのである。うまいでしょ？

いま出ている国語辞典でこれをひきついでいるのが三省堂の新明解国語辞典である。左のとおり（記号や例文を多少省略する）。

〈よげん【予言】〔「予」は「預《アラカジメ》」の略字〕未来を予測して言うこと（言葉）。
表記 キリスト教やイスラム教などで神託を指す場合は、「預言」を専用する。〉

最初の注釈がちょっとわかりにくい。〔「予」は、「豫《アラカジメ》」の略字で、「預」を書いても意味にかわりはない〉とでもすればややわかりやすいであろうか。

しかし、現在では大多数の国語辞典が「予言」と「預言」とを別の語として立てているのと比較すれば、卓抜であり、立派である。ぜひ引きくらべてごらんになってください。

平凡社世界大百科事典の一九七一年（昭和四十六年）発行の版に「予言」（棚瀬襄爾執筆）「予言者」（左近義慈執筆）の項がある。「預言」の字はどこにも見えない。

特に棚瀬氏の解説は小生いたく感心したので、引いてお目にかけましょう。ただし長いので前半のみ。

〈よげん　予言　神につかれて未来の事件を述べること。（…）未開社会や民俗信仰の予言の形態として最も多いのは、恍惚《こうこつ》忘我の境地を伴なって行われる予言である。予言者は神につかれた人であり、神の言を語る人であり、神のつよい手につかまれた人である。神の憑依《ひょうい》は求めずして起る場合と、求めて起る場合とがある。前者の例は子どもが癲癇《てんかん》を起して口ばしることを予言とみる場合などであるが、後者の適例はシャーマニズムの場合である。すなわち楽器のリズム、薬物の使用、踊りなどによって忘我の境地に達し、神と融合して神意を語るのである。シベリアや満蒙にも多いが、《旧約聖書》のバールの予言者、フェニキアやギリシアの予言者など近東や古代の西洋にも多かった。〉

ところがその翌年、一九七二年の版になると、解説の文章はすこしも変らないのに漢字だけが変る。実に不思議な現象である。

右に引いた「予言」の項の見出しは、「よげん　予（預）言」になった。引用した文章のうちおしまいの部分は、「《旧約聖書》のバールの預言者、フェニキアやギリシアの予言者など……」になった。

同種の人として列挙しているのに、バールの予言者は聖書の登場人物だからとて「預言者」になり、フェニキアやギリシアの予言者はそのまま、というのは何とも奇妙なことではないか。執筆者が一年のあいだに考えが変って自分でやった変更、ということは有り得ないだろう。

左近氏執筆の「予言者」は項目が「よげんしゃ　預言者」と変り、解説文中にあまた出てくる「予言者」は一つ一つたんねんに「預言者」に書きかえてある。

いったい、一九七一年と七二年とのあいだに、平凡社の世界大百科事典に何があったのだろう?

小生一九七〇年前後のころの国語辞典は一つも持っていない。で、英和辞典をのぞいてみました。無論これも、いくらも持ってはいないんですが——。

まず三省堂ローレル英和辞典の一九六八年版七〇年七刷が一番問題の時期に近い。

〈prophecy 予言（する力）。

　prophesy 予言する。

　prophet 神意を伝える人、予言者。〉

すべて「予言」だけで「預言」は出てこない。

小学館プログレッシブ英和中辞典第3版、一九九八年版九九年三刷（すみません三十年もとんじゃって）。この段階になると「予言」と「預言」がゴチャマゼに出てきて甚だややこしい。部分的に引きます。記号等適宜縦書き式に改める。

〈prophecy　1予言すること、予言。2預言、〔神の〕お告げ、神託。

prophesy　…を予言〔予報〕する、…を〔神の啓示などにより〕預言する。

prophet　1預言者、神意の代弁者。5〔一般に〕予言者、予報者、《俗》〔競馬の〕予想屋。

prophetic　1予言〔預言〕者の〔に関する〕。2予言〔預言〕の、予言〔預言〕する力〔機能〕を持つ。3予言する、〔…の〕前兆となる。〉

これはもう、メロメロ、と言っていいでしょうね。

もとの英語は一つだのに、それを日本語のほうで「予言」と「預言」とに訳しわけている。そして「予言」は将来おこる事柄を前もって言うことであり、「預言」は神の言葉を預かることであって、まったく別の言葉です、というのだろうが、肝腎の英語が一つであることがそれを裏切っている。

だれがこんなメロメロにしたのか小生知らない。ともかく一九七〇年代初めごろからメロメロになったと、今のところ推測いたしております。

（'06・8・3）

# 茂吉の自作朗吟

小欄を終るにあたって、文藝春秋取締役の平尾隆弘さんが録音テープ『現代歌人朗読集成』（昭和五十二年　大修館書店）をプレゼントしてくださった。

平尾さんは十一年前の本誌編集長、小生にこの連載コラムを書くよう声をかけてくださり、その上「お言葉ですが…」というタイトルまで発案してくださったかたである。

いえ、それまでは何も関係がない。小生平尾さんのお名前を知らないのはもとより、『週刊文春』という雑誌も意識になかった。週刊誌と言えば週刊朝日とサンデー毎日の名前を知るのみで、そのほかにもいろいろあるようだ、くらいの観念しかありませんでした。

で急にお声をおかけいただいて、オレみたいな怠け者が、毎週一本原稿を書くなんてことできるわけないよな、と大いに尻ごみしていたところ、ある人から「東京には週刊文春にコラムを持ちたい人が五百人いる」と聞かされ、「えっ、ほいじゃ書く」と風むきが変った。なにしろ単純なんです。

「まあ一年くらいならなんとかネタがつづくんじゃないか」とおっかなびっくり始めたのが、思いがけず十一年にもなった。ひとえに読者の皆さまがくださったお手紙のおかげである。でなきゃ心細くって、とてもつづくものではなかった。

その平尾さんがくださった『現代歌人朗読集成』は著名歌人が自分の作をよんだのを録音したテープで、全部で四本ある。うち三本は昭和五十二年の録音。当時存命した、あるいは活躍中の歌人、土岐善麿など二十四人が自作を朗読している。

おしまいの一本はそれより約四十年前、昭和十三年に、当時存命あるいは活躍中の歌人、佐佐木信綱など九人の自作朗読録音、これが値打ちものだ。よくこの時期にこんな企画を考え、実行した人がいたものである。

朗読、と一口に言うがそのよみかたは人によりさまざまだ。概して、古い人ほどフシをつけてよんでいる。そのフシは百人一首のよみ手に類する。百人一首のよみかたが各家庭それぞれちがいながら共通する調子があったように、各人の自作のよみかたも、ある程度似ていながら各個まちまちである。

若い人ほどフシをつけないでよんでいる。しかしその調子もまたそれぞれにちがう。

非常におもしろい。ただし、最初聞いた時は、小生はダメだった。なんだか三十数名の歌人が男女とも総員すっぱだかで突如目の前に出現したような感じで、聞いているこっちがこっぱずかしくなって参った。

くりかえし聞いているうちにだんだんおもしろくなり、やがては、紙に活字で印刷した歌なんかメじゃない、というほど興味津々になってきた。そりゃそうです。その歌を作った当人が出てきてよんでくれるのだもの。


最も特色あっておもしろかったのは與謝野晶子ですね。これは巫女《みこ》さんが御簾《みす》のなかから神託を告げているような声、調子だ。昭和十三年に與謝野晶子は六十くらいで、いくら昔だってまだ化けるほどの年ではないんだが、もともと神女的傾向のある人だったんですかね。

戦後のテープでは葛原《くずはら》妙子が不思議な声と調子を出す。神か狐に取り憑かれたもののごとく恍惚として、途中歌いたくなるとやおら歌い出す。昭和五十二年現在年七十。この二人が両女神であり老女神ですな。

テキストはついているのだが小生は見なかった。テキストなんか見るのもったいない。だからわからない歌はいっぱいある。

「えっ何でこんなところに妾宅が出てくるの？　それとも沼沢かなあ」

「わっ死相とはすごい。いやもしかしたら思想かな？　それとも志操？」などと考えながら聞いていると実に楽しいのですね。

一番うれしかったのは斎藤茂吉の声を聞けたことだった。

想像通りである。正直で重々しく厚みのある声。イ列音とエ列音がやや近い発音。想像していた声と、実際の声とがこんなにぴったり一致したのは初めてだ。

歌のよみかたは棒よみに近いが、そこにおのずからリズムがあり、一首一首のおしまいのとめがいさぎよくきっぱりしてここちよい。

北杜夫さんは子供のころこれをお聞きになったそうで、「或る歌人は子供心にも、なるほどこれが和歌の朗吟というものかと思えるほど達者にやるのに、父のレコードはただぶっきら棒に、ときどき間をおいて読みあげるといった調子で、いかにも下手糞と思われ、私たち子供は笑いあったものであった」（『青年茂吉』）と書いていらっしゃるが、小生にはこのほうがずっと重厚でりっぱに思えました。

北さんはまたこう書いている。

〈父は吹きこみが決ってから、わざわざ人気のない明治神宮へ出かけて行って、朗詠の練習をした由である。（…）一つには物事に熱心になる性《たち》と、それよりも大きな理由は、自分でもやはり自信がなく心配で堪らなかったのではあるまいか。なお昭和十三年九月二十九日の日記に、「……カヘリ来テ、松澤大平氏迎ニ来テ、コロムビアレコド会社ニユキ、十二首吹込ンダ。変ナモノデ失敗也。コンナコトヤルモノニアラズ」との記述がある。〉（『壮年茂吉』）

実際のレコード（したがってテープも）は九首である。何らかの理由で三首は入らなかったらしい。

その九首はもちろんみな茂吉自身が選び出した自信作であるに相違ない。第一首は「ゆふされば大根の葉に降る時雨いたく寂しく降りにけるかも」で、だれも文句のない秀作。小生これの茂吉自筆の拓本を持っている。第二首は小生の最も好きな長崎の作「朝あけて船より鳴れる太笛のこだまはながし並みよろふ山」。

途中とばして最終第九首は、「ガレーヂへトラックひとつ入らむとす少しためらひ入りてゆきたり」。

技巧の極致、天成のごとき無技巧の境地に至ったのがこの作で、やはり茂吉も自信作であったのだ。

しかし、声で聞いてみると、これはあまりにもひっかかりがなくて興趣にとぼしい感じがする。

たしかに、文字で読んだほうがいい作品、というものもあるはずだ。戦後の沈鬱な作品群もそうだろうが、こういう天成の作もまたその類に入る、と思ったことであった。

（'06・8・10）

# ありがとうございました

ある人がアメリカの大統領にたずねた。

「二時間の演説をしてくれと言われたら?」

大統領曰く「今すぐできる」

「三十分の演説なら?」

「すこし準備の時間が要るね」

「では五分の演説では?」

「半日かけてよく考え、十分に用意しなければできない」

つまり短い演説ほどむづかしいということだ。

これは文章でも同じことなのだが、世間には、短い文章ほど書くのに時間がかからないはずだ、と思っている人もある。

小生は根っからの関西者だから、文章もおしゃべりで冗漫である。マクラがあってしょっちゅう横道にそれて……が本領で、簡潔なひきしまった文章なんか書けもしないし、書きたいと思ったこともない。

当欄の分量はこの十年餘の間にだいぶ短くなった。古い週刊文春をごらんになればわかるが、二度にわたって字が大きくなったのである。

字が大きくなれば一行の字数もへるし一段の行数もへる。当然一篇の分量も短くなるわけである。

冗漫派の小生苦しがって担当編集者に「左端の細長い広告をどけてくれ」と要求し、「それは無理です」とことわられると、「題字を小さくしてくれ」「挿絵を小さくしてくれ」と難題をふっかけたものであった。大統領がギャグも愛嬌も入れたいのに「時間は厳密に五分以内」と言われて「せめて六分くれえ」と泣きわめいたみたいなものかな？

十年以上、さんざん御迷惑をかけた担当編集者諸君におわびとお礼を言いたいなあ、と最後の担当柚江章君に言ったら、大奔走して部屋を用意し、歴代の担当に声をかけ、小生の大好きなブルーマウンテンコーヒーその他の飲物、おつまみ、お菓子などを豊富に用意してくれた。出版の照井さん、イラストの藤枝リュウジ先生などもかけつけてくださって、にぎやかな楽しい会になった。

話を聞いてみると、担当者にかけた迷惑にもいろいろあることがわかりました。

最初期の大川繁樹さんに十年ぶりに会った。いまでは『文學界』の編集長なのだそうだ。その大川さんが「JISがしつこく文句を言ってきたのは厄介だったなあ」と言う。そう言えば当時、JISの類推漢字（いわゆる拡張新字体）をだいぶ批判した（『お言葉ですが…』第二冊「JISとは何者だ？」）。それに文句をつけてきたのだそうである。大川さんが一人で対応してくださったよしで、小生は知らなかった。

六代目の山崎淳君の話。

夏、信州の小生山小屋へ遊びに行き、いっしょに温泉へ行った。湯ぶねにつかって、小生がきげんよく話を始めた。その話がえんえんとつづき、温泉に慣れぬ山崎君はのぼせて目がまわり出したが、小生ちっとも気づかず平気で話をつづける。話途中であがるわけにもゆかず「あんなに困ったことはなかったなあ」とのこと。担当を困らせたのにもいろんな場合があったのですねえ。

みんなこまかいことまでよく記憶している。

島津久典君の話。——新聞のスポーツ面で程度の低い記者が、監督が選手を叱るのを「ゲキを飛ばす」と言うのはお笑いだ、と小生書いた（第三冊所収「『ゲキトバ』新説」）。ところが週刊文春のその号のスポーツ記事に、その語その使いかたが出てきたには弱った、と。

稲田勇夫君が、葉隠《はがくれ》の「誰が弱虫侍を切ったのか」がペンディングのまま残りましたね、と言う。そうそう忘れていた。

浅草で町人と喧嘩してボロボロに負けて帰ってきた武士が、屋敷で「手足叶はず、そのまゝ切り捨て」になった、という話を紹介した（第八冊「あとみよそわか」）。そうしたら、「誰が切ったのですか?」と読者から質問が来たので、それで一ぺん書こう、ということになった。

この時は、葉隠の注釈本をありったけ集めたり、九州の葉隠研究団体に問いあわせたりしたが、結局誰が切るよう命じ誰がそれを実行したのか、本文にもどれば「手足叶はず、そのまゝ切り捨て」とはつまりはどういうことなのかがわからず、疑問のまま残ってしまったのである。

全員が異口同音に「こわかったなあ。よく叱られたなあ」と言うのにはおどろいた。その具体例を聞いていよいよおどろいた。

たとえば、電話で最初に「お疲れさまでございます」とあいさつすると「疲れとらん!」とどなるのだそうである。「お世話になっております」と言うと「何も世話してない!」だそうだ。「あいさつの言葉がないよなあ」とぼやくのも無理はない。あきれかえったジジイだ。当人すこしも気がついてなかった。ここにまとめておわびいたします。

読者から手紙がたくさんとどくのが一番うれしかった。

そのピークが二度あって、どちらも担当は佐藤洋一郎君の時期だった。一度は「赤鷲」、一度は「植うる剣」である。いずれも第六冊所収。だからこの第六冊には佐藤洋一郎という名前もよく出てくる。

「赤鷲」の件というのはこうだ。

戦争中の歌「加藤隼戦闘隊」に「翼《よく》にかがやく　日の丸と　胸に描きし　赤鷲の」というくだりがあり、小生が「飛行服の胸のマーク」と書いたところ「飛行機を隼《はやぶさ》にたとえてその胴体を『胸』と言っているのだ」というお手紙を多数ちょうだいした。これがきっかけで加藤隊と加藤建夫《たてお》隊長のことを、来信をたよりに五回も書くことになった。

もう一つは「荒城の月」の二番「植うる剣《つるぎ》に照《て》りそひし」の意味。これはあまりに諸説紛々なのでとうとう小生が投げ出してしまったこと、本をごらんいただければわかります。

なにぶんにも筆者が無力なので、徹頭徹尾読者来信が頼みの綱であった。そのお手紙は十一年分全部とってある。全国各地のかたのなかには、何十回も手紙の往復をしたり電話で話したりしながらいまだに顔を知らないかたもある。米子の元陸軍士官宮下さんと鹿児島の海軍士官岩元さんには会いに行った。

　東京周辺のかたがたは小生もふくめたグループができて、春と秋、小生上京のたびにいっしょに公園めぐりをしております。

　担当および読者のみなさま、ほんとにありがとうございました。

（'06・8・17／24）

# あとがき

一九九五年の春に船出した「お言葉ですが…」は、十一年後の二〇〇六年夏にいたるも依然順調航行、書くことはいくらでもあるし、当然まだまだつづくもの、と筆者勝手に楽観していたら、突然中止の通告を受けた。

「読者のみなさまがお手紙をくださっているあいだは大丈夫、やめさせられることはない」と言い言いし、実際そう思っていた。その読者来信はとぎれることなく来ていたのだが……。

「なんでやめさせられたんだろう?」と以後考えつづけている。

週刊誌連載の一年分が単行本一冊になる。これは十年十冊つづいた。最後の一年分の一冊を作ってやろう、と連合出版の八尾正博さんが申し出てくださったのでお願いすることにした。

どちらにしても最後の一年分は本の形にまとめるつもりであった。その本の自分なりのイメージもできていた。——一、自費出版ないし事実上自費出版で出す。二、第十冊まではまったく体裁のことなるものにする。ソフトカバー。表紙は「お言葉ですが⑪」とそっけない活字体の題のみ、等々。三、値段はつけるとしてもうんとやすくする。

四、部数はせいぜい五百部。
つまり、版元には初めから損になるにきまっている本を出してもらい、その損は全額著者が負担する、という心づもりであった。

ところが出版を申し出てくれた八尾さんがこの方針にあまり賛成でない。

そこへ兵庫県太子町立図書館長の小寺啓章さんから「十一巻目は、必ず今までと同じ形で出してください」と手紙が来た。

小寺さんは日ごろから種々お世話になっているかたである上に、本に関しては最も信頼すべきプロである。

「小寺さんからこんな手紙が来たよ」と八尾さんに知らせたら、「ぼくも初めからそのつもりでした」との返事。こちらが体裁について注文をつける前に、さっさと藤枝リュウジさんに表紙の絵をお願いしていた。

結局、すっかり八尾さんにおまかせすることにした。餅は餅屋だ。著者はギヴ・アップである。

八尾さんは、全十一冊の通巻索引をつけてくれた。

これには由来がある。すでに第七冊か八冊くらいの段階から八尾さんは通巻索引を作ってくれ、筆者重宝していた。

通巻索引は、「あれはどこに書いてあったっけ?」とさがす際に、しごく便利なものである。どうぞ御活用ください。

本文の校正と通巻索引をつくる実際の作業は原田雅樹さんがやってくださった。

八尾さん、原田さん、それに従来の版元の手をはなれた『お言葉ですが…』のためにこころよく表紙をかいてくださった藤枝リュウジさんに、お礼を申しあげます。

二〇〇六年十月

高島俊男

# 『お言葉ですが…』通巻索引

## 第1巻〜第11巻

＊索引の丸数字（①、②、③、…⑪）は巻数を、それに続く数字はその巻の篇番号を表します。

＊篇番号は単行本（①〜⑩は文藝春秋刊、⑪は連合出版刊）・文庫版（①〜⑩は文春文庫、⑪は本書）目次に番号をふったものです。
各巻の目次（篇番号）は以下の一覧表をご覧ください。

**例**

戦後略字　②51, ⑪53
第2巻の第51篇　および
第11巻の第53篇

＊索引に収録した事項・人名・書名などは、原則として当該箇所で何らかの言及、紹介がなされているものを選びました。その言葉をすべて拾い出したものではありません。
＊第3巻（索引内表記③）は第37篇が文庫版未収録のため、単行本と文庫では第38篇以降篇番号に異同があります（単行本第38篇→文庫版第37篇、以降同）が、本索引には単行本版の篇番号のみが記載されておりますのでご注意ください。

# 第1巻目次

# 第2巻目次

## 第3巻目次（㊫は文庫版篇タイトル）



＊「37　ぶしょうひげ」は文庫版には収録されていません。

## 第4巻目次

## 第5巻目次（㊋は文庫版篇タイトル）

# 第6巻目次

# 第7巻目次

# 第8巻目次

# 第9巻目次

# 第10巻目次

## 第11巻目次（㊫『「最後の」お言葉ですが…』）

## 【あ】

【い】

【う】

## 【え】



## 【お】

## 【か】

## 【き】

## 【く】

## 【け】

## 【こ】

## 【さ】

【し】

## 【す】

## 【せ】

【そ】

## 【た】

【ち】

## 【つ】



## 【て】

## 【と】

## 【な】

## 【に、ぬ、ね、の】

## 【は】

【ひ】

## 【ふ】

**【へ】**

【ほ】

## 【ま】

## 【み】

【む】



【め】



【も】

## 【や】

【ゆ】



【よ】

## 【ら】



## 【り】

## 【る、れ、ろ】



## 【わ、を】

本書は二〇〇六年、連合出版より『お言葉ですが…』第11巻として刊行された。文庫化にあたりタイトルを変更しました。

「お言葉ですが…」は「週刊文春」にて一九九五年五月四・十一日号から二〇〇六年八月十七・二十四日号まで連載され、文藝春秋より単行本・文庫各第1巻―第10巻が刊行、連合出版より第11巻の単行本が刊行されました。本書のタイトル「最後の」は「週刊文春」連載最後の五十八篇、の意です。

連載終了後、著者が各紙誌に執筆したエッセイが、連合出版より『お言葉ですが…』別巻1―7（二〇〇八年―二〇一七年）として刊行されています。

ちくま文庫

「最後《さいご》の」お言葉《ことば》ですが…

二〇二三年二月十日　第一刷発行

著　者　高島俊男（たかしま・としお）

発行者　喜入冬子

発行所　株式会社　筑摩書房

東京都台東区蔵前二―五―三　〒一一一―八七五五

電話番号　〇三―五六八七―二六〇一（代表）

装幀者　安野光雅

印刷所　中央精版印刷株式会社

製本所　中央精版印刷株式会社



ISBN978-4-480-43863-8　C0195